PASADO PERFECTO

colección andanzas

Libros de Leonardo Padura en Tusquets Editores

LEONARDO PADURA
PASADO PERFECTO

1.ª edición: febrero de 2000
2.ª edición: mayo de 2007

Diseño de la colección: Guillemot-Navares
Reservados todos los derechos de esta edición para
Tusquets Editores, S.A. – Cesare Cantù, 8 – 08023 Barcelona
www.tusquetseditores.com
ISBN: 978-84-8310-126-1
Depósito legal: B. 5.682-2007
Fotocomposición: Foinsa – Passatge Gaiolà, 13-15 – 08013 Barcelona
Impreso sobre papel Goxua de Papelera del Leizarán, S.A. – Guipúzcoa
Impresión: Reinbook Imprès, S.L.
Encuadernación: Reinbook
Impreso en España

Salinger

Para Lucía, con amor y escualidez

cf 152

"squalor" no
es
"escualidez"

NOTA DEL AUTOR

Los hechos narrados en esta novela no son reales, aunque pudieron serlo, como lo ha demostrado la realidad misma.

Cualquier semejanza con hechos y personas reales es, pues, pura semejanza y una obstinación de la realidad.

Nadie, por tanto, debe sentirse aludido por la novela. Nadie, tampoco, debe sentirse excluido de ella si de alguna forma lo alude.

Giró sobre sí mismo.
–¡Cállense! –gritó.
–Nada dijimos –dijeron las montañas.
–Nada dijimos –dijeron los cielos.
–Nada dijimos –dijeron los restos de la nave.
–Muy bien, entonces –dijo él–. ¡Guarden silencio!
Todo había vuelto a la normalidad.

Ray Bradbury, «Tal vez soñar»

no poseyendo más
entre cielo y tierra que
mi memoria, que este tiempo...

Eliseo Diego, «Testamento»

No necesito pensarlo para comprender que lo más difícil sería abrir los ojos. Aceptar en las pupilas la claridad de la mañana que resplandecía en los cristales de las ventanas y pintaba con su iluminación gloriosa toda la habitación, y saber entonces que el acto esencial de levantar los párpados es admitir que dentro del cráneo se asienta una masa resbaladiza, dispuesta a emprender un baile doloroso al menor movimiento de su cuerpo. Dormir, tal vez soñar, se dijo, recuperando la frase machacona que lo acompañó cinco horas antes, cuando cayó en la cama, mientras respiraba el aroma profundo y oscuro de su soledad. Vio en una penumbra remota su imagen de penitente culpable, arrodillado frente al inodoro, cuando descargaba oleadas de un vómito ambarino y amargo que parecía interminable. Pero el timbre del teléfono seguía sonando como ráfagas de ametralladora que perforaban sus oídos y trituraban su cerebro, lacerado en una tortura perfecta, cíclica, sencillamente brutal. Se atrevió. Apenas movió los párpados y debió cerrarlos: el dolor le entró por las pupilas y tuvo la simple convicción de que quería morirse y la terrible certeza de que su deseo no iba a cumplirse. Se sintió muy débil, sin fuerzas para levantar los brazos y apretarse la frente y entonces conjurar la explosión que cada timbrazo maligno hacía inminente, pero decidió enfrentarse al dolor y alzó un brazo, abrió la mano y logró cerrarla sobre el auricular del teléfono para moverlo sobre la horquilla y recuperar el estado de gracia del silencio.

Sintió deseos de reír por su victoria, pero tampoco pudo. Quiso convencerse de que estaba despierto, aunque no podía asegurarlo. Su brazo colgaba a un costado de la cama, como una rama partida, y sabía que la dinamita alojada en su cabeza lanzaba burbujas efervescentes y amenazaba con explotar en cualquier momento. Tenía miedo, un miedo demasiado conocido y siempre olvidado. También quiso quejarse, pero la lengua se le había fundido en el fondo de la boca y fue entonces cuando se produjo la segunda ofensiva del teléfono. No, no, coño, no, ¿por qué?, ya, ya, se lamentó y llevó su mano hasta el auricular y, con movimientos de grúa oxidada, lo trajo hasta su oreja y lo soltó.

Primero fue el silencio: el silencio es una bendición. Luego vino la voz, una voz espesa y rotunda y creyó que temible.

–Oye, oye, ¿me oyes? –parecía decir–, Mario, aló, Mario, ¿tú me oyes? –Y le faltó valor para decir que no, que no, que no oía ni quería oír, o, simplemente, está equivocado.

–Sí, jefe –logró susurrar al fin, pero antes necesitó aspirar hasta llenarse los pulmones de aire, obligar a sus dos brazos a trabajar y llegar a la altura de la cabeza y conseguir que sus manos distantes apretaran las sienes para aliviar el vértigo de carrusel desatado en su cerebro.

–Oye, ¿qué te pasa?, ¿eh? ¿Qué cosa es lo que te pasa? –era un rugido impío, no una voz.

Volvió a respirar hondo y quiso escupir. Sentía que la lengua le había engordado, o no era la suya.

–Nada, jefe, tengo migraña. O la presión alta, no sé...

–Oye, Mario, otra vez no. Aquí el hipertenso soy yo, y no me digas más jefe. ¿Qué te pasa?

–Eso, jefe, dolor de cabeza.

–Hoy amaneciste vestido de jodedor, ¿verdad? Pues mira, oye esto: se te acabó el descanso.

Sin atreverse a pensarlo abrió los ojos. Como lo había imaginado, la luz del sol atravesaba los ventanales y a su alrededor todo era brillante y cálido. Fuera, quizás, el frío había cedido y hasta podría ser una linda mañana, pero sintió deseos de llorar o algo que se le parecía bastante.

–No, Viejo, por tu madre, no me hagas eso. Éste es mi fin de semana. Tú mismo lo dijiste. ¿No te acuerdas?

–Era tu fin de semana, mi hijito, era. ¿Quién te mandó a meterte a policía?

–Pero, ¿por qué yo, Viejo? Si ahí tienes una pila de gentes –protestó y trató de incorporarse. La carga móvil de su cerebro se lanzó contra la frente y tuvo que cerrar otra vez los ojos. Una náusea rezagada le subió desde el estómago y descubrió, con una punzada, los deseos inaplazables de orinar. Apretó los dientes y buscó a tientas los cigarros en la mesa de noche.

–Oye, Mario, no pienso poner el tema a votación. ¿Sabes por qué te toca a ti? Pues porque a mí me da la gana. Así que mueve el esqueleto: levántate.

–¿Tú no estás jugando, verdad?

–Mario, no sigas... Ya estoy trabajando, ¿me entiendes? –advirtió la voz y Mario supo que sí, que estaba trabajando–. Atiende: el jueves primero denunciaron la desaparición de un jefe de empresa del Ministerio de Industrias, ¿me oyes?

–Quiero oírte, te lo juro.

–Sigue queriendo y no jures en vano. La esposa hizo la denuncia a las nueve de la noche, pero todavía el hombre sigue sin aparecer y lo hemos circulado por todo el país. La cosa me huele mal. Tú sabes que en Cuba los jefes de empresa con rango de viceministro no se pierden así como así –dijo el Viejo, consiguiendo que su voz denotara toda su preocupación. El otro, al fin sentado en el borde de la cama, trató de aliviar la tensión.

–Yo no lo tengo en el bolsillo, por mi madre.

–Mario, Mario, corta ahí la confianza –y era otra voz–. El caso ya es de nosotros y te espero aquí en una hora. Si tienes la presión alta te pones una inyección y arrancas para acá.

Descubrió la cajetilla de cigarros en el suelo. Era la primera alegría de aquella mañana. La cajetilla estaba pisoteada y mustia, pero la miró con todo su optimismo. Se deslizó por el borde del colchón hasta sentarse en el suelo. Metió dos dedos en el paquete y el tristísimo cigarro le pareció un premio a su formidable esfuerzo.

–¿Tú tienes fósforos, Viejo? –le dijo al teléfono.

–¿A qué viene eso, Mario?

–No, nada. ¿Qué estás fumando hoy?

–Ni te lo imaginas –y la voz sonó complacida y viscosa–. Un Davidoff, regalo de mi yerno por el fin de año.

Y él pudo imaginar lo demás: el Viejo contemplaba la capa sin nervios de su habano, aspiraba el humo tenue y trataba de mantener el centímetro y medio de ceniza que hacía perfecta la fumada. Menos mal, pensó él.

–Guárdame uno, ¿está bien?

–Oye, tú no fumas tabaco. Compra Populares en la esquina y ven para acá.

–Ya, ya lo sé... Oye, ¿y cómo se llama el hombre?

–Espérate... Aquí, Rafael Morín Rodríguez, jefe de la Empresa Mayorista de Importaciones y Exportaciones del Ministerio de Industrias.

–Espérate, espérate –pidió Mario y observó su desganado cigarro. Le temblaba entre los dedos, pero quizá no fuera por el alcohol–. Creo que no te oí bien. ¿Rafael qué dijiste?

–Rafael Morín Rodríguez. ¿Copiaste ahora? Bueno, ya te van quedando cincuenta y cinco minutos para llegar a la Central –dijo el Viejo y colgó.

El eructo vino como la náusea, furtivo, y un sabor a alcohol ardiente y fermentado ganó la boca del teniente investigador Mario Conde. En el suelo, junto a sus calzoncillos, vio su camisa. Lentamente se arrodilló y gateó hasta alcanzar una manga. Sonrió. En el bolsillo encontró los fósforos y al fin pudo encender el cigarro, que se había humedecido entre sus labios. El humo lo invadió, y después del hallazgo salvador del cigarro maltratado, aquélla se convirtió en la segunda sensación agradable de un día que empezaba con ráfagas de ametralladoras, la voz del Viejo y un nombre casi olvidado. Rafael Morín Rodríguez, pensó. Apoyándose en la cama se puso de pie y en el trayecto sus ojos descubrieron sobre el librero la energía matinal de *Rufino,* el pez peleador que recorría la interminable redondez de su pecera. «¿Qué hubo, *Rufo?*», susurró y contempló las imágenes del más reciente naufragio. Dudó si debía recoger el calzoncillo, colgar la camisa, alisar su viejo *blue-jean* y poner al derecho las mangas de su *jacket.* Después. Pateó el pantalón y caminó hacia el baño, cuando recordó que se estaba orinando desde hacía muchísimo tiempo. De pie ante la taza estudió la presión del chorro que levantaba espuma de cerveza fresca en el fondo del inodoro, que no era tal, pues apestaba y hasta su nariz embotada subió la fetidez amarga de sus desechos. Vio caer las últimas gotas de su alivio y sintió en los brazos y las piernas una flojera de títere inservible que añora un rincón tranquilo. Dormir, tal vez soñar, si pudiera.

Abrió el botiquín y buscó el sobre de las duralginas. La noche anterior había sido incapaz de tomarse una y ahora lo lamentaba como un error imperdonable. Acomodó tres pastillas en la palma de la mano y llenó un vaso de agua. Lanzó las píldoras contra la garganta irritada por las contracciones del vómito y bebió. Cerró el botiquín y el espejo le devolvió la imagen de un rostro que le resultó lejanamente familiar y a la vez inconfundible: el diablo, se dijo, y apoyó las manos sobre el lavabo. Rafael Morín Rodríguez, pensó entonces, y también recordó que para pensar necesitaba una taza grande de café y un cigarro que no tenía, y decidió expiar todas sus culpas conocidas bajo la frialdad punzante de la ducha.

–Me cago en la mierda, qué desastre –se dijo cuando se sentó en la cama a embadurnarse la frente con aquella pomada china, cálida y salvadora, que siempre lo ayudaba a vivir.

El Conde miró con una nostalgia que ya le resultaba demasiado conocida la Calzada del barrio, los latones de basura en erupción, los papeles de las pizzas de urgencia arrastrados por el viento, el solar donde había aprendido a jugar pelota convertido en depósito de lo inservible que generaba el taller de mecánica de la esquina. ¿Dónde se aprende ahora a jugar pelota? Encontró la mañana hermosa y tibia que había presentido y era agradable caminar con el sabor del café flotando todavía en la boca, pero vio el perro muerto, con la cabeza aplastada por el auto, que se pudría junto al contén y pensó que él siempre veía lo peor, incluso en una mañana como aquélla. Lamentó el destino de aquellos animales sin suerte que le dolían como una injusticia que él mismo no procuraba remediar. Hacía demasiado tiempo que no tenía un perro, desde la agónica y larga vejez de *Robin,* y cumplía su promesa de no volver a encariñarse con un animal, hasta que se decidió por la silenciosa compañía de un pez peleador, insistía en llamarlos *Rufino,* era el nombre de su abuelo criador de gallos de lidia, peces sin manías ni personalidad definida, que a cada muerte podía sustituir por uno similar, otra vez llamado *Rufino* y confinado en la misma pecera donde pasearía orgulloso el azul impreciso de sus aletas de animal de combate. Hubiera deseado que sus mujeres pasaran tan levemente como aquellos peces sin historia, pero las mujeres y los perros eran terriblemente distintos a los peces, incluso los de pelea, y para colmos con las mujeres no podía hacer las promesas abstencionistas que mantenía con los perros. Al final, lo presentía, iba a terminar militando en una sociedad protectora de animales callejeros y hombres fatales con las mujeres.

Se puso los espejuelos oscuros y caminó hacia la parada de la guagua pensando que el aspecto del barrio debía de ser como el suyo: una especie de paisaje después de una batalla casi devastadora, y sintió que algo se resentía en su memoria más afectiva. La realidad visible de la Calzada contrastaba demasiado con la imagen almibarada del recuerdo de aquella misma calle, una imagen que había llegado a preguntarse si en verdad era real, si la heredaba de la nostalgia histórica de los cuentos de su abuelo o simplemente la había inventado para tranquilizar al pasado. No hay que pasarse la cabrona vida pensando, se dijo y notó que el suave calor de la mañana ayudaba a los calmantes en su misión de devolverle peso, estabilidad y algunas funciones primarias a lo que había dentro de su cabeza, mientras se prometía no repetir aquellos excesos etílicos. Todavía los ojos le ardían de sueño cuando compró la cajetilla de cigarros y sintió que el humo complementaba el sabor del café y era otra vez un ser en condiciones de pensar, incluso de recordar. Lamentó entonces haberse dicho que quería morirse y para demostrarlo corrió para alcanzar la inconcebible guagua, casi vacía, que le hizo sospechar que el año comenzaba siendo absurdo y lo absurdo no siempre tenía la bondad de presentarse bajo el disfraz de una guagua vacía a aquellas horas de la mañana.

FLASH BACK

Era la una y veinte pero ya todos estaban allí, seguro no faltaba ni uno. Se habían dividido en grupos, y eso que eran como doscientos, y por el aspecto se podían reconocer: debajo de las majaguas, contra la reja, estaban los del Varona, dueños hacía tiempo de aquel rincón privilegiado, el de mejor sombra. Para ellos el Pre no consistía más que en cruzar la calle que los separaba de su escuela secundaria y ya: hablaban alto, se reían, oían altísimo a Elton John en un radio portátil Meridian que cogía perfecto la WQAM, from Miami, Florida, y tenían con ellos a las pepillas más lindas de aquella tarde. Sin discusión.

Los de Párraga, alardosos y silvestres, resistían el sol de *F S* septiembre en medio de la Plaza Roja, me la juego que estaban nerviosos. Su guapería los hacía cautelosos, eran de esos tipos que usan calzoncillos de paticas por si las moscas, los hombres son hombres y lo demás es mariconería, decían, y lo observaban todo pasándose el pañuelo por la boca, casi ni hablaban y la mayoría lucía su flaitó con motas, el pelado de la rutina y la hombría, y las muchachitas la verdad que no estaban mal, serían buenas bailadoras de casino y eso y conversaban bajito, como si estuvieran un poco asustadas de ver a tanta gente por primera vez en su vida. Los de Santos Suárez no, ésos eran distintos, parecían más finos, más rubiecitos, más estudiosos, más limpios y planchaditos, no sé: tenían caras de vanguardias y de tener papás y mamás poderosos. Pero los de Lawton casi eran iguales a los de Párraga: la mayoría eran guaposos y lo miraban todo con recelo, también se pasaban el pañuelo por la boca, y enseguida pensé que habría duelos de guapería.

Nosotros, los del barrio, éramos los más indefinibles: el piquete del Loquillo, Potaje, el Ñáñara y esa gente parecían de Párraga, por el pelado y la rutina; había otros que parecían de Santos Suárez, el Pello, Mandrake, Ernestico y Andrés, quizás por la ropa; otros, del Varona, por la seguridad y la confianza con que fumaban y hablaban; y yo parecía un verdadero comemierda al lado del Conejo y Andrés, tratando de que todo me entrara por los ojos y buscando en la multitud ajena y desconocida a la muchacha que debía ser mi novia: la quería trigueña, de pelo largo, buenas piernas, bien pepilla pero no pepilla loca, para que en la escuela al campo me lavara la ropa y eso y, claro, que no fuera señorita para no estar en ese lío de que si no quería templar y eso, total, yo no la quería para casarme, ojalá que fuera de La Víbora o de Santos Suárez, esas gentes siempre metían tremendos *partys*, y yo no iba a atrasar para Párraga o Lawton, y lo que teníamos en el barrio no me interesaba, no eran pepillas, ni siquiera eran putas, hasta iban a las fiestas con la madre; hacía falta que mi novia cayera en mi grupo, en la lista había más hembras que varones, casi el doble, saqué la cuenta y tocan a 1,8 por varón, una completa y la otra sin cabeza o sin una teta, me dijo el Conejo, tal vez fuera aquella achinada, pero es del Varona y esa gente ya tiene su guara; y entonces sonó el timbre y se abrieron aquel primero de septiembre de 1972 las puertas del Pre de La Víbora, donde me iban a pasar tantas cosas.

Casi estábamos entusiasmados por entrar en la jaula, lo que hace un primer día de clases: como si no alcanzara el espacio, algunos hasta corrieron –claro, eran algunas– hacia el patio donde unas estacas de madera con un número indicaban dónde debía formar cada grupo. El mío era el cinco y del barrio sólo había caído el Conejo, que venía conmigo desde quinto grado. El patio se llenó, nunca había visto a tanta gente en una misma escuela, de verdad que no, y empecé a mirar a las hembras del grupo, para hacer preselección de candidatas. Mirándolas ni sentía el sol, que estaba del carajo, y entonces cantamos el himno y el director subió a la plataforma que estaba debajo del soportal, a la sombra, y empezó a hablar por el micrófono. Lo primero que hizo fue amenazarnos: las hembras, sayas por debajo de las rodillas y con su franja correspondiente, que para eso con la inscripción se les había dado el papel para comprar el uniforme; varones, el corte de pelo por encima de las orejas, sin patillas ni bigote; hembras, blusa por dentro de la saya, con cuello, sin adornitos, que para eso con la inscripción...; varones, pantalones normales, ni tubos ni campanas, que esto es una escuela y no un desfile de modas; hembras, medias estiradas, no enrolladas en los tobillos –con lo bien que les quedaban así, hasta las flacas parecían estar mejores–; varones, a la primera indisciplina, no ya grave, regular nada más, a disposición del Comité Militar, que esto es una escuela y no el Reformatorio de Torrens; hembras, varones: prohibido fumar en los baños a la hora del receso y a todas las horas; y otra vez hembras, varones, y el sol empezó a picarme por todo el cuerpo, él hablaba desde la sombra, y lo segundo que hizo fue anunciar al presidente de la FEEM.

Él subió a la plataforma y enseñó su deslumbrante sonrisa. Colgate, debió de haber pensado el Flaco, pero yo todavía no conocía al flaco que estaba detrás de mí en la fila.

Para ser presidente de los estudiantes debía ser de doce o de trece, después supe que de trece grado, y era alto, casi rubio, de ojos muy claros –un azul ingenuo y desvanecido– y lucía recién bañado, peinado, afeitado, perfumado, levantado y a pesar de la distancia y el calor, tan seguro de sí mismo, cuando para empezar el discurso se presentó como Rafael Morín Rodríguez, presidente de la Federación de Estudiantes de la Enseñanza Media del Preuniversitario René O. Reiné y miembro del Comité Municipal de la Juventud. Lo recuerdo a él, al sol que me dejó con dolor de cabeza y eso, y la certeza de que ese muchacho había nacido para ser dirigente: habló muchísimo.

Las puertas del elevador se abrieron con la lentitud de un telón de teatro barato y sólo entonces el teniente Mario Conde comprendió que aquella escena no llevaba gafas de sol. El dolor de cabeza casi había cedido, pero la imagen familiar de Rafael Morín le revolvía recuerdos que creía perdidos en los rincones más obsoletos de su memoria. Al Conde le gustaba recordar, era un recordador de mierda, le decía el Flaco, pero él hubiera preferido otro motivo para la remembranza. Avanzó por el pasillo con más deseos de dormir que de trabajar, y cuando llegó a la oficina del Viejo se ajustó la pistola que estaba a punto de escapársele de la cintura del pantalón.

Maruchi, la jefa de despacho del Viejo había abandonado la portería y por la hora calculó que estaría merendando. Tocó el cristal de la puerta, abrió y vio al mayor Antonio Rangel detrás de su buró. Escuchaba atentamente lo que alguien le decía por teléfono, mientras la ansiedad le hacía mover el tabaco de un lado a otro de la boca. Con los ojos le indicó al Conde el file que tenía abierto sobre el buró. El teniente cerró la puerta y se sentó frente a su jefe, dispuesto a esperar el fin de la conversación. El mayor movió las cejas, pronunció un escueto entendido, entendido, sí, esta tarde, y colgó.

Entonces miró extrañado la boquilla maltratada de su Davidoff. Había lastimado el tabaco, los tabacos son celosos, solía decir, y seguramente su sabor ya no era el mismo. Fumar y lucir más joven eran sus dos aficiones confesas y a las dos se dedicaba con esmero de artesano. Anunciaba con orgullo sus cincuenta y ocho años de edad, mientras sonreía con su rostro sin arrugas y acariciaba su estómago de fakir, usaba el uniforme ajustado, las canas de las patillas parecían un capricho juvenil y gastaba los fines de sus tardes libres entre la piscina y la cancha de squash, donde también lo acompañaba su tabaco. Y el Conde lo envidiaba profundamente: sabía que a los sesenta años –si llego– sería un viejo artrítico y maniático y por eso envidiaba la lozanía evidente del mayor, el tabaco ni siquiera lo hacía toser, y para colmos dominaba todas las artimañas para ser un buen jefe, muy amable o muy exigente a entera voluntad. El más temible de sus atributos, sin duda, era su voz. La voz es el espejo de su alma, siempre pensaba el Conde cuando asimilaba los matices de tono y gravedad con que el mayor transitaba en sus conversaciones. Pero ahora tenía entre sus manos un Davidoff lastimado y una cuenta pendiente con un subordinado y acudió a una de sus peores combinaciones de voz y tono.

–No voy a discutir contigo lo de esta mañana, pero no te aguanto una más. Antes de conocerte yo no era hipertenso y tú no me vas a matar de un infarto, que para eso hago muchas piscinas y sudo como un salvaje en la cancha. Yo soy tu superior y tú eres un policía, escribe eso en la pared de tu cuarto para que lo sepas hasta cuando estés durmiendo. Y a la próxima te parto los cojones, ¿está bien? Y fíjate la hora, diez y cinco, ¿OK?

El Conde bajó la vista. Se le ocurrían un par de buenos chistes, pero sabía que no era el momento. En realidad, con el Viejo no había momentos, y a pesar de eso él se atrevía con demasiada frecuencia.

–Me dijiste que tu yerno te regaló ese Davidoff, ¿no?

–Sí, una caja de veinticinco por el fin de año. Pero no

me cambies el tema, ya te conozco –y volvió a estudiar, como si no entendiera nada, la agonía humosa de su tabaco–. Ya desgracié a éste... Bueno, ahora hablé con el ministro de Industrias. Está muy preocupado con este asunto, lo sentí hasta medio alterado. Dice que Rafael Morín es un cuadro importante en una de las direcciones del Ministerio y que ha trabajado con muchos empresarios extranjeros y quiere evitar un posible escándalo. –Hizo una pausa y chupó de su tabaco–. Aquí está todo lo que tenemos hasta ahora –dijo y empujó el file hacia su subordinado.

El Conde tomó el file entre sus manos, sin abrirlo. Presentía que aquello podía ser una réplica de la caja terrible de Pandora y hubiera preferido no ser él quien debiera liberar los demonios del pasado.

–¿Por qué me escogiste precisamente a mí para este caso? –preguntó entonces.

El Viejo volvió a chupar de su tabaco. Parecía esperanzado con una imprevisible mejoría del habano, se iba formando una ceniza pálida, pareja, saludable, y él tiraba suavemente, lo justo en cada bocanada para no encabritar el fuego ni maltratar la tripa sensible del puro.

–No te voy a decir, como te dije una vez hace tiempo, que porque eres el mejor, o porque tienes una suerte del carajo y las cosas te salen bien. Ni te lo imagines, eso ya pasó, ¿OK? ¿Qué te parece si te digo que te escogí porque me dio la gana o porque prefiero tenerte por aquí y no en tu casa soñando con novelas que nunca vas a escribir, o porque éste es un caso de mierda que cualquiera lo resuelve? Escoge la idea que más te guste y márcala con una cruz.

–Me quedo con la que no me quieres decir.

–Ése es tu problema. ¿Está bien? Mira, en cada provincia hay un oficial encargado de la búsqueda de Morín. Ahí tienes el modelo de la denuncia, las órdenes que se han dado desde ayer y la lista de la gente que puede trabajar contigo. Te di otra vez a Manolo... Están las señas del hombre, una foto y una pequeña biografía que nos hizo la mujer.

–Donde se dice que es un tipo intachable.

–Yo sé que no te gustan los intachables pero te jodiste. Sí, parece un hombre intachable, un compañero de confianza y nadie tiene la más mínima idea de dónde pueda estar metido o qué le pasó, aunque yo pienso lo peor... Ya, ¿y a ti no te interesa nada? –tronó, cambiando bruscamente el tono de su voz.

–¿Salida del país?

–Muy improbable. Además, sólo hubo dos intentos, frustrados. El viento del norte está cabrón.

–¿Hospitales?

–Por supuesto que nada, Mario.

–¿Hoteles?

El Viejo negó con la cabeza y apoyó los codos en el buró. Tal vez se estaba aburriendo.

–¿Asilo político en posadas, vayuses, pilotos clandestinos?

Al fin sonrió. Apenas un movimiento del labio sobre el tabaco.

–Vete al carajo, Mario, pero acuérdate de lo que te dije: a la próxima te parto la vida, con juicio por desacato y todo.

El teniente Mario Conde se puso de pie. Recogió el file con la mano izquierda, y después de acomodarse la pistola esbozó un saludo militar. Empezaba a girar cuando el mayor Rangel ensayó otra de sus combinaciones de voz y tono, buscando el raro equilibrio que indicara persuasión y curiosidad a un tiempo:

–Mario, déjame hacerte dos preguntas. –Y apoyó la cabeza entre las manos–. Chico, ¿por qué te metiste a policía? Dímelo de una vez, anda.

El Conde miró los ojos del Viejo como si no hubiera entendido algo. Sabía que lograba desconcertarlo con su mezcla de despreocupación y eficacia y le gustaba disfrutar aquella mínima superioridad.

–No lo sé, jefe. Hace doce años que lo estoy investigando y todavía no sé por qué. ¿Y la otra pregunta?

El mayor se puso de pie y rodeó el buró. Alisó la camisa de su uniforme, una chaqueta con charreteras y grados que parecía recién salida de la tintorería. Miró los zapatos, el pantalón, la camisa y la cara del teniente.

–Ya que eres policía, ¿cuándo te vas a vestir como un policía?, ¿eh? ¿Y por qué no te afeitas bien? Mira eso, parece que estás enfermo.

–Fueron tres preguntas, mayor. ¿Quiere tres respuestas?

El Viejo sonrió y negó con la cabeza.

–No, quiero que encuentres a Morín. Total, a mí no me interesa por qué te metiste a policía y menos por qué no te quitas ese pantalón desteñido. Lo que me importa es que esto sea rápido. No me gusta que me estén presionando los ministros –dijo, y devolvió sin deseos el saludo militar y regresó a su buró para ver salir al teniente Mario Conde.

ASUNTO: DESAPARICIÓN

Denunciante: Tamara Valdemira Méndez

Dirección particular: Santa Catalina, N.º 1187, Santos Suárez, Ciudad Habana

Carnet de Identidad: 56071000623

Ocupación: Estomatóloga

Generales del caso: A las 21:35 horas del jueves 1 de enero de 1989 se presenta en esta Estación la Denunciante para notificar la desaparición del ciudadano Rafael Morín Rodríguez, esposo de la Denunciante y vecino de la dirección arriba citada, carnet de identidad 52112300565, y de señas particulares piel blanca, pelo castaño claro, ojos azules, estatura aproximada 1,80 cm. Explica la Denunciante que, siendo las primeras horas de la madrugada del día 1 de enero y luego de participar en una fiesta donde habían celebrado con sus compañeros de trabajo y amigos el fin de año, la Denunciante regresó a su casa acompañada por el citado Rafael Morín Rodríguez y que luego de verificar que el hijo de ambos dormía en su habitación con la madre de la Denunciante, se dirigieron a su habitación y se acostaron, y que a la mañana siguiente, al despertarse la Denunciante, el ciudadano Rafael Morín ya faltaba de la casa, pero que al principio ella no le prestó la mayor atención, pues solía salir sin informar su paradero. En horas del mediodía, algo preocupada, la Denunciante telefoneó a algunos amigos y compañeros de trabajo así como a la Empresa donde labora Rafael Morín Rodríguez, sin obtener información alguna sobre su paradero. Que ya a estas alturas se preocupó, pues el ciudadano Rafael Morín no había utilizado el automóvil de su propiedad (Lada 2107, chapa HA11934), ni tampoco el de la Empresa, que estaba en el taller. Ya en horas de la tarde y acompañada por el ciudadano René Maciques Alba, compañero de trabajo del Desaparecido, telefonearon a varios hospitales sin respuesta positiva y luego visitaron otros con los que había sido imposible la comunicación por vía telefónica, obteniendo igual resultado negativo. A las 21 horas se presentaron en esta Estación la Denunciante y el ciudadano René Maciques Alba con el propósito de presentar esta Denuncia por la desaparición del ciudadano Rafael Morín Rodríguez.

Oficial de Guardia: Sgto. Lincoln Capote.
Orden de Denuncia: 16-0101-89
Jefe de Estación: Primer Tte. Jorge Samper.
Adjunto 1: Fotografía del Desaparecido.
Adjunto 2: Datos laborales y personales del Desaparecido.
Dar curso a investigación. Eleva a nivel de prioridad 1, Delegación Provincial C. Habana.

Vio a Tamara haciendo su denuncia y miró otra vez la foto del desaparecido. Era eso: un imán que revolvía nostalgias lejanas, días que muchas veces quiso olvidar, melancolías sepultadas. Debía de ser reciente, la cartulina brillaba, pero podría tener veinte años y seguiría siendo la misma persona. ¿Seguro? Seguro: parecía inmune a los pesares de la vida y cordial incluso en las fotografías de pasaporte, ajeno siempre al sudor, al acné y a la grasa, a la amenaza oscura de la barba, con ese algo de ángel intachable y perfecto. Ahora, sin embargo, era un desaparecido, un caso policiaco casi vulgar, un trabajo más que hubiera preferido no realizar. ¿Qué es lo que está pasando, mi madre?, se dijo y abandonó el buró sin deseos de leer el informe de los datos personales y laborales del intachable Rafael Morín. Desde la ventana de su pequeño cubículo disfrutaba un cuadro que le parecía sencillamente impresionista, compuesto por la calle flanqueada de laureles viejísimos, una mancha verde difusa bajo el sol pero capaz de refrescar sus ojos adoloridos, un mundo insignificante del que conocía cada secreto y cada alteración: un nuevo nido de gorriones, una rama que empezaba a morir, un cambio de follaje advertido por la oscuridad de aquel verde perpetuo y difuso. Detrás de los árboles una iglesia de rejas altas y paredes lisas y algunos edificios apenas entrevistos y muy al fondo el mar, que sólo se percibía como una luz y un perfume remoto. La calle estaba vacía y cálida y su cabeza apenas vacía y un poco turbia, y pensó cuánto le gustaría estar sentado bajo aquellos laureles, tener otra vez dieciséis años, un perro para acariciar y una novia para esperar: entonces, sentado allí con la mayor simpleza, jugaría a sentirse muy feliz, como casi había olvidado que se puede ser feliz, y tal vez hasta lograría recomponer su pasado, que entonces sería su futuro, calcular lógicamente cómo iba a ser su vida. Le encantaba calcularlo pues trataría de que fuera distinta: aquella larga cadena de errores y casualidades que habían formado su existencia no se podía repetir, debía haber algún modo de enmendarla o al menos romperla y ensayar otra fórmula, en verdad otra vida. Su estómago parecía estar ya más sosegado y deseaba tener la cabeza limpia para meterse en aquel caso que venía del pasado dispuesto a romperle la tranquilidad de la abulia soñada para el fin de semana. Apretó la tecla roja del intercomunicador y pidió que le llamaran al sargento Manuel Pa-

28

lacios. Quizás podría ser como Manolo, pensó, y pensó que por suerte existían gentes como Manolo, capaces de hacer agradable la rutina de los días de trabajo, sólo con su presencia y su optimismo. Manolo era un buen amigo, comprobadamente discreto y tranquilamente ambicioso, y el Conde lo prefería entre todos los sargentos y auxiliares de investigación de la Central.

Vio la sombra que crecía contra el cristal de la puerta y el sargento Manuel Palacios entró sin tocar.

–Yo creía que todavía no habías llegado... –dijo y ocupó una de las butacas, frente al buró del Conde–. No hay vida, hermano. Coño, qué cara de sueño estás usando hoy.

–Ni te imaginas el peo que levanté anoche. Terrible –y sintió que se estremecía sólo de recordarlo–. Era el cumpleaños de la vieja Josefina y empezamos con unas cervezas que conseguí, después comimos con vino tinto, un vino rumano medio cagón pero que pasa bien, y terminamos el Flaco y yo enredados con un litro de añejo que se suponía que él le regalaba a la madre. Por poco me muero cuando el Viejo me llamó.

–Dice Maruchi que estaba encendido contigo porque le colgaste el teléfono –sonrió Manolo y se acomodó mejor en la butaca. Tenía apenas veinticinco años y una evidente amenaza de escoliosis: ningún asiento le resultaba propicio para sus nalgas esmirriadas y no resistía estar mucho tiempo de pie, sin caminar. Tenía unos brazos largos y un cuerpo magro con algunos movimientos de animal invertebrado: de las personas que el Conde conocía era el único capaz de morderse el codo y lamerse la nariz. Se movía como si flotara, y al verlo se podía pensar que era débil, incluso frágil y seguramente más joven de lo que aparentaba ser.

–Es que el Viejo está preocupado. A él también lo llaman de arriba.

–El lío es gordo, ¿no? Porque él mismo fue el que me llamó.

–Más que gordo es pesado. Mira, llévate esto –dijo, organizando las piezas del file–, léetelo y salimos en media hora. Déjame pensar por dónde vamos a meterle a esto.

–¿Y todavía tú piensas, Conde? –preguntó el sargento y abandonó la oficina, moviéndose con su levedad gaseosa.

El Conde volvió a mirar hacia la calle y sonrió. Todavía pensaba y sabía que aquello era una bomba. Se acercó al teléfono, discó y el sonido metálico del timbre le trajo recuerdos de un terrible despertar.

–Aló –escuchó.

–Jose, soy yo.

–Oye, ¿cómo amaneciste, muchacho? –le preguntó la mujer y él la sintió alegre.

–Mejor ni te cuento, pero fue un buen cumpleaños, ¿no? ¿Cómo anda la bestia?

–Todavía no ha amanecido.

–Suerte que tienen algunos.

–Oye, ¿qué te pasa? ¿De dónde tú llamas?

Suspiró y miró otra vez hacia la calle antes de responder. El sol seguía calentando desde el cielo limpio, era un sábado que ni mandado a hacer a mano, dos días antes había cerrado un caso de tráfico de divisas que lo agotó con interrogatorios que parecían interminables, y pensaba dormir todas las mañanas hasta el lunes. Y que se perdiera ahora aquel hombre.

–De la incubadora, Jose –se lamentó, refiriéndose a su pequeña oficina–. Me levantaron temprano. No hay justicia para los justos, vieja, te lo juro.

–¿Entonces no vienes a almorzar?

–Me parece que no. ¿Oye, qué es lo que estoy oliendo por teléfono?

La mujer sonrió. Siempre puede reírse, qué bárbara.

–Lo que te pierdes, muchacho.

–¿*Something special*?

–No, *nothing special* pero muy rico. Oye bien: las malangas que tú trajiste, hervidas, con mojo y les eché bastante ajo y naranja agria; unos bistecitos de puerco que quedaron

30

de ayer, imagínate que están casi cocinados por el adobo y alcanzan a dos por cabeza; los frijoles negros me están quedando dormiditos, como a ustedes les gusta, porque están cuajando sabroso y ahora voy a echarle un chorrito del aceite de oliva argentino que compré en la bodega; al arroz ya le bajé la llama, que también le eché ajo, como te dijo el nicaragüense amigo tuyo. Y la ensalada: lechuga, tomate y rabanitos. Ah, bueno, y el dulce de coco rayado con queso... ¿No te has muerto, Condesito?

–Me cago en mi estampa, Jose –dijo, sintiendo un reordenamiento en su maltratado abdomen. Era un fanático de las mesas abundantes, se moría por un menú como aquél y sabía que Josefina estaba preparando la comida especialmente para él y para el Flaco y tenía que perdérsela–. Oye, ya, no quiero hablar más contigo. Ponme ahí al Flaco, despiértalo, que se levante, borracho de mierda...

–Dime con quién andas... –se rió Josefina y dejó el teléfono. Hacía veinte años que la conocía y ni en los peores momentos la sintió fatalista ni derrotada. El Conde la admiraba y la quería, a veces de un modo más tangible que a su propia madre, con la que nunca había tenido ni la identificación ni la confianza que le inspiraba la madre del Flaco Carlos, que ya no era flaco.

–Habla, tú –dijo el Flaco y su voz sonaba profunda y pegajosa, tan horrible como debió de sonar la suya cuando el Viejo lo despertó.

–Voy a quitarte la curda –anunció Mario y sonrió.

–Coño, falta que me hace, porque estoy matao. Oye, salvaje, ni una más como la de anoche, te lo juro por tu madre.

–¿Te duele la cabeza?

–Es lo único que no me duele –respondió el Flaco. Nunca le dolía la cabeza y Mario lo sabía: podía beber cualquier cantidad de alcohol, a cualquier hora, mezclar vino dulce, ron y cerveza y caerse borracho, pero nunca le dolía la cabeza.

–Bueno, a lo que iba. Me llamaron esta mañana...

–¿Del trabajo?

–Me llamaron esta mañana del trabajo –siguió el Conde–, para darme un caso urgente. Una desaparición.

–No jodas, ¿se perdió otra vez Baby Jane, tú?

–Sigue jugando, mi socio, que voy a acabar contigo. El desaparecido es nada más y nada menos que un jefe de empresa con rango de viceministro, y es amigo tuyo. Se llama Rafael Morín Rodríguez. –Un buen silencio. Le di en la cara, pensó. Ni siquiera dijo pal carajo, tú–. ¿Flaco?

–Pal carajo, tú. ¿Qué pasó?

–Eso, desapareció, se perdió del mapa, voló como Matías Pérez, nadie sabe dónde está. Tamara lo denunció el primero por la noche y el gallo sigue sin aparecer.

–¿Y no se sabe nada? –la expectación crecía con cada pregunta y el Conde imaginaba la cara que tendría su amigo, y entre los asombros del Flaco logró contarle los detalles que conocía del caso Rafael Morín–. ¿Y ahora qué vas a hacer? –preguntó el Flaco después de asimilar la información.

–Rutina. No se me ocurre nada todavía. Interrogar gentes y eso, lo de siempre, no sé.

–Oye, ¿y es por culpa de Rafael que no vienes a almorzar?

–Mira, hablando de eso. Dile a Jose que me guarde mi parte, que no se la dé a ningún huevón muerto de hambre que pase por ahí. Hoy a la hora que termine voy para allá.

–Y me cuentas, ¿no?

–Y te cuento. Ya te imaginarás que voy a ver a Tamara. ¿Le doy recuerdos de tu parte?

–Y las felicitaciones, porque empezó año nuevo con vida nueva. Oye, salvaje, y me cuentas si la jimagua sigue tan buena como siempre. Te espero por la noche, tú.

–Oye, oye –se apresuró el Conde–. Cuando se te quite la nota piensa un poco en el lío este y después hablamos.

–¿Y qué tú crees que voy a hacer? ¿En qué voy a pensar? Después hablamos.

–Buen provecho, mi hermano.

–Le doy tu recado a la vieja, mi hermano –dijo y colgó, y Mario Conde pensó que la vida es una mierda.

El Flaco Carlos ya no es flaco, pesa más de doscientas libras, huele agrio igual que todos los gordos y el destino se ensañó con él, pero cuando lo conocí era tan flaco que parecía que iba a partirse en cualquier momento. Se sentó delante de mí, al lado del Conejo, sin saber que íbamos a ocupar esos tres pupitres, junto a la ventana, mientras estuvimos en el Pre. Él tenía un bisturí afiladísimo para sacarle punta a los lápices y le dije: «Flaco, asere, préstame la cuchilla ahí», y desde aquel día le dije Flaco, aunque no me pude imaginar que iba a ser mi mejor amigo y que alguna vez ya no sería flaco.

Tamara se sentaba dos filas delante del Conejo y nadie sabía por qué a su hermana jimagua la habían mandado a otro grupo, si venían de la misma escuela, tenían la misma edad, los mismos apellidos y hasta la misma cara lindísima, ¿no? Pero después de todo nos alegramos, pues Aymara y Tamara se parecían tanto que quizás nunca hubiéramos sabido bien quién era una y cuál era la otra. Cuando el Flaco y yo nos enamoramos de Tamara estuvimos a punto de no ser amigos más nunca, y fue Rafael quien vino a resolver la cuestión: ni para el Flaco ni para mí. Se le declaró a Tamara y a los dos meses de haber empezado el curso ya eran novios, de esos pegajosísimos que se buscan en el receso y conversan los veinte minutos, cogidos de la mano, mirándose muchísimo y tan lejos del mundanal ruido que en cualquier parte reventaban un besuqueo. Yo los hubiera matado.

Pero el Flaco y yo seguimos siendo amigos y seguimos enamorados de ella y podíamos compartir nuestra frustración pensando las cosas malas que le deseábamos a Rafael: de pata partida para arriba. Y cuando estábamos muy jodidos, imaginábamos que nos hacíamos novios de Tamara y Aymara –no importaba entonces a quién le tocaba quién, aunque los dos queríamos siempre a Tamara, no sé por qué, si eran lindísimas– y nos casábamos y vivíamos en casas tan jimaguas como las hermanas: todo igualito, una al lado de la otra. Y como éramos muy despistados, a veces nos equivocábamos de casa y de hermana y el marido de Aymara estaba con Tamara y viceversa, para compensarnos y divertirnos muchísimo, y después teníamos hijos jimaguas, que nacían el mismo día –cuatro a la vez–, y los médicos, que también eran despistados y eso, confundían a las madres y a los hijos y decían: dos para acá, dos para allá, y como además crecían juntos le mamaban la teta a cualquiera de las madres y luego se confundían de casa a cada rato, y en eso nos metíamos horas comiendo mierda, hasta que los muchachos eran grandes y se casaban con unas chiquitas que eran cuádruples y también igualitas y se formaba la gran cagazón, mientras Josefina después de llegar del trabajo nos bajaba el volumen del radio, no sé cómo pueden aguantar esa cantaleta todo el santo día, protestaba, se van a quedar sordos, coño, decía, pero nos hacía un batido –a veces de mango, a veces de mamey y si no de chocolate.

El Flaco todavía era flaco la última vez que jugamos a casarnos con las jimaguas. Estábamos en tercer año del Pre, él era novio de Dulcita y ya Cuqui se había peleado conmigo, cuando Tamara anunció en el aula que ella y Rafael se casaban y nos invitaban a todos, la fiesta era en su casa –y aunque allí las fiestas eran buenísimas, juramos que no íbamos a ir. Aquella noche cogimos nuestra primera borrachera memorable: entonces un litro de ron podía ser demasiado para los dos y Josefina tuvo que bañarnos, darnos una cucharada de belladona para aguantarnos los vómitos y eso, y hasta ponernos una bolsa de hielo en los huevos.

El sargento Manuel Palacios enganchó la marcha atrás, pisó el acelerador y las gomas gimieron maltratadas cuando el auto giró hacia atrás para salir del parqueo. Parecía menos frágil cuando, sentado al timón, miró hacia la puerta de la Central y vio la cara incólume del teniente Mario Conde: quizás no había logrado impresionarlo con aquella maniobra que ni Gene Hackman en *French Connection*. Aunque era tan joven y la gente decía que en unos años sería el mejor investigador de la Central, el sargento Manuel Palacios exhibía una rampante inmadurez cuando en sus manos caían una mujer o un timón. La fobia del Conde al ejercicio para él demasiado complejo de guiar con las manos y seguir con la vista lo que había delante y detrás del auto, y a la vez acelerar, cambiar las velocidades o frenar con los pies, le permitía a Manolo ser chófer perpetuo en los casos que el Viejo insistía en encargarles a los dos. El Conde siempre había pensado que aquel concubinato automovilístico con que se ahorraba un chófer era la razón por la que el mayor Rangel los enyuntaba con tanta frecuencia. En la Central algunos decían que el Conde era el mejor investigador de la plantilla y que el sargento Palacios pronto lo superaría, pero pocos entendían la afinidad nacida entre la parsimonia agobiante del teniente y la vitalidad arrolladora de aquel sargento casi famélico y con cara de niño que seguramente hizo alguna trampa para ser admitido en la Academia de la Policía. Sólo el Viejo comprendió que ellos podrían entenderse. Al final parecían lograrlo.

El Conde se acercó al automóvil. Caminaba con un cigarro en los labios, el *jacket* abierto y escondía las ojeras tras los espejuelos oscuros. Parecía preocupado cuando abrió la portezuela del auto y ocupó el otro asiento delantero.

–Bueno, por fin, ¿a casa de la mujer? –preguntó Manolo dispuesto a emprender la marcha.

El Conde mantuvo el silencio unos instantes. Guardó los espejuelos en el bolsillo del *jacket*. Extrajo la foto de Rafael Morín que llevaba en el file y la puso sobre sus piernas.

–¿Qué te da esa cara? –preguntó.

–¿La cara? Bueno, el que sabe de psicología eres tú, a mí me gustaría oírlo para saber algo.

–Y por ahora, ¿qué piensas de esto?

–Todavía no sé, Conde, esto es atípico. Quiero decir –rectificó, mirando al teniente–, que es más raro que el carajo, ¿no?

–Sigue –lo impulsó el Conde.

–Mira, por ahora está descartado un accidente y no hay evidencias de una fuga del país, por lo menos eso es lo que dicen los últimos informes que vi ahora mismo, aunque tampoco apostaría por eso. Yo no pensaría en un secuestro, porque tampoco le veo lógica.

–Olvídate de la lógica y sigue.

–Bueno, no le veo lógica a un secuestro porque no sé qué se puede pedir por él y no me suena mucho que se haya ido con una mujer o algo así, ¿no?, porque se imaginaría que se iba a formar todo este rollo y no parece una gente capaz de hacer esas locuras. Le costaría hasta el cargo, ¿verdad? A mí me queda una solución con dos posibilidades: que lo hayan matado por pura casualidad, a lo mejor para robarle algo o porque lo confundieran con alguien, o que lo hayan matado porque de verdad estaba metido en algún lío, no sé de qué clase. Y lo otro que se me ocurre es casi absurdo: que esté escondido por algo, pero si es así lo que no me cuadra es que no haya inventado nada para demorar la denuncia de la mujer. Desde inventarse un viaje a provincias hasta cualquier cosa... Pero el hombre me huele a perro muerto en la carretera. Por ahora no queda otro remedio que investigar por todas partes: en la casa, en el trabajo, en el barrio, no sé, buscarle una razón a todo esto.

–Me cago en su madre –dijo el Conde con la vista fija en la calle que se abría frente a él–. Vamos a su casa. Busca Santa Catalina por Rancho Boyeros, anda.

Manolo puso el auto en marcha. Las calles seguían desiertas con el fogaje de un sol envalentonado que invitaba al reposo del mediodía que se acercaba. En el cielo apenas se divisaban unas nubes altas y sucias que se acumulaban en el horizonte. El Conde trató de pensar en el almuerzo de Josefina, en el juego de pelota que había esa noche, en el daño que le hacía fumar tantos cigarros al día. Quería espantar la mezcla de melancolía y excitación que lo estaba dominando mientras el auto se acercaba a la casa de Tamara.

–Oye, ¿y tú estás de vacaciones? ¿Qué piensas tú, Conde? –pidió Manolo cuando habían dejado atrás el Teatro Nacional.

–Pienso más o menos como tú, por eso me quedé callado. No creo que esté escondido ni que vaya a intentar una salida ilegal, estoy convencido –dijo y observó otra vez la foto.

–¿Por qué piensas eso?, por el cargo que tiene, ¿verdad?

–Sí, por el cargo. Imagínate que viajaba al extranjero casi diez veces todos los años... Pero sobre todo porque lo conozco hace como veinte años.

Manolo confundió los cambios y el carro estuvo a punto de apagársele. Aceleró a fondo y salvó la marcha con una sacudida. Sonrió, moviendo la cabeza, y miró a su compañero.

–No me vayas a decir que es amigo tuyo.

–No lo dije. Dije que lo conocía.

–¿Desde hace veinte años?

–Diecisiete, para ser exactos. En 1972 lo oí por primera vez echando un discurso en el Pre de La Víbora. Era mi presidente de la FEEM.

–¿Y qué más?

–Bah, no quiero prejuiciarte, Manolo. La verdad es que el tipo siempre me cayó como una patada, pero eso ahora no importa. Lo que hace falta es que aparezca rápido para irme a dormir.

–¿Tú crees que no importa?

–Apúrate, coge esa verde –dijo, señalando el semáforo de Boyeros y Calzada del Cerro.

El Conde encendió otro cigarro, tosió un par de veces y guardó en el file la foto de Rafael Morín. El recuerdo de Tamara anunciándoles que se casaba con Rafael había resucitado con una violencia inesperada. Ahora podía ver las tres rayas blancas de su saya de uniforme, las medias enrolladas en los tobillos y el pelo cortado en una melena de óvalo simétrico. Después que terminaron el Pre apenas se habían visto cuatro o cinco veces, y en cada ocasión sólo de mirarla volvió a sentir en el pecho la sensualidad envolvente de aquella mujer. Avanzaban por la Calzada de Santa Catalina, pero el Conde no veía las casas donde vivían algunos de sus viejos compañeros de estudio, ni los jardines podados ni la paz de aquel barrio eternamente apacible donde asistió a tantas fiestas con el Conejo y el Flaco. Pensaba en otra fiesta, los quince de Tamara y Aymara, casi empezando el primer año de Pre, 2 de noviembre, precisó su memoria, y cómo lo impresionó la casa donde vivían las muchachas, el patio parecía un parque inglés bien cuidado, cabían muchísimas mesas debajo de los árboles, en el césped y junto a la fuente donde un viejo angelote, rescatado de algún derrumbe colonial, meaba sobre los lirios en flor. Había espacio incluso para que tocaran los Gnomos, el mejor, el más famoso, el más caro de los combos de La Víbora, y bailaran más de cien parejas; y hubo flores para cada una de las muchachitas, bandejas llenas de croquetas –de carne–, de pasteles –de carne– y bolitas de queso fritas que ni soñarlas en aquellos años de colas perpetuas. Los padres de las jimaguas, embajadores en Londres por esa época, y antes en Bruselas y en Praga y después en Madrid, sabían hacer fiestas, y el Flaco, el Conejo, Andrés y él aseguraban todavía que nunca habían asistido a una mejor que aquélla. Hasta una botella de ron en cada mesa. «Parece una fiesta de afuera», sentenció el Conejo y a ellos también les pareció que sí, y luego él comprendió que hasta al grandísimo Gatsby le hubiera gustado un fiestón así. Rafael Morín, en plan de conquista, bailó toda la noche con Tamara, y el Conde todavía era capaz de recordar los vuelos del vestido de encajes blancos de la jimagua, flotando con el inevitable *Danubio azul,* que para él fue negro, con todos sus pespuntes grises.

—Arrima allí —le ordenó al sargento cuando atravesaron la calle Mayía Rodríguez y lanzó la colilla hacia el pavimento. En la acera de enfrente, justo en la esquina, se levantaba la casa de dos plantas donde vivían las jimaguas, una edificación espectacular y brillante con sus largos paños de cristales oscuros, sus paredes de ladrillos rojos y amurallada tras un jardín podado con esmero profesional y a la altura precisa para que no ocultara la hilera de esculturas de concreto que remedaban la figuración de Lam.

—Mira dónde era —exclamó Manolo—. Cada vez que pasaba por aquí me fijaba en esa casa y pensaba que me gustaría tener una así. Hasta llegué a pensar que en una casa como ésa nunca habría líos con la policía y que ni siquiera iba a poder verla nunca por dentro.

—No, no es una casa para policías.

—Se la dieron a él, ¿no?

—No, esta vez no. Era de los padres de su mujer.

—¿Cómo será vivir en una casa así?, ¿eh, Conde?

—Distinto... Oye, Manolo, atiende ahora. Tengo una idea en la que quiero trabajar: la fiesta del día 31. Rafael Morín desapareció después de ir a esa fiesta. Allí puede haber pasado algo que tenga que ver con todo esto, porque yo me cago en las casualidades y amén. Ahora quiero pedirte un favor.

Manolo sonrió y golpeó el timón con las dos manos.

—¿El Conde pidiendo favores? ¿Laborales o personales? Pues arriba, te voy a complacer.

—Mira, amárrate la lengua y déjame llevar a mí solo la entrevista con Tamara. También a ella la conozco hace tiempo y creo que así la voy a poder manejar mejor. Ése es el favor: ¿es pedirte mucho? Todo lo que se te ocurra me lo dices después. ¿Está bien?

—Está bien, Conde, sin lío, sin lío —dijo el sargento, preparándose para realizar el sacrificio con tal de asistir a lo que adivinaba sería una rendición de cuentas con el pasado. Mientras cerraba el auto, Manolo vio al Conde cruzar la calle y perderse entre el seto de crotos y la cabeza de un espantado caballo de concreto que más parecía de Picasso que de Lam. De cualquier forma aquella casa seguía resultando demasiado remota para un policía.

Los ojos son dos almendras pulidas, clásicas, un poco humedecidas. Justo lo necesario para sugerir que en verdad son dos ojos y hasta pueden llorar. El pelo, artificialmente rizado, le cae en un mechón de espiral sobre la frente y casi se traga las cejas gruesas y tan altas. La boca trata de sonreír, de hecho sonríe, y los dientes de animal saludable, blancos y deslumbrantes, merecen el premio de una risa total. No parece tener treinta y tres años, piensa él frente a su antigua compañera de estudios. Nadie diría que hubiera parido nunca, todavía puede ensayar unos pasos de ballet, aunque ahora se ve más dueña de su belleza profunda: es plena, maciza, inquietante, en la cumbre de sus encantos y sus formas. También pudiera vestirse otra vez con la saya del Pre y la blusa ajustada al cuerpo, se dice y acomoda la pistola al cinto, presenta al sargento Manuel Palacios, que tiene los ojos desorbitados, y el Conde siente deseos de irse cuando se acomoda en el sofá junto a Tamara y ella le ofrece una butaca a Manolo.

Ella lleva un vestido amplio y suave, de un amarillo ardiente, y él comprueba que no le pasa nada: incluso envuelta en aquel color agresivo es la mujer más hermosa que ha conocido y ya no siente deseos de irse, sino de estirar el brazo cuando ella se pone de pie.

–Las vueltas que da la vida, ¿verdad? –dice–. Espérense, voy a traerles café.

Camina hacia el corredor y él observa el movimiento de sus nalgas cautivas bajo el amarillo finísimo de la tela. Descubre en los muslos el borde diminuto del blúmer y cruza una mirada con Manolo, que casi no respira, y recuerda que aquel culo antologable fue la causa de muchas lágrimas cuando su profesora de ballet le aconsejó un cambio inevitable en su vida artística: el terremoto de sus caderas, el cargamento de carne de sus nalgas y la redondez de sus muslos no eran de sílfide ni de cisne, sino más bien de gansa ponedora, y le sugirió un tránsito inmediato al arte de la rumba de cajón, sudorosa y salpicada con aguardiente.

–Triste destino, ¿no? –dice y Manolo levanta los hombros, se dispone a indagar sobre aquella tristeza inexplicable, cuando ella regresa y lo obliga a mirarla.

–Mima lo hizo ahorita, todavía está caliente –asegura y le ofrece una taza a Manolo y después a él–. Increíble, el Conde en persona. ¿Ya debes de ser como mayor o capitán? ¿No, Mario?

–Teniente y a veces no sé cómo –dice él y prueba el café pero no se atreve a agregar: Buen café, carajo, especial para los amigos, aunque de verdad es el mejor café que ha tomado en los últimos años.

–¿Quién iba a decir que tú te meterías a policía?

–Nadie, creo que nadie.

–Pero si este hombre era un caso –le dice a Manolo y vuelve a mirarlo a él–. Si nunca saliste ni alumno ejemplar porque no ibas a las actividades aquellas y te escapabas antes del último turno de clases para oír los episodios de Guaytabó. Me acuerdo todavía.

–Pero sacaba buenas notas.

Ella sonríe, no puede evitarlo. El flujo de recuerdos que corre entre los dos salta sobre los malos momentos, limados por el tiempo, y sólo toca días agradables, sucesos memorables o acontecimientos que han sido mejorados por la lejanía. Ella, incluso, es más hermosa, parece mentira.

–¿Y ya no escribes, Mario?

–No, ya no. Pero algún día –dice y se siente incómodo–. ¿Y tu hermana?

–Aymara está en Milán. Se fue por cinco años con el marido, que es representante y comprador del SIME. El marido nuevo, ¿sabes?

41

–No sabía, pero qué bien.

–Mario, ¿y qué es de la vida del Conejo? Más nunca lo he visto.

–Nada, tú sabes que terminó el pedagógico pero se las arregló para salir de educación. Está en el Instituto de Historia y todavía sigue pensando qué hubiera pasado si no matan a Maceo o si los ingleses no se van de La Habana y esas tragedias históricas que él inventa.

–¿Y Carlos, cómo sigue?

Dice Carlos y él quiere perderse en el escote. El Flaco Carlos aseguraba que Tamara y Aymara tenían los pezones grandes y oscuros, mírales los labios, decía, tienen algo de negro, según su teoría de que los pezones y los labios eran directamente proporcionales en color y volumen. En el caso de Tamara siempre quisieron comprobar la teoría, esperaban que se inclinara para recoger el lápiz, la vigilaban en las clases de educación física, pero era de las que siempre usaban ajustadores. ¿Y hoy no tiene?

–Está bien –miente entonces–. ¿Y tú?

Ella le quita la taza de las manos y la deja sobre la mesa de cristal, junto a una imaginativa foto de bodas donde Tamara y Rafael, sonrientes, vestidos de novios, abrazados y felices, se miran en el óvalo de un espejo. Él está pensando que ella debería decir que bien, pero que no se atreve a decirlo, su marido ha desaparecido, quizás esté muerto y ella angustiada, pero es que en realidad se ve muy bien, cuando al fin dice:

–Estoy muy preocupada, Mario. Tengo un presentimiento, no sé...

–¿Qué presentimiento?

Ella niega con la cabeza y el mechón irreverente de pelo baila contra su frente. Está nerviosa, se frota las manos, hay ansiedad en sus ojos siempre apacibles.

–Algo malo –dice y mira hacia el interior de la casa silenciosa–. Esto es demasiado raro para que no sea algo malo, ¿verdad? Oye, Mario, fuma si quieres –y del piso inferior de la mesita de cristal le alcanza un cenicero inmaculado. Cristal de Murano, azul violáceo con unas pecas plateadas. Él enciende su cigarro y le parece una herejía ensuciar aquel cenicero.

–¿Y usted no fuma? –le pregunta ella a Manolo y el sargento sonríe.

–No, gracias.

–Increíble, Tamara –dice el Conde y sonríe–. Hacía quince años que no venía a esta casa y todo está igualito. ¿Te acuerdas cuando rompí el florero aquel?, creo que de porcelana, ¿no?

–Cerámica de Sargadelos –ella apoya la espalda en el sofá y trata de acomodar el mechón de pelo que le oculta la frente. A ti también los recuerdos te matan, mi amiga, piensa él y desea sentirse como se sentía cuando todo el grupo entraba en aquella casa de películas reunidos en la biblioteca con el pretexto de estudiar, siempre había refrescos, muchas veces hasta bombones, aire acondicionado en la biblioteca y sueños comunes, el Flaco, el Conejo, Cuqui, Dulcita, el Conde, todos tendrían alguna vez una casa como ésta, cuando seamos médicos, ingenieros, historiadores, economistas, escritores y esas cosas que iban a ser y que no todos fueron. Él no puede con los recuerdos, y por eso dice:

–Ya leí tu declaración en la policía. Dime algo más.

–No sé, fue así mismo –afirma, después de pensar un momento, mientras cruza las piernas y luego los brazos, todavía es elástica, comprueba él–. Llegamos de la fiesta, yo me acosté primero y medio dormida ya sentí que él se acostaba y le pregunté si se sentía mal. Tomó bastante en la fiesta. Cuando me levanté, ni rastros de Rafael. Hasta por la tarde no me preocupé de verdad, porque a veces él salía sin decir dónde iba a estar, pero ese día no tenía trabajo.

–¿Dónde dices que fue la fiesta?

–En la casa del viceministro que atiende la empresa de Rafael. En Miramar, cerca de la diplotienda de Quinta y 42.

–¿Quiénes estaban invitados?

–Bueno, déjame pensar –pide tiempo y vuelve a ocuparse del mechón infatigable–. Claro, los dueños de la casa, Alberto y su mujer. Alberto Fernández se llama –agrega cuando el Conde extrae una pequeña libreta del bolsillo posterior de su pantalón–. ¿Y tú sigues llevando la libreta en el bolsillo de atrás?

–Viejos defectos –dice él, moviendo la cabeza, pues no imaginaba que nadie pudiera recordar aquella costumbre suya, casi ni él mismo. De cuántas cosas me tendré que acordar, se pregunta, y Tamara sonríe y él se vuelve a decir cómo pesan los recuerdos y que quizás no debería estar allí; si le hubiera contado algo al Viejo tal vez lo habría sustituido, y cree entonces que lo mejor es pedirle un relevo, no, no debería estar buscando a un hombre que no quisiera encontrar y conversando con la esposa de aquel hombre, aquella mujer que con las nostalgias le despierta los deseos. Pero dice–: Nunca me gustó andar con una maleta.

–¿Te acuerdas del día que te fajaste en el patio del Pre con Isidrito el de Managua?

–Todavía me duele. Qué manera de darme golpes ese guajiro –y le sonríe a Manolo, genial en su papel de oyente marginado.

–¿Y por qué fue que se fajaron, Mario?

–Imagínate, empezamos discutiendo de pelota, que quién era mejor, si Andrés, Biajaca y las gentes de mi barrio o los de Managua, hasta que me encabroné y le dije que de mi barrio para allá nada más nacían hijos de puta. Y claro, el guajiro se voló.

–Mario, si Carlos no se mete, yo creo que Isidrito te mata.

–Se hubiera perdido un buen policía –sonríe y decide guardar el bloc–. Mira, mejor hazme después una lista con los invitados y dime en qué trabaja cada uno y si tienes algún modo de localizarlos. De todos los que te acuerdes. ¿Y además del viceministro había otras gentes importantes?

–Bueno, estuvo el ministro, pero se fue temprano, como a eso de las once, porque tenía otro compromiso.

–¿Y habló algo con Rafael?

–Se saludaron y eso, pero no hablaron mucho. Ellos solos, quiero decir.

–Anjá. ¿Y habló solo con alguien?

Ella piensa. Casi cierra los ojos y él cambia la vista. Prefiere jugar con las cenizas de su cigarro y finalmente aplasta la colilla. Ahora no sabe qué hacer con el cenicero y teme reeditar la historia del florero de Sargadelos. Pero no puede evitar oler a Tamara: huele a limpio y a bruñido y a lavanda cara y a tierra húmeda y sobre todo a mujer.

–Creo que con Maciques, el jefe de despacho de él. Pero ellos dos se pasan la vida en eso, hablando de trabajo; y en las fiestas yo me tengo que tragar a la mujer de Maciques; si la vieras, por Dios, es más estirada que el asta de una bandera... Bueno, tendrías que oírla. Descubrió el otro día que el algodón es mejor que el poliéster y ya dice que le encanta la seda...

–Me la imagino. ¿Y con quién más habló?

–Bueno, Rafael estuvo un rato en el balcón y cuando entró llegaba Dapena, un gallego que viene a cada rato a Cuba a hacer negocios.

–Espérate –pide él y vuelve a buscar su libreta–. ¿Un gallego?

–Gallego de Galicia, sí. José Manuel Dapena, ése es el nombre completo. Hace algunos negocios que tienen que ver con la empresa de Rafael, pero sobre todo con Comercio Exterior.

–¿Y tú dices que estuvieron hablando?

–Bueno, Mario, los vi regresar juntos del balcón, no sé si había otra gente.

–Tamara –dice y comienza a jugar con el obturador del bolígrafo, marcando un tictac monótono–, ¿cómo son esas fiestas?

–¿Cuáles fiestas? –Se asombra, parece no entender ella.

–Esas fiestas a las que van ustedes, con ministros y viceministros y comerciantes extranjeros, ¿cómo son?

–No te entiendo, Mario, pero son como otra cualquiera. Se habla, se baila, se toma, no sé adónde quieres llegar. Deja tranquilo el bolígrafo, por favor –pide entonces y él sabe que está molesta.

–¿Y nadie se emborracha, ni dice malas palabras, ni se mea por los balcones?

–No tengo ganas de jugar, Mario, te lo juro –y se oprime los párpados, pero no parece cansada. Cuando retira los dedos sus ojos brillan más.

–Discúlpame –dice él y devuelve el bolígrafo al bolsillo de la camisa–. Háblame de Rafael.

Ahora ella respira ante la petición. Mueve la cabeza negando algo que sólo ella conoce y dirige sus ojos hacia el ventanal que da al jardín interior. Es teatral, piensa él, y sigue la mirada y apenas descubre el color falso, levemente oscurecido, de los helechos que crecen exuberantes más allá del vidrio calobar.

–Hubiera preferido otro policía, ¿sabes? Contigo, no sé, me cuesta trabajo.

–A mí también contigo y con Rafael. Además, si tu marido no se hubiera perdido, yo estaría en mi casa leyendo y sin trabajar hasta el lunes. Ahora lo que hace falta es que aparezca rápido. Y tú tienes que ayudarme en eso, ¿no es verdad?

Ella hace un gesto para levantarse, pero regresa a su sitio en el sofá. Su boca es ahora una línea recta, una boca de persona inconforme, que se suaviza cuando mira hacia el sargento Manuel Palacios.

–¿Qué te puedo decir de Rafael? Tú también lo conoces... Vive para el trabajo, no por gusto llegó a ese cargo y lo mejor es que disfruta trabajando como un animal. Creo que es un buen dirigente, de verdad que sí, y además todo el mundo lo dice. Lo buscan para todo y todo lo hace bien. Él mismo dice que es un hombre de éxito. Se pasa la vida viajando al extranjero, sobre todo a España y Panamá, para hacer contratos y compras y parece que es bueno para los negocios. ¿Te imaginas a Rafael de negociante?

Él tampoco lo imagina y observa el equipo de audio que ocupa el ángulo de la saleta: deck, tocadiscos, doble casetera, CD, ecualizador, amplificador y dos bafles con bocinas de no sabe cuánto de salida, y piensa que ahí la música sí es música.

–No me lo imagino, no –dice y pregunta–. ¿Y de dónde salió esa torre de audio? Eso cuesta más de mil dólares...

Ella vuelve a mirar a Manolo y luego observa abiertamente a su antiguo compañero de estudios.

–¿Qué te pasa, Mario? ¿A qué vienen esas pregunticas? Oye, tú sabes que nadie trabaja como un loco por gusto. Todo el mundo busca algo y... aquí el que puede comer filete no come arroz con huevo.

–Sí, al que Dios se lo dio...

–¿Qué es lo que te molesta, Mario?

Él busca el bolígrafo, pero lo deja en su lugar.

–Nada, nada, no te preocupes, ¿está bien?

–Sí me preocupo. ¿Si tuvieras que viajar por tu trabajo, tú no viajarías y le comprarías cosas a tu mujer y a tu hijo, dime? –pregunta, busca consenso en Manolo. El sargento apenas levanta los hombros, todavía con la taza de café en las manos.

–Estoy fallo por las dos cabezas: ni viajo al extranjero, ni tengo mujer y un hijo.

–Pero tienes envidia, ¿no? –le dice suavemente y vuelve a mirar los helechos. Él sabe que ha tocado una fibra sensible de Tamara. Durante años ella había tratado de parecer igual que los demás, pero la cuna le pesaba demasiado y siempre terminaba siendo distinta: sus perfumes nunca fueron las colonias baratas que usaban los demás, era alérgica y sólo admitía ciertas lavandas masculinas, sus vestidos de fiestas sabatinas se parecían a los de sus amigas, pero eran de hilo hindú, sabía toser, estornudar y bostezar en público y sólo ella entendía de corrido las canciones de Led Zeppelin o Rare Earth. Él acomoda el cenicero en el sofá y busca otro cigarro. Es el último del paquete y como siempre se alarma al notar cuánto ha fumado, pero se dice que no, que no tiene ni gota de envidia.

–A lo mejor –acepta, sin embargo, cuando enciende el cigarro y comprende que no tiene fuerzas para discutir con ella–. Pero es lo que menos le envidio a Rafael, te lo juro –sonríe y mira a Manolo–: Que san Pedro le bendiga esas cosas.

Ella ha cerrado los ojos y él se pregunta si habrá asimilado los matices de su envidia. Está más cerca de él y la huele a su antojo, cuando ella le toma una de las manos.

–Discúlpame, Mario –le pide– pero es que estoy así, muy tensa. Es lógico con este lío –dice y retira la mano–. ¿Por fin tú querías una lista?

–Compañera, compañera –dice entonces el sargento Manuel Palacios y levanta la mano, como si pidiera la palabra desde el fondo del aula, y sin atreverse a mirar al Conde–. Yo sé cómo usted se siente, pero nos debe ayudar.

–Creí que estaba haciendo eso, ¿no?

–Claro, claro. Pero yo no conozco a su esposo... Antes del día primero, ¿lo vio raro, hizo algo distinto?

Ella se lleva la mano al cuello y se lo acaricia un instante, como si lo quisiera muchísimo.

–De por sí Rafael era un poco raro. Tenía un carácter así, muy voluble y cualquier cosa lo angustiaba. Si tuviera que haber visto algo raro, diría que el día 30 estaba molesto, me dijo que estaba cansado con todos los cierres por fin de año, pero el 31 fue casi lo contrario y creo que disfrutó la fiesta. Pero el trabajo siempre le preocupaba, de toda la vida.

–¿Y no dijo nada, no hizo nada que le llamara la atención? –siguió Manolo sin mirar al teniente.

–No, que yo sepa, no. Es que además el 31 se fue a almorzar con su mamá y se pasó allá casi todo el día.

–Discúlpame, Manolo –terció el Conde y observó cómo

el sargento se frotaba las manos, se le había calentado el pico y podía estar una hora preguntando–. Tamara, de todas maneras quiero que pienses en lo que haya podido hacer en estos días que pudiera tener alguna relación con lo que está pasando. Todo es importante. Cosas que no decía o hacía habitualmente, si habló con alguien que tú no conocieras, no sé... Y también es importante que me prepares la lista. ¿Tú piensas salir hoy a alguna parte?

–No, ¿por qué?

–Nada, para saber dónde vas a estar. Cuando yo termine en la Central puedo pasar por aquí a recoger la lista y hablamos otra vez. No hay problemas en eso, se me hace camino.

–Está bien, yo te espero y te hago la lista, despreocúpate –dice ella y lucha otra vez con aquel mechón de pelo inconforme.

–Mira –dice él y arranca una hoja del bloc–. Cualquier cosa me localizas por estos números.

–Está bien, claro –afirma y toma el papel y la sonrisa que arma es un regalo–. Oye, Mario, te está clareando el pelo en la frente. No me digas que vas a ser calvo, ¿no?

Él sonríe, se pone de pie y avanza hacia la puerta. Hace girar el picaporte y le cede el paso a Manolo. Ahora está frente a Tamara y la mira a los ojos.

–Bueno, seré calvo también –dice y agrega–: Tamara, no te molestes conmigo. Tengo que hacer un trabajo y eso tú lo entiendes, ¿verdad?

–Yo te entiendo, Mario.

–Entonces dime algo: ¿además de ti, quién se beneficiaría con la muerte de Rafael?

Ella se sorprende, pero enseguida sonríe. Se olvida del mechón invencible y dice:

–¿Qué clase de psicólogo ibas a hacer tú, Mario? Beneficiarme... ¿Un equipo de audio y el Lada que está allá abajo?

–No sé, no sé –admite él y levanta la mano en señal de adiós–. No pongo una buena contigo –y sale de la casa a la que no había entrado en quince años y sabe que va herido. No quiere verla en la puerta ensayando una despedida. Avanza hacia la calle y cruza sin mirar el tráfico.

–Andando se quita el frío –dice cuando se acomoda en el auto y no lo puede evitar: mira hacia la casa y recoge la despedida de la mujer que lo observa desde la puerta, junto a un agresivo arbusto de concreto.

–Ese huevo quiere sal.

–¿Qué tú dices?

–Que tengas cuidado, Conde, que tengas cuidado.

–¿A qué viene eso, Manolo? ¿Me vas a regañar?

–¿Yo regañarte? No, Conde, tú estás muy viejo y hace mucho rato que eres policía para saber lo que te conviene y lo que no. Pero ella no me convence.

–A ver, ¿qué es lo que te molesta? ¿A ver?

–No sé, chico, pero de verdad no me cuadra mucho. Es demasiado fina para mí. Incluso para ti... Pero fina y todo ponte en el lugar de esa mujer, con el marido perdido, a lo mejor muerto o metido en sabe Dios qué lío...

–Anjá.

–¿No te parece que está un poco así, de a mí qué me importa?

–¿Y eso quiere decir que es culpable de algo?

–Vaya, carajo, cuando el mulo dice que no...

–Pero, chico, cómo te voy a entender si tú no me hablas claro...

–¿Claro, no? ¿Quieres que hable claro? Oye, Conde, nada más hay que verte para darse cuenta de que te babeas cuando ves a esa mujer, y hay que verla a ella para darse cuenta que también ella lo sabe. Y, bueno, eso no sería un lío si no estuviera lo del marido por el medio, ¿no? Y ya te dije, hay algo que no me huele bien.

–¿Tú crees que pueda saber algo?

–Pudiera ser... No sé, pero ten cuidado, compadre. ¿Está bien?

–Está bien, sargento.

Dijo sargento y estiró el brazo, ordenándole que detuviera el auto.

—Arrima, arrima —le pidió al ver el patrullero detenido junto a la acera y los dos policías que cargaban al hombre. Sabía muy bien lo que sucedía y desde la ventanilla mostró a los agentes su identificación—. ¿Qué pasó?

—Estaba borracho, tirado ahí —le explicó uno de los policías, señalando hacia el portal de la iglesia de San Juan Bosco—. Lo llevamos para la estación hasta que se refresque —dijo y casi se le escapa el hombre de las manos.

—Sí, ayúdenlo —el Conde hizo un gesto de saludo y le pidió a Manolo que continuara. No hacía frío a esa hora, pero el Conde sintió que se erizaba. Los borrachos perdidos lo alarmaban tanto como los perros callejeros y sin darse cuenta se metió los dedos en el pelo para verificar la observación de Tamara. ¿También me estoy quedando calvo?, y aprovechó que el auto se detuvo en el semáforo de la Coca Cola para mirarse un instante en el espejo retrovisor. A lo mejor sí.

—Manolo —dijo entonces sin mirar a su compañero—, vamos a adelantar trabajo. Déjame en Comercio Exterior para averiguar quién es el gallego Dapena y dónde lo podemos encontrar si nos hace falta, y tú vete a ver a Maciques y habla con él. Grábame la entrevista y llévalo suave, por favor, que últimamente estás impulsado. Después nos vemos en la Central... ¿Pero tú me vas a decir a mí que no te gustaría templarte una mujer como ésa?

Grabación

«... decirle si podía grabar la entrevista / no hay problemas, compañero, como sea mejor para usted... / bueno, usted es René Maciques Alba y trabaja como jefe de despacho de Rafael Morín Rodríguez, el ciudadano que desapareció de su casa el día primero / sí, compañero, el primero... / ¿y desde cuándo usted trabaja con él? / ...bueno, es casi al revés, déjeme explicarle, yo era jefe de despacho del anterior

51

director de la empresa y cuando nombraron al compañero Rafael seguí en la misma responsabilidad, ¿verdad?, eso fue hace dos años y medio, en junio del 87, y casi me acuerdo del día... / ¿cómo eran sus relaciones con él? / ¿con Rafael?... bueno, claro, vaya, aunque esté feo el decirlo, él y yo teníamos relaciones de amigos, es así desde el principio, y qué le voy a decir de un amigo, era un dirigente cabal, preocupado por su trabajo y por sus subordinados, una gente de esas que se hace querer, responsable... / ¿tiene alguna idea sobre su desaparición? / ¿idea?, idea... No, no, la verdad, él y yo fuimos a la fiesta de fin de año en casa del compañero Alberto, el viceministro / ¿cuál es el nombre completo? ¿Viceministro de qué? / ...ah, claro, Alberto Fernández-Lorea, viceministro de Industrias, él atiende todo lo que tiene que ver con el área comercial del Ministerio, y como le digo, fuimos a su casa, en Miramar, cada uno con su esposa, y estuvimos allí desde las diez más o menos hasta las dos y pico o las tres, a uno se le va el tiempo así, cuando uno está en una fiesta, y Rafael y yo hablamos un rato y quedamos en vernos el lunes para preparar los contratos que hay que mandar a Japón para un negocio urgente / ¿qué tipo de negocio? / ¿qué tipo?... una compra, ¿no?, unos rodamientos y otras cosas que tienen que ver con el plástico y la computación, que usted sabe que los japoneses dan muy buenos precios en eso, ¿verdad? / ¿y dice que no notó nada raro ese día? / mire, no... por más que pienso me parece que no, él bailó, comió, tomó, comió cantidad, por cierto, él decía que el mejor puerco asado del mundo lo hacía el viceministro / ¿y en la empresa, algún problema? / no, no, hombre... el cierre de año fue muy bueno, tal vez un poco de preocupación por la cantidad de trabajo que teníamos para estos días, eso sí, él siempre estaba preocupado con eso, pero es normal con su responsabilidad, ¿no?, y además, con los problemas que hay en los países socialistas, nosotros nos vamos a complicar más cada día, usted sabe... / ¿tiene alguna idea de dónde podría estar? / mire, ¿eh?, ¿teniente me dijo? / sargento / sí, sargento, yo no entiendo qué está pasando, él tenía su vida normal / ¿entonces qué problemas tenía en la empresa? / ¿en la empresa?... en la empresa ninguno, sargento, ya se lo dije, Rafael lo tenía todo en orden, muy bien / ¿y andaba con muchas mujeres? / ¿cómo que con muchas?, ¿quién le dijo eso, sargento? / nadie, quiero saber dónde está Rafael Morín, ¿andaba con mujeres? / no, yo no sé de su vida privada... / ¿pero eran amigos o no? / sí, sí, éramos, pero más bien amigos de trabajo, ¿me entiende?, de ahí en fuera alguna visita a su casa, él pasaba por la mía y así / ¿alguien en la empresa tenía algo contra él? / ¿en qué sentido? ¿De querer perjudicarlo o algo? / sí, en ese sentido / ...no, no lo creo, siempre habría algún resentido o algún envidioso, que de eso hay más que gorriones en La Habana, sí, es verdad, pero él no era hombre de hacerse enemigos, al menos en el trabajo, que es donde yo lo conocía bien / ¿quién es José Manuel Dapena? / ah, sí, Dapena, un comerciante español / ¿qué relación tiene con Rafael? / bueno, déjeme explicarle, Dapena tiene negocios de astilleros en Vigo, y nosotros hicimos algunas importaciones gracias a él, porque no tenía mucho que ver con el giro nuestro, pero sí con el de la gente de la pesca / ¿y qué hacía en la fiesta? / ¿en la fiesta?, estaba invitado, ¿no? / ¿invitado por quién? / por el dueño de la casa, supongo, claro / ¿y cómo eran las relaciones de Rafael y Dapena? / mire, para serle franco, eran puramente comerciales, y no sé si debo decirle esto, pero... / dígalo, por favor / es que Dapena se le insinuó un día a la esposa de Rafael... / ¿y hubo problemas? / no, no, no se imagine eso, que fue un mal entendido, pero Rafael no lo tragaba mucho después de eso / ¿y usted es amigo del español? / no, amigo no, incluso la verdad es que no me caía muy bien después de lo que pasó con Tamara, sí, la esposa del compañero Rafael, el gallego es de los que se cree que porque tiene dólares es papá Dios / ¿y qué le pasó al anterior director de la empresa? / bueno, ¿y eso qué tiene que ver?... disculpe, sargento... nada, un poco de dulce vida, como se dice vulgarmente, se regó y ya usted sabe cómo es eso... / ¿y Rafael no era igual? / ¿Rafael?, no, qué va, al contrario, al contrario, hasta donde yo sé... / ¿hasta dónde? / era distinto, quiero decir / ¿a qué hora se fueron de la fiesta? / ah... ya, como a las tres / ¿y se fueron juntos? / no... sí, bueno... casi juntos, yo me fui y lo dejé a él despidiéndose del compañero viceministro y... / ¿y qué? / no, no, nada, y me fui... / ¿y usted dice que no tiene idea de lo que le pueda haber pasado al ciudadano Rafael Morín? / no, sargento, no...»

René Maciques debía de tener unos cincuenta años, sería un poco calvo y llevaría gafas, más bien redondas, como las de un bibliotecario modelo, pensó el Conde con los ojos puestos en la grabadora. El trabajo de Manolo ponía de relieve la retórica burocrática del hombre y su ética estricta de defender siempre las espaldas del jefe, hasta que se demuestre lo contrario, esté donde esté, al menos ahora que no se sabe dónde carajos está metido, se dijo. Sin embargo, la esfera de relaciones y amistades de Rafael, la grabación de la entrevista con Maciques y su propia conversación con Tamara le ponían ante los ojos un elemento importante en su búsqueda: Rafael Morín seguía siendo el mismo intachable de siempre, y él no debía prejuiciarse. Sus recuerdos eran cicatrices de heridas que creía cerradas hacía mucho tiempo y un caso abierto era otra historia, y en los casos hay antecedentes, evidencias, pistas, sospechas, premoniciones, iluminaciones, certezas, datos estadísticos y comparables, huellas, documentos y muchísimas casualidades, pero nada tan engañoso y equívoco como los prejuicios.

Se puso de pie y caminó hasta la ventana del cubículo. De tanto observarlo, aquel fragmento de paisaje se había convertido en su vista favorita. Las hojas de los laureles se movían ahora levemente, impulsadas por la brisa que corría del norte y traía la mancha de nubes oscuras y pesadas que acercaban el horizonte. De la iglesia salían dos monjas con sus trajes oscuros de invierno y abordaban un pisicorre VW con una naturalidad sencillamente posmodernista. Su estómago vacío bailaba como las hojas de los laureles, pero no quería pensar en la comida. Pensaba en Tamara, en Rafael, en el Flaco Carlos, en Aymara viviendo en Milán y en Dulcita sabía Dios dónde, en la espectacular fiesta de quince de las jimaguas, y pensaba en sí mismo, dentro de aquella oficina fría en invierno y tan caliente en verano, mirando las hojas de un laurel y empeñado en encontrar a alguien a quien nunca hubiera querido buscar. Todo perfecto.

Apoyó las yemas de los dedos en el gélido cristal de la ventana y se preguntó qué había hecho con su vida: cada vez que revolvía el pasado sentía que no era nadie y no tenía nada, treinta y cuatro años y dos matrimonios deshechos, dejó a Maritza por Haydée y Haydée lo dejó por Rodolfo, y él no supo ir a buscarla, aunque seguía enamorado de ella y podía perdonárselo casi todo: tuvo miedo y fue preferible emborracharse todas las noches de una semana para al final no olvidar a aquella mujer y el hecho terrible de que había sido un magnífico cornudo y que su instinto de policía no lo alertó de un crimen que ya duraba meses antes del desenlace. Su voz enronquecía por días a causa de las dos cajetillas de cigarros que despachaba cada veinticuatro horas, y sabía que además de calvo, terminaría con un hueco en la garganta y un pañuelo de cuadros en el cuello, como un *cowboy* en horas de merienda, hablando tal vez con un aparatico que le daría voz de robot de acero inoxidable. Ya apenas leía y hasta se había olvidado de los días en que se juró, mirando la foto de aquel Hemingway que resultó ser el ídolo más adorado de su vida, que sería escritor y nada más que escritor y que todo lo demás eran acontecimientos válidos como experiencias vitales. Experiencias vitales. Muertos, suicidas, asesinos, contrabandistas, proxenetas, jinetes, violadores y violados, ladrones, sádicos y retorcidos de todas las especies y categorías, sexos, edades, colores, procedencias sociales y geográficas. Muchísimos hijos de puta. Y huellas, autopsias, levantamientos de terreno, plomos disparados, tijeras, cuchillos, cabillas, pelos y dientes arrancados, caras desfiguradas. Sus experiencias vitales. Y una felicitación al final de cada caso resuelto y una terrible frustración, un asco y una impotencia infinita al final de cada caso congelado sin solución. Diez años revolcándose en las cloacas de la sociedad habían terminado por condicionarle sus reacciones y perspectivas, por descubrirle sólo el lado más amargo y difícil de la vida, y hasta habían conseguido impregnarle en la piel aquel olor a podrido del que ya no se libraría jamás, y lo que era peor, que sólo sentía cuando resultaba especialmente agresivo, porque su olfato se había embotado para siempre. Todo perfecto, tan perfecto y agradable como una buena patada en los huevos.

¿Qué has hecho con tu vida, Mario Conde?, se preguntó como cada día, y como cada día quiso darle marcha atrás a la máquina del tiempo y uno a uno desfacer sus propios entuertos, sus engaños y excesos, sus iras y sus odios, desnudarse de su existencia equivocada y encontrar el punto preciso donde pudiera empezar de nuevo. ¿Pero tiene sentido?, también se preguntó, ahora que hasta me estoy quedando calvo, y se dio la misma respuesta de siempre: ¿Dónde me había quedado? Ah, en que no debo prejuiciarme, pero es que me encantan los prejuicios, se dijo y llamó a Manolo.

El cuento se llamaba «Domingos» y era una historia real y de contra autobiográfica. Empezaba un domingo por la mañana cuando la mamá del personaje (mi mamá) lo despertaba, «Arriba, mijo, son las siete y media», y él comprendía que esa mañana no podría desayunar, ni seguir otro rato en la cama, ni jugar pelota después, porque era domingo y tenía que ir a la iglesia, como todos los domingos, mientras sus amigos («Se van a perder en el infierno», decía su/mi mamá) se pasaban aquella única mañana sin clases mataperreando por el barrio y organizando piquetes a la mano o al bate en el callejón de la esquina y en el descampado de la cantera. Me parecía muy anticlerical, había leído a Boccaccio y en el prólogo explicaban lo que es ser anticlerical, y como la obligación de ir a la iglesia me hizo ser a mí también anticlerical cuando quería ser pelotero, pues se me ocurrió escribir el cuento, pero sin ser anticlerical expreso, sino sugerido, mejor dicho, sumergido, como el iceberg del que habla Hemingway. Ése fue el cuento que llevé al taller.

Es algo increíble eso de sentirse escritor. Aunque el taller, en verdad, parecía una corte de los milagros. Había de todo: desde los dos únicos maricones reconocidos del Pre, Millán y el negrito Pancho, hasta el Quijá, el capitán del equipo de *basket*, que hacía unos sonetos larguísimos; desde Adita Vélez, tan fina y tan linda y tan delicada que era imposible imaginarla en el acto cotidiano de cagar un mojón, hasta Miki Cara de Jeva, el lindoro del Pre, que todavía no había escrito ni una línea en su vida y lo que buscaba era alguna jeva que levantar; desde el negro Afón, que no iba casi nunca a clases, hasta la profesora Olguita, la de literatura, que dirigía aquello, pasando por mí y por el Cojo, que era el inventor y el alma del taller. La gente decía: «Ése sí es poeta», porque había publicado unos versos en *El Caimán Barbudo* y usaba unas camisas blancas de cuello duro y mangas largas recogidas hasta el codo, pero no porque fuera poeta ni nada, sino porque no tenía otras camisas blancas para ir al Pre y estaba rematando las últimas glorias de cuello y corbata que había usado su padre como promotor de ventas en Venezuela allá por el cincuenta y pico, justo cuando nació el Cojo, que por tanto era venezolano pero de La Víbora y fue al que se le ocurrió hacer una revista del taller literario y formó sin quererlo la descojonación.

Nos reuníamos los viernes por la tarde debajo de los algarrobos que había en el patio de educación física y la profe Olguita llevaba un termo grandísimo con té frío, y nos cogía la noche matándonos a poemas y cuentos, y éramos ultracríticos con los otros, buscando siempre la contrapelusa de las cosas, el marco histórico, si era idealista o realista, cuál era el tema y cuál el asunto y esas pendejadas que nos enseñaban en el aula como para que no quisiéramos leer, a pesar de que la profe Olguita nunca hablaba de eso y nos leía cada semana un capítulo de *Rayuela;* se veía que le gustaba muchísimo porque casi llorando nos decía esto es la literatura, y ella se me fue pareciendo tanto a la Maga que casi me enamoro, aunque yo era novio de Cuqui y estaba enamorado de Tamara, y eso que Olguita tenía la cara llena de unos huequitos y me llevaba como diez años, y también dijo que sí, que era buena idea eso de sacar todos los meses una revista con las mejores cosas del taller.

Ésa fue la otra bronca: las mejores cosas. Porque todos escribíamos cosas buenísimas y nos hacía falta un libro para que cupieran, y entonces el Cojo dijo que en el número cero —y me sorprendió aquello de número cero, si en verdad era el uno, porque cero es cero y no podía quitarme de la cabeza algo así como una revista con las páginas en blanco o mejor, en este caso, como la revista que nunca existió, ¿no?— debíamos ser muy rigurosos, y entre él y Olguita escogieron las cosas, un voto de confianza para ellos por esta vez. Y escogieron «Domingos» y no me cabía un alpiste en el culo de pensar que de verdad yo iba a ser un escritor, y el Flaco y Jose se pusieron contentísimos, y el Conejo envidiosísimo, al fin iba a publicar. En el número cero iban también dos poemas del Cojo —el que puede puede— y uno de la novia del Cojo —lo dicho—, un cuento de Pancho, el negrito maricón, una crítica de Adita a la obra de teatro del grupo del Pre, otro cuento de Carmita y un editorial de la profe Olguita para presentar el número cero de *La Viboreña,* la revista literaria del taller literario José Martí, del Pre René O. Reiné. Qué clase de embullo.

Iba a tener diez hojas la revistica y el Cojo consiguió un paquete de mil cuartillas, salían cien ejemplares, y la profe Olguita habló en la dirección para picarlos y tirarlos y yo soñaba todas las noches con ver a *La Viboreña* y saber que ya era escritor de verdad. Hasta que estuvo lista, nos pasamos una noche empalmando hojas y presillando y al otro día por la mañana nos paramos en la puerta del Pre a repartírsela a la gente, el Cojo no se enrolló las mangas de la camisa y parecía un camarero, y la profe Olguita nos miraba desde la escalera, estaba orgullosa y contenta la última vez que la vi reírse.

Al otro día nos citó el secretario, aula por aula, para una reunión a las dos de la tarde en la dirección. Éramos tan escritores y tan ingenuos que esperábamos recibir diplomas además de felicitaciones y otros estímulos morales por aquella revista tan innovadora, cuando el director nos dijo que nos sentáramos, y ya estaban sentados allí la jefa de cátedra de español, que jamás había ido al taller, la secretaria de la Juventud y Rafael Morín, que respiraba como si tuviera un poco de asma.

El director, que al año siguiente ya no sería director por el escándalo Waterpre, hizo abuso de la palabra: ¿Qué quería decir ese lema de la revista de que «El Comunismo será una aspirina del tamaño del sol», acaso que el socialismo era un dolor de cabeza? ¿Qué pretendía la compañerita Ada Vélez con su crítica a la obra sobre los presos políticos en Chile, destruir los esfuerzos del grupo de teatro y el mensaje de la obra? ¿Por qué todos, todos los poemas de la revista eran de amor y no había uno solo dedicado a la obra de la Revolución, a la vida de un mártir, a la patria en fin? ¿Por qué el cuento del compañerito Conde era de tema religioso y eludía una toma de partido en contra de la iglesia y su enseñanza escolástica y retrógrada? Y sobre todo, dijo, nosotros estábamos como si nos hubiéramos emborrachado, y se paró frente a la flaca Carmita, se veía que la pobre estaba temblando y todos ellos movían la cabeza, diciendo que sí, ¿por qué se publica un cuento firmado por la compañera Carmen Sendán con el tema de una muchacha que se suicida por amor? (y dijo tema, no asunto). ¿Ésa es acaso la imagen que debemos dar de la juventud cubana de hoy? ¿Ése es el ejemplo que proponemos en lugar de resaltar la pureza, la entrega, el espíritu de sacrificio que debe primar en las nuevas generaciones...?, y ahí se formó la descojonación total.

La profe Olguita se puso de pie, estaba rojísima, permítame interrumpirlo, compañero director, dijo y miró hacia la jefa de cátedra que embarajó el tiro y se puso a limpiarse las uñas y al director que sí le sostuvo la mirada, pero tengo que decirle algo: y le dijo muchísimas cosas, que si no era ético que ella se enterara allí del asunto de la reunión (dijo asunto y no tema), que si estaba totalmente en desacuerdo con aquel método que tanto se parecía a la Inquisición, que no entendía cómo era posible aquella incomprensión con los esfuerzos y las iniciativas de los estudiantes, que sólo unos trogloditas políticos podían interpretar los trabajos de la revista de aquella forma y como veo que no hay diálogo desde esas acusaciones y desde esa perspectiva estalinista que usted propone y que acá la compañera de mi cátedra evidentemente aprueba, hágame el favor de firmarme la baja que yo no puedo seguir en este Pre, a pesar de que hay alumnos tan sensibles y buenos y valiosos como estos muchachos, –y nos señaló, y salió de la dirección y no se me olvida nunca que iba rojísima todavía, y estaba llorando y era como si no tuviera huequitos en la cara, porque se había convertido en la mujer más linda del mundo.

Nosotros nos quedamos congelados, hasta que Carmita empezó a llorar y el Cojo miró al tribunal que nos juzgaba, cuando Rafael se puso de pie, sonrió y todo, y se paró al lado del director, compañero director, dijo, después de este feo incidente, creo que es bueno hablar con los estudiantes, porque todos son excelentes compañeros y creo que van a entender lo que usted les ha planteado. Tú misma, Carmita, dijo y le puso una mano en el hombro a la flaca, seguramente no pensaste en las consecuencias de ese cuento idealista, pero hay que estar despiertos en eso, ¿verdad?, y creo que lo mejor es demostrar que pueden hacer una revista a la altura de estos tiempos, en la que podamos resaltar la pureza, la entrega, el espíritu de sacrificio que debe primar en las nuevas generaciones *(sic)*, ¿verdad, Carmita? Y la pobre Carmita dijo que sí, sin saber que decía sí para siempre, que Rafael tenía razón y yo hasta dudé si la tendría, pero no podía olvidarme de la profe Olguita y lo que habían dicho de mi cuento, y entonces el Cojo se paró, permiso, dijo, cualquier queja contra él que se la hicieran como crítica en su comité de base y también salió, le costó un año de limitación de derecho y una mala fama del carajo, siempre ha sido un conflictivo y un socarrón, además de autosuficiente, se cree que porque le han publicado unos poemitas, dijo la jefa de cátedra cuando lo vio salir, y yo quise morirme como nunca he vuelto a querer morirme en la vida, tenía miedo, no podía hablar pero no entendía mi culpa, si nada más había escrito lo que sentía y lo que me había pasado cuando era chiquito, que me gustaba más jugar pelota en la esquina que ir a misa, y por suerte guardé cinco ejemplares de *La Viboreña*, que jamás llegó al número uno, que iba a ser el de la democracia, porque la profe Olguita, tan buena gente y tan linda, pensó que lo podríamos hacer escogiendo a votación los mejores materiales de nuestra abundante cosecha literaria.

–¿Ya almorzaste? –Manolo asintió, se frotó levemente el estómago y el Conde pensó que era una mala idea seguir allí sin comer nada–. Bueno, me hace falta que vayas ahora a la computadora y pidas todos los casos, todos, que se han abierto en La Habana en los últimos cinco días y que...

–¿Pero todos-todos? –preguntó Manolo y se sentó frente al Conde dispuesto a discutir la orden. Lo miraba fijo, a la cara, y la pupila de su ojo izquierdo empezó a desplazarse hacia la nariz hasta casi perderse tras el tabique.

–Oye, no me mires así... ¿Me dejas terminar? ¿Puedo hablar? –preguntó el teniente y apoyó la barbilla entre las manos, observando con resignación a su subordinado y preguntándose otra vez si Manolo era bizco.

–Dale, dale –aceptó el otro, tomando una dosis de la resignación de su jefe. Cambió la mirada hacia la ventana y su ojo izquierdo avanzó lentamente hacia su posición normal.

–Mira, viejo, para ver cómo le entramos a este lío hace falta saber si tiene relación con algo, con no sé qué. Por eso quiero que le pidas los datos a la computadora y con tu brillante cerebro hagas una selección con todo lo que pudiera tener que ver con la desaparición de Rafael Morín. A lo mejor sale algo, ¿no?

–Ya sé, palos de ciego.

–Ah, Manolo, no jodas, esto es así. Dale, te veo en una hora.

–Me ves en una hora. ¿En una hora? Oye, me estás llevando a la una mi mula y ni siquiera me has dicho qué hubo con el gaito...

–Nada. Hablé con el jefe de seguridad de Comercio Exterior y parece que el gallego es más puro que la virgen santísima. Un poco putañero y bastante tacaño con las niñas, pero me soltó la plegaria de que es amigo de Cuba, que ha hecho buenos negocios con nosotros, nada anormal.

–¿Y vas a hablar con él?

–Sabes que me gustaría, ¿no? Pero creo que el Viejo no nos va a dar un avión para ir hasta Cayo Largo. El hombre está allá desde el primero por la mañana. Parece que todo el mundo se fue el primero por la mañana.

–Yo creo que deberíamos verlo, después de lo que dijo Maciques...

–No regresa hasta el lunes, así que tenemos que esperar. Bueno, en una hora aquí, mi socio.

Manolo se puso de pie y bostezó, abriendo la boca todo lo que pudo y quejándose tiernamente.

–Con el sueño que me dio el almuerzo.

–Oye, ¿tú sabes lo que me espera a mí ahora mismo?, ¿eh? –insistió el Conde en la interrogación, y abrió una pausa para acercarse al sargento–. Pues me toca hablar con el Viejo y decirle que no se nos ocurre ni timba... ¿Quieres cambiar?

Manolo inició la retirada, sonriendo.

–No, allá tú, que para eso ganas como cincuenta pesos más que yo. En una hora me dijiste, ¿verdad? –aceptó la encomienda y salió del cubículo sin escuchar el anjá con que lo despedía el teniente.

El Conde lo vio cerrar la puerta y entonces bostezó. Pensó que a esa hora podría estar durmiendo una larga siesta, acurrucado y tapado, después de atracarse con la comida de Jose, o entrando en un cine, le encantaba aquella oscuridad en pleno mediodía y ver películas muy escuálidas y conmovedoras, como *La amante del teniente francés, Gente como uno* o *Nos amábamos tanto*. No hay justicia, se dijo, y recogió el file y su maltrecha libreta de notas. Si hubiera creído en Dios, a Dios se hubiera encomendado antes de ir a ver al Viejo con las manos vacías.

Salió del cubículo y avanzó por el corredor que conducía a las escaleras. La última oficina del pasillo, la más amplia y fresca de todo el piso, estaba iluminada y decidió entonces hacer una escala necesaria. Tocó en el vidrio, abrió y vio las espaldas encorvadas del capitán Jorrín, también miraba hacia la calle desde su ventana, con el antebrazo apoyado en el marco. El viejo lobo de la Central apenas se volteó y dijo, entra, Conde, entra, y siguió en la misma postura.

–¿Tú crees de verdad que ya debo retirarme?, ¿eh, Conde? –preguntó el hombre, y el teniente supo que había escogido un mal momento. Para aconsejar estoy yo, pensó.

Jorrín era el más veterano de los investigadores de la Central, una especie de institución a la que el Conde y muchos de sus compañeros acudían como a un oráculo en busca de consejos, presagios y vaticinios de comprobada utilidad. Hablar con Jorrín era una especie de rito imprescindible en cada investigación escabrosa, pero Jorrín estaba envejeciendo y aquella pregunta era una terrible señal.

–¿Qué le pasa, maestro?

–Me estoy convenciendo a mí mismo de que ya debo retirarme, pero me gustaría saber qué piensa alguien como tú.

El capitán Jorrín se volteó pero se mantuvo junto a la ventana. Parecía cansado o triste o quizás agobiado por algo que lo atormentaba.

–No, ningún lío con Rangel, no es eso. En los últimos días hasta somos amigos. El lío es conmigo, teniente. Es que este trabajo me va a matar. Ya son casi treinta años en esta lucha y creo que no puedo más, que no puedo más –repitió y bajó la cabeza–. ¿Tú sabes lo que estoy investigando ahora? La muerte de un niño de trece años, teniente. Un niño brillante, ¿sabes? Se estaba preparando para competir en una olimpiada latinoamericana de matemáticas. ¿Te imaginas? Lo mataron ayer por la mañana en la esquina de su casa para robarle la bicicleta. Lo mataron a golpes, más de una persona. Llegó muerto al hospital, le habían fracturado el cráneo, los dos brazos, varias costillas y no sé cuántas cosas más. Como si lo hubiera aplastado un tren, pero no fue un tren, fueron personas que querían una bicicleta. ¿Qué cosa es esto, Conde? ¿Cómo es posible tanta violencia? Ya debería estar acostumbrado a estas cosas, ¿no? Pues nunca me he acostumbrado, teniente, nunca, y cada vez me afectan más, me duelen más. Es bien jodido este trabajo nuestro, ¿no?

–Verdad –dijo el Conde y se puso de pie. Caminó hasta pararse junto a su compañero–. Pero qué carajos va a hacer uno, capitán. Estas cosas pasan...

–Pero hay gentes caminando por ahí que ni se imaginan estas cosas, teniente –interrumpió el consuelo que le brindaba el Conde y volvió a mirar por la ventana–. Fui esta mañana al entierro del muchacho y me di cuenta de que ya estoy muy viejo para seguir en esto. Coño, no sé, pero que todavía maten a un niño para robarle una bicicleta... No sé, no sé.

—¿Puedo darle un consejo, maestro?

Jorrín se mantuvo en silencio, otorgando. El Conde sabía que el día que el viejo Jorrín se quitara el uniforme entraría en una agonía irreversible que lo llevaría a la muerte, pero también sabía que tenía toda la razón, y se imaginó a sí mismo, dentro de veinte años, buscando a los asesinos de un niño, y se dijo que era demasiado.

—Nada más se me ocurre decirle una cosa y creo que es la misma que usted me hubiera dicho a mí si estuviera en su situación. Encuentre primero a los que mataron al muchacho y después piense si debe retirarse —dijo y caminó hacia la puerta, tiró del picaporte y entonces agregó—: ¿Quién nos mandó a ser policías?, ¿verdad? —y salió al pasillo en busca del elevador, mordido por la angustia que el maestro le había trasmitido. Miró su reloj y comprobó alarmado que apenas eran las dos y media y sintió que había atravesado una larguísima mañana de minutos perezosos y horas blandas y difíciles de superar, y vio ante sus ojos un reloj de Dalí. Entró en el despacho del Viejo y le preguntó a Maruchi si podía verlo, cuando sonó la alarma del intercomunicador. La muchacha le dijo, espérate, con un gesto de la mano, y oprimió el botón rojo. Una voz de lata oxidada, tartamuda por la comunicación, preguntó si el teniente Mario el Conde andaba por allá arriba o dónde estaba metido que nunca aparecía. Maruchi lo miró, cambió de tecla y dijo:

—Lo tengo delante de mí —y cambió otra vez.

—Pues dile que tiene llamada, de Tamara Valdemira, ¿se la paso para allá?

—Dile que sí, si no me va a morder —dijo el Conde y se acercó al teléfono gris.

—Pásala, Anita —pidió Maruchi y cortó, para agregar—, creo que al Conde le interesa el caso.

El teniente puso la mano sobre el auricular y el timbre sonó. Miró a la jefa de despacho del Viejo mientras el teléfono largaba el segundo timbrazo, pero no levantó el auricular.

—Estoy nervioso —le confesó a la muchacha, alzó los hombros, qué tú quieres que haga, y esperó a que terminara el tercer timbrazo. Entonces contestó–: Sí, oigo –y Maruchi se dedicó a observarlo.

–¿Mario? ¿Mario? Soy yo, Tamara.

–Sí, dime, ¿qué pasa?

–No sé, una bobería, pero a lo mejor te interesa.

–Pensé que había aparecido Rafael... A ver, a ver.

–No, que mirando en la biblioteca vi la libreta de teléfonos de Rafael, estaba allí, al lado de la extensión y, bueno, no sé si es una bobería.

–Pero termina, mujer –pidió él y miró otra vez a Maruchi: todas son iguales, le dio a entender con un suspiro.

–Nada, chico, que la libreta estaba abierta en la página de la z.

–Oye, ¿no me vayas a decir que Rafael es el Zorro y por eso no aparece?

Ella se mantuvo en silencio un instante.

–No puedes evitarlo, ¿verdad?

Él sonrió y dijo:

–A veces no puedo... A ver, qué pasó con la z.

–Nada, que hay dos nombres nada más: Zaida y Zoila, cada uno con su número.

–¿Y quiénes son ésas? –preguntó con evidente interés.

–Zaida es la secretaria de Rafael. La otra no sé.

–¿Estás celosa?

–¿Qué tú crees? Me parece que ya estoy un poco vieja para esos espectáculos.

–Nunca es tarde... ¿Él dejaba la libreta allí?

–No, por eso mismo te llamé. Él siempre la tenía en el portafolios, y el portafolios está en su lugar, al lado del librero del fondo.

–A ver, dame los números –dijo, y con los ojos le pidió a Maruchi que anotara–. Zaida, 327304, eso es El Vedado. Y Zoila 223171, ése es Playa. Anjá –dijo, leyendo las anotaciones de Maruchi–. ¿Y entonces no tienes idea de quién es Zoila?

–No, la verdad.

–Oye, ¿y la lista?

–Estoy en eso. Por eso vine a la biblioteca... Oye, Mario, ahora estoy más preocupada.

–Bueno, Tamara, déjame ver lo de estos números y luego paso por allá. ¿Está bien?

–Está bien, Mario, te espero.

–Anjá, hasta luego.

Tomó el papel que le ofrecía la secretaria y lo estudió un instante. Zaida y Zoila le sonaba a dúo mexicano de rancheras melancólicas. Debió preguntarle a Tamara cómo eran las relaciones entre Rafael y Zaida, pero no se atrevió. Anotó los nombres y los números en su bloc y, sonriendo, le pidió a Maruchi:

–Socita, llama a la gente de allá abajo y diles que me busquen las direcciones de estos dos teléfonos, ¿quieres?

–Quiero –dijo la muchacha moviendo la cabeza ante lo inevitable.

–Me matan las mujeres complacientes. Cuando cobre te lo pagaré... ¿Y el jefe?

–Entra, te está esperando, como casi siempre... –le dijo y oprimió el botón negro del intercomunicador.

Tocó levemente con los nudillos y abrió la puerta de la oficina. Tras su buró, el mayor Antonio Rangel oficiaba la ceremonia de encender un tabaco. Inclinando sutilmente la llama del mechero de gas, hacía girar el puro y cada movimiento de sus dedos correspondía con una apacible exhalación de humo azul que quedaba flotando a la altura de sus ojos, abrazándolo en una nube compacta y perfumada. Fumar era una parte trascendente de su vida y todos los que sabían su fetichista afición por los buenos habanos jamás lo interrumpían mientras encendía un puro, y, siempre que podían, le regalaban tabacos de marca en cualquier ocasión señalada: cumpleaños y aniversario de bodas, días de los padres y fin de año, nacimiento de un nieto o graduación de un hijo; y el mayor Rangel confeccionaba entonces una reserva de coleccionista orgulloso de la que escogía marcas para las diferentes horas del día, fortalezas para estados de ánimo y tamaños de acuerdo con el tiempo que podría dedicarle a la fumada. Sólo cuando terminó de encender el habano y observó con satisfacción de profesional la corona perfecta del ascua en el pie del tabaco, se enderezó en su silla y miró al recién llegado.

–¿Querías verme?, ¿no?

–Qué remedio me queda, a ver, siéntate.

Cuando uno está así, tenso, y siente que no puede pensar mucho, lo mejor es encender un habano, pero no encenderlo por darle candela y tragar humo, sino para fumarlo de verdad, que es como único el tabaco te entrega todas las bondades que tiene. Yo mismo, fumando así y haciendo otras cosas, estoy desperdiciando estos Davidoff 5000 Gran Corona de 14,2 centímetros, que se merecen una fumada reflexiva o simplemente que uno se siente a fumar y a conversar una hora, que es el tiempo que debe durar un tabaco. El mismo que encendí por la mañana fue un desastre: primero porque la mañana nunca ha sido el mejor momento para un tabaco de esa categoría, y segundo porque no lo atendí como es debido y lo maltraté, y por mucho que quise ya después no pude arreglarlo y parecía que estaba fumando una breva de *amateur*, de verdad que sí. Yo no sé cómo tú prefieres fumarte dos cajas de cigarros todos los días en vez de un habano. Eso te altera. Y yo no te digo que sea un Davidoff 5000 o cualquier otro Corona bueno, un Romeo y Julieta Cedros N.º 2, por ejemplo, un Montecristo número 3, o un Rey del Mundo de cualquier medida, sino un buen tabaco de capa oscura, que tire suave y queme parejo: eso es la vida, Mario, o lo que más se le parece. Kipling decía que una mujer es sólo una mujer, pero un buen puro, como le dicen en Europa a los tabacos, es algo más. Y yo te digo que el tipo tenía toda la razón, porque si no sé mucho de mujeres, de esto sí conozco. Es la fiesta de los placeres y los sentidos, viejo: recrea la vista, despierta el olfato, redondea el tacto y crea el buen gusto que completa una taza de café después de la comida. Y hasta tiene su música para el oído. Oye, lo muevo entre los dedos y se lamenta como si estuviera en celo. ¿Lo oyes? Ésos son los placeres complementarios: ver una ceniza de dos centímetros bien formada o retirar la marquilla después que te has fumado el primer tercio. ¿No es la vida? No me mires con esa cara, que esto es perfectamente serio, más de lo que tú te crees. Fumar sí es un placer, sobre todo si sabes fumar. Lo que tú haces es un vicio, una vulgaridad y por eso te pones bruto y te desesperas. Entiende una cosa, Mario: éste es un caso como otro cualquiera y lo vas a resolver. Pero no dejes que el pasado te prejuicie, ¿OK? Mira, para que salgas de este bache, voy a hacer una excepción, bueno, tú sabes que no le regalo un tabaco a nadie, y te voy a dar uno de estos Davidoff 5000. Ahora voy a decirle a Maruchi que te traiga café y lo vas a encender, como te he dicho que se enciende, y después me cuentas. Serías muy comemierda si esto no te ayuda a vivir. Maruchi.

«Sábado 30-12-88
»Robo con fuerza, Empresa Minorista Municipio Guanabacoa. Custodio herido grave. Detenidos los autores. Cerrado.

»Homicidio imperfecto, Municipio La Lisa. Detenido autor: José Antonio Evora. Víctima: esposa del autor. Estado grave. Declaración: reconoce culpabilidad. Motivo: celos. Cerrado.

»Asalto y robo, Parque de los Chivos, La Víbora, Municipio 10 de Octubre. Víctimas: José María Fleites y Ohilda Rodríguez. Autor: Arsenio Cicero Sancristóbal. Detenido 1-1-89. Cerrado.

»Homicidio. Víctima: Aureliana Martínez Martínez. Vecina de 21, N.° 1056, e/ A y B, Vedado, Municipio Plaza. Motivo: desconocido. Abierto.

»Desaparición: Desaparecido Wilfredo Cancio Isla. Caso abierto: posible tráfico de drogas. Desaparecido encontrado en casa sellada. Acusado de violación de la propiedad. Detenido en investigación por posibles conexiones con drogas.

»Robo con fuerza...»

Cerró los ojos y se oprimió los párpados con la yema de los dedos. La conversación con Jorrín había alterado la hipersensibilidad que no había perdido con tantos años en el oficio y que le hacía imaginar cada uno de los casos. Y aquella lista de delitos inútiles llenaba tres folios de computadora y pensó que La Habana se estaba convirtiendo en una gran ciudad. Haló suavemente del tabaco que le había regalado el Viejo. En los últimos tiempos, pensó, los robos y los asaltos se mantenían en línea ascendente, la malversación de la propiedad estatal parecía indetenible y el tráfico de dólares y obras de arte era mucho más que una moda pasajera. Es un buen tabaco, pero nada de esto tiene que ver con Rafael. Decenas de denuncias diarias, de casos que se abrían, se cerraban o se investigaban aún, conexiones insólitas que ligaban una simple cervecera clandestina con un banco de apuntación de loterías clandestinas, y el banco con la falsificación de bonos de gasolina, y la falsificación con un cargamento de marihuana, y la droga con un verdadero almacén de equipos electrodomésticos con marcas para escoger y adquiridos con dólares que a veces no se podían rastrear y, si este tabaco me ayudara a pensar, porque necesitaba pensar, después que el Viejo oyó su historia con Rafael Morín y Tamara Valdemira, estuve enamorado como un perro de esa mujer, Viejo, ¿pero de eso hace veinte años?, ¿no?, preguntó el mayor y le dijo:

–Olvídate de un relevo. Necesito que lleves este caso, Mario, no te llamé por gusto esta mañana. Tú sabes que no me gusta molestar a la gente por una bobería y que no soy tan novelero para estar inventando tragedias donde no las hay. Pero esta historia de ese hombre perdido me huele mal. No me defraudes ahora –también dijo y agregó–: Pero ten cuidado, Mario, ten cuidado... Piensa, piensa, que esto debe de tener alguna punta y tú eres el que mejor puede encontrarla, ¿OK?

–¿Qué has pensado, Conde? –le preguntó entonces el sargento Manuel Palacios, y el Conde vio volar unas luciérnagas que le habían nacido en los ojos debido a la presión de sus dedos.

Se puso de pie y volvió a la ventana de sus meditaciones y sus melancolías. Faltaban tres horas para que cayera la tarde y el cielo se había encapotado, advirtiendo, tal vez, el regreso de la lluvia y el frío. Siempre había preferido el frío para trabajar, pero aquella oscuridad prematura lo deprimía y le robaba los pocos deseos de trabajar que aún tenía. Nunca había deseado tanto acabar con un caso, las presiones de arriba que el Viejo le trasmitía lo desesperaban, y la imagen de las nalgas de Tamara moviéndose bajo el vestido amarillo era casi un tormento y, además, una advertencia: Ten cuidado. Todo el mundo parecía ver un peligro. Lo peor, sin embargo, era el sentimiento de desorientación que lo embargaba: estaba tan perdido como Rafael y no le gustaba trabajar así. El mayor había aprobado sus primeros pasos y le dio autorización para conversar con el comerciante español y para investigar en la empresa –sí, ahí pudiera aparecer algo, le dijo–, entrevistar gentes y revisar papeles con los especialistas de economía y contabilidad de la Central, sólo que debía esperar hasta el lunes y el mayor no quería que aquello durara hasta el lunes. Pero fumando aquel tabaco de sabor sedoso se había convencido de que la desaparición de Rafael Morín no tenía nada que ver con la casualidad, y que había que recorrer todos los caminos lógicos que pudieran llevar al principio del fin de aquella historia; y la fiesta y la empresa, la empresa y la fiesta le parecían dos senderos confluentes.

–Tamara llamó y me habló de algo que puede ser una pista –le dijo al fin a Manolo y le contó sobre la libreta de teléfonos. El sargento leyó los nombres, los números, las direcciones de las dos mujeres y entonces preguntó al teniente:

–¿Y de verdad piensas que pueda salir algo de aquí?

–Me interesa Zaida, la secretaria, y también saber quién es Zoila. Oye, ¿cuántos nombres con «z» tú tienes en tu libreta?

Manolo levantó los hombros y sonrió. No, no sabía.

–En los diccionarios la «z» apenas tiene ocho, diez páginas, y casi nadie tiene nombres que empiecen con «z» –dijo el Conde y abrió su propia libreta de teléfonos–. Yo nada más tengo a Zenaida, ¿te acuerdas de Zenaida?

–Oye, Conde, deja eso, que esa niña está para otras cosas.

El teniente cerró la libreta de teléfonos y la devolvió a la gaveta del buró.

–Siempre están para otras cosas. Sí, dale, mejor vamos a ver las zetas, así que ve sacando el carro.

La noche del sábado no iba a resultar espectacular. Ya había empezado a caer una llovizna fría, que duraría hasta la madrugada, el frío se podía sentir aún en el automóvil cerrado y el Conde añoró el sol potente que acompañó su despertar, esa misma mañana. Con la lluvia las calles se habían quedado desiertas y una abulia gris dominaba una ciudad que vivía en el calor y se recogía con aquella tímida frialdad y un poco de agua. El lánguido invierno tropical iba y venía, incluso en el plazo de un mismo día, y era difícil saber en qué tiempo se vivía: Un invierno de mierda, se dijo, y observó toda la calle Paseo, oscurecida por sus arboledas, barrida por un viento marino que arrastraba papeles y hojas muertas. Nadie se atrevía a ocupar los bancos del pasaje central de la avenida que al Conde le parecía la más hermosa de La Habana y que ahora era propiedad absoluta de un empecinado que hacía su *footing* vespertino enfundado en un chubasquero. Qué voluntad. Una tarde así él se hubiera tirado en la cama con un libro en las manos y el sueño al doblar de la tercera página leída. Una tarde así, también lo sabía, el frío y la lluvia enervaban a la gente condenada al encierro y las esposas más apacibles solían convertir en cuestión de honor femenino el empujón machista del marido y responder con un macetazo en la frente, entre bistec y bistec y sin remordimientos. Por suerte esa noche se reanudaba la serie de pelota después de la pausa de fin de año y pensó que quizás la lluvia impediría el partido. Su equipo, los Industriales de sus angustias y desvelos debían jugar esa noche en el Latinoamericano contra los Vegueros para decidir cuál pasaba al *play-off* final en el campeonato, porque el Habana ya estaba clasificado. Le hubiera gustado poder ir al estadio, necesitaba aquella terapia de grupo, que tanto se parecía a la libertad, en la que se podía decir cualquier cosa, desde putear a la madre del árbitro hasta gritarle comemierda al *manager* del propio equipo, y salir de allí triste por la derrota o eufórico por la victoria, pero relajado, afónico y vital. Últimamente el Conde era la encarnación del escepticismo: trataba incluso de no ver la pelota, porque aquellos Industriales cada vez jugaban peor y de contra la suerte se había olvidado de ellos, y menos Vargas y Javier Méndez los demás parecían peloteritos de segunda, con las patas demasiado flojas para meterse de verdad en una serie final y ganarla. Se había olvidado de Zaida y Zoila cuando salieron al Malecón y la llovizna salobre se unió a la que caía del cielo, y Manolo se cagó en voz alta en su estampa, pensando que inevitablemente debía lavar el carro antes de guardarlo esa noche.

–¿Hace mucho tiempo que no vas al estadio, Manolo?

–¿Qué estadio ni qué niño muerto, Conde? ¿A qué viene eso? Mira cómo se ha puesto este carro, qué burro soy, debí coger por Línea –se lamentó cuando doblaron por G hacia Quinta. Se detuvieron ante un edificio de apartamentos y abandonaron el auto.

–El estadio te curaría de esos berrinches.

Zaida Lima Ramos vivía en el sexto piso del edificio, apartamento 6D, comprobó su anotación el teniente Mario Conde y, desde el vestíbulo, observó cómo Manolo se mojaba tratando de desmontar la antena del radio y sonrió con su explicación:

–Prevención del delito, teniente. El mes pasado, frente a mi casa, me templaron una –dijo Manolo, y caminaron hacia el elevador donde los saludó un cartel que decía: ROTO.

–Buen comienzo, ¿no? –dijo el Conde y se dirigió a las escaleras, apenas iluminadas con unas raquíticas bombillas en la salida de algunos pisos. Mientras ascendía, jadeaba, respirando por la boca, y sentía cómo su ritmo cardiaco se aceleraba por la falta de aire y los músculos de las piernas se entumecían con el ejercicio. Por un instante pensó que el corredor de fondo de la calle Paseo tenía razón, y en el quinto piso se recostó contra la baranda de la escalera, miró a Manolo y luego los dos tramos que faltaban hasta la puerta del sexto y con la mano imploró, espérate, espérate, necesitaba respirar, nadie puede respetar a un investigador de la policía que toca la puerta con la lengua fuera, las lágrimas en los bordes de los ojos e implora un vaso de agua, por caridad. Quería sentarse y maquinalmente sacó un cigarro del bolsillo del *jacket*, pero terminó siendo razonable. Lo acomodó en sus labios resecos, sin encenderlo, y atacó los últimos tramos de la interminable escalera.

Salieron al pasillo, también en penumbras, y encontraron el 6D en el extremo opuesto del corredor. Antes de tocar, el Conde decidió encender el cigarro.

–¿Cómo la trabajamos? –quiso saber Manolo antes de comenzar la conversación.

–Me interesa el hombre en su trabajo, vamos por ahí. Todo muy suave, como el que no quiere las cosas, ¿anjá? Pero si hace falta tú te pones perspicaz y un poquito descreído.

–¿Grabamos?

Lo pensó un instante, oprimió el timbre y dijo:

–Todavía no.

La mujer se sorprendió al verlos. Seguramente esperaba a alguien y aquellos dos desconocidos, aquella tarde de sábado lluviosa y fría, escapaban a todos sus cálculos. Buenas tardes, dijeron los policías, se presentaron y ella dijo que sí, le temblaba un poco la voz, era Zaida Lima Ramos. Los hizo pasar, más confundida aún, mientras trataba de alisarse el pelo revuelto, tal vez estaba acostada, tenía cara de sueño y ellos le explicaron el motivo de su visita: había desaparecido su jefe, el compañero Rafael Morín.

–Ya me había enterado –dijo ella acomodándose en la butaca. Se sentó con las piernas muy juntas y trató de estirar la saya que apenas le llegaba a las rodillas.

El Conde registró que tenía los muslos velludos, con unos leves remolinos en ascenso y trató de detener el otro remolino, el que ascendía por su imaginación. La mujer tenía entre veinticinco y treinta años, los ojos grandes y negros y la boca carnosa y amplia de mulata bien hecha, tanto que, incluso despeinada y sin maquillaje, al Conde le pareció decididamente hermosa. La sala del apartamento era pequeña, pero estaba arreglada con esmero y todo brillaba. En el multimueble que cubría la pared opuesta al balcón, el Conde registró la presencia del televisor en colores Sony, la casetera Beta, la grabadora estéreo y los *souvenirs* característicos de varias partes del mundo: un mosaico de Toledo, una estatuilla mexicana, una réplica en miniatura del Big-Ben y otra de la torre de Pisa, mientras Zaida explicaba que Maciques la había llamado el día primero por la tarde, estaban buscando a Rafael, ella no tenía la menor idea de dónde podía estar y ella después lo había llamado varias veces, la última ese mismo día por la mañana, estaba preocupada, ¿no se sabía nada nuevo de Rafael?

–Lindo apartamento –comentó entonces el teniente, y con el pretexto de encontrar un cenicero lo miró con mayor libertad.

–Poco a poco una va juntando cositas –dijo ella y sonrió. Parecía nerviosa–, y tratando de vivir en un lugar agradable. El problema es mi hijo con sus amigos, siempre lo riegan todo.

–¿Tienes un hijo?

–Sí, de doce años.

–¿Doce o dos? –preguntó el Conde, realmente confundido.

–Doce, doce –aclaró ella–. Se fue ahorita con unos amiguitos del edificio. Imagínense, con este frío y les dio por ir a comer helado a Coppelia.

–Dicen los chinos, bueno, no sé si todos, pero uno que conozco porque es el padre de una compañera nuestra, dice él que es bueno comer helado con frío –sonrió, mientras Manolo mantenía el silencio de su personaje. Si siempre lo hiciera así.

–¿Quieren café? –preguntó Zaida, tenía frío o quizás miedo y frío y no sabía si cruzar los brazos o luchar contra la pequeñez de su falda.

–No, gracias, Zaida. En realidad no queremos robarte mucho tiempo, ¿esperabas visita, verdad? Sólo queríamos que nos hablaras un poco de tu jefe, lo que sepas de él, ahora todo nos puede ayudar a encontrarlo.

Zaida

No sé, me parece tan increíble, tan imposible eso de que Rafael se haya perdido, ojalá que no, pero yo tengo una angustia así... No quiero ni pensarlo. Porque escondido no está, ¿no?, y no sé, porque, ¿para qué iba a esconderse? ¿Verdad? No tiene sentido, esto es todo muy raro. Yo llevo tres días pensando y no lo entiendo. Déjenme cerrar las ventanas del balcón, de pronto hace un frío y esta casa es un congelador, el mar está ahí mismo, y me duele un poco la cabeza, creo que de dormir tanto... Bueno, pero yo creo que conozco bien a Rafael, imagínense, como que hace nueve años que trabajo con él, sí, claro, empecé en los almacenes centrales del Ministerio, él me dio la plaza de mecanógrafa y me ayudó muchísimo, yo no tenía experiencia y eso fue cuando el padre del niño se fue por el Mariel, yo me vine a enterar cuando él ya estaba allá, aquello fue una locura así, sin decirme nada, fuá, cayó en Miami, se fue con un tío, lo preparó todo medio escondido y no confió ni en mí, ni se despidió de su hijo, bueno, terrible, para qué contarles, y como yo sabía algo de mecanografía, tenía el Pre terminado pero con el niño chiquito y, bueno, son problemas familiares, no sé, mi mamá todavía estaba disgustada conmigo por lo del embarazo antes de casarme, y un señor de aquí al lado, el del comité, me dijo que en su trabajo, en los almacenes, hacía falta una mecanógrafa y que no era difícil, que eran planillas, tarjetas y esas cosas nada más. Ay, siempre se me va el hilo. Bueno, el caso es que empecé y, como las cosas mejoraron con mi mamá, me matriculé por la noche en el curso de secretariado y Rafael me ayudó muchísimo, me daba todos los sábados libres para que yo resolviera mis problemas y estuviera con el niño, porque entre el trabajo y la escuela todo el santo día, dos años, y cuando me gradué ocupé la plaza de secretaria, que ya estaba vacía pero él me la había guardado, porque total, ya yo estaba haciendo ese trabajo hacía rato. Rafael. Imagínense, yo siempre lo he visto como un verdadero amigo y no sé para qué puede servirles esta cantaleta, pero él es un buen amigo, se lo digo yo, y como jefe no lo quiero mejor, humano, responsable, se ocupa de todo el mundo, allá y ahora aquí en la Empresa, porque, claro, el problema es que él me pidió que viniera con él para la Empresa porque la cosa aquí es más complicada y le hacía falta gentes de confianza y eso es tremenda responsabilidad, ahí casi todo es con dólares y con firmas de afuera, ustedes saben... Tremenda responsabilidad, pero él lo tenía todo al kilo, como se dice vulgarmente, siempre, igual que siempre, y miren, lo mejor es que, que yo me acuerde, nunca ha tenido problemas con ningún trabajador, y si quieren pregúntenle a García, el del sindicato, para que ustedes vean. No, no, si por eso no me explico qué está pasando, todo igual que siempre, en estos días tuvimos mucho trabajo con el plan del 89, y como terminábamos tarde él me mandaba con un chófer, o hasta me traía él mismo, me parece mentira eso de que Rafael no aparezca por ningún lado, yo todavía no lo creo... tiene que haberle pasado algo, ¿no? Pero, miren, para que vean, cuando Alfredito tenía seis años, Alfredito, mi hijo, se enfermó con la fiebre del caballo y yo pensé que se me moría, y cómo Rafael se portó conmigo, mejor que si hubiera sido el padre del niño, que si carne, que si un carro para el hospital, que si el sueldo completo, bueno, eso no tiene nada que ver, lo que tiene que ver es cómo se portó, y yo no soy la excepción. Siempre lo vi portarse así con todo el mundo, pregúntenle, pregúntenle a García, el del sindicato. El pobre... Una llamada. ¿Una llamada el día primero? No, no, si la última vez que yo lo vi fue el día 30, porque el 31 no se trabajó, me acompañó hasta acá y subió a tomarse un café y me dijo que estaba muy cansado, agotado fue lo que dijo, porque conversamos un rato y me regaló... una bobería, una atención por fin de año, ustedes saben, tanto tiempo trabajando juntos, uno al lado del otro, es más que mi jefe, el roce hace el cariño, ¿no?, y se veía tan cansado. ¿Y qué piensan ustedes de todo esto?

–No, no me digas lo que piensas, no me lo digas todavía –le pidió a Manolo cuando salieron a la calle. Seguía cayendo una llovizna fina y monótona y la noche se había adueñado de la ciudad–. Vamos a 70 y 17, a ver qué sorpresa nos da Zoila.

–¿No quieres prejuiciarte? –preguntó Manolo mientras devolvía la antena a su sitio.

–Oye, no jodas más con eso, compadre. Deja la antena tranquila, que ahorita nos bajamos otra vez.

Manolo siguió como si no lo hubiese oído y mientras el Conde se acomodaba en el carro terminó de instalar la antena. Sabía que el teniente empezaba a ponerse nervioso y entonces lo mejor era ignorarlo. ¿No quieres saber lo que pienso?, pues no te lo digo y se acabó. Pero pienso muchísimas cosas, dijo en voz alta y arrancó el auto y subió por Línea en busca del túnel, mientras el Conde apuntaba unos garabatos en su estrujado bloc de bolsillo. Jugaba otra vez con el obturador de su bolígrafo y sin pedir permiso apagó el radio del auto que Manolo había encendido. Aun así, el sargento Manuel Palacios admitía que prefería trabajar con aquel teniente medio neurótico, y lo había decidido desde que era un suboficial novato y lo asignaron al equipo que investigaba el robo de unos cuadros del Museo Nacional y un perito del grupo le dijo: «Mira, ese que llegó ahí es el Conde. Está de jefe del operativo. No te asustes por nada que diga, porque está medio loco, pero es buena gente y además creo que es el mejor», como lo comprobaría Manolo en varias oportunidades.

–¿Y yo puedo saber qué piensas tú? –le preguntó entonces el sargento con los ojos fijos en el pavimento.

–Tampoco.

–¿Estás en crisis, compadre?

–Anjá, al borde del ataque de nervios. Mira, yo conozco a Rafael Morín y me estoy oliendo por dónde viene la cosa, pero tengo muchos cabos sueltos y no quiero prejuiciarme.

El auto avanzaba por 19 y Manolo había decidido fumarse su primer cigarro del día. A éste también le tengo envidia, pensó el Conde, mira que fumar nada más que cuando le da la gana.

–Si empiezas a joder con los prejuicios es que estás en crisis de verdad –afirmó Manolo y dobló por 70 en busca de 17.

–Ésa, ésa –dijo el Conde al ver la casa marcada con el número 568–. Para aquí mismo, y si quitas otra vez la antena te meto un reporte, ¿me oíste?

–Entendido. Pero por lo menos cierra bien la ventanilla,

¿quieres? –le gritó Manolo mientras llevaba la suya hasta el tope.

El portal de la casa estaba encendido pero la puerta y la ventana del frente permanecían cerradas. El Conde tocó dos, tres veces, y esperó. Manolo, ya a su lado, se acomodaba la chaqueta impermeable y trataba de colocar el *zipper* en la cajuela. El teniente tocó de nuevo y miró a su compañero, empeñado en cerrar el *zipper.*

–Esos *zippers* son malísimos, viejo. Pero deja eso, que aquí no hay nadie –dijo, aunque volvió a golpear con fuerza la madera de la puerta.

Los golpes retumbaron remotos, sonaron a casa vacía.

–Vamos al comité –dijo entonces el teniente.

Avanzaron por la acera buscando la placa del CDR, que al fin se vislumbró en la misma esquina, casi oculta en la jungla de crotos y arecas del jardín.

–Esto es lo malo del frío. Cada vez tengo más hambre, Conde –cantó sus penas Manolo, implorando brevedad a su superior.

–¿Y de qué tú crees que tengo yo la barriga? Con lo que tomé anoche, el ayuno de hoy y el tabaco que me regaló el Viejo, me parece que tengo un sapo muerto en el estómago. Ya estoy que me dan mareos.

Tocó el cristal de la puerta y los ladridos inmediatos de un perro erizaron a Manolo.

–No, por tu madre, yo me voy para el carro –dijo, recordando su inmejorable récord de mordidas en función de trabajo.

–No jodas, muchacho, estate quieto –y se abrió la puerta.

Un perro blanco y negro salió al portal, ajeno a las voces del dueño. *Leoncito,* lo llamaba, mira que ponerle León a aquel sato de color indefinido, cola enroscada y medio zambo, que había ignorado la presencia de Mario Conde y se dedicaba con esmero a oler los pantalones y los zapatos de Manolo, como si alguna vez hubieran sido suyos.

–No hace nada –advirtió el hombre, con orgullo de dueño de perro bien educado–. Pero cuida muchísimo. Buenas noches.

El Conde se presentó y le preguntó por el presidente del comité.

–Soy yo mismo, compañero. ¿Quieren pasar?

–No, no se preocupe, nada más queríamos saber si había visto hoy a Zoila Amarán, es que la estamos buscando para una verificación...

–¿Pero hay algún problema?

–No, no, sólo eso, una verificación.

–Pues mire, compañero, creo que está fatal. Para agarrar a Zoilita tiene que tirarle un lazo, porque ella no para la pata ahí –comentó el presidente–. *Leoncito*, ven acá, deja ya tranquilo al compañero que te va a llevar preso –dijo y sonrió.

–¿Y ella vive sola?

–Sí y no. En la casa de ella también viven el hermano y la mujer, pero ellos son médicos y los ubicaron ahora en Pinar del Río y vienen cada dos o tres meses. Por eso ahora ella está sola y oí decir, no sé, usted sabe cómo es eso, hasta sin querer uno se entera, creo que fue hoy mismo cogiendo el pan ahí en la bodega, que le había dicho a alguien que se iba para no sé dónde y no está ahí hace como tres días.

–¿Tres días? –preguntó el Conde, y casi sonrió al ver el alivio de Manolo cuando al fin *Leoncito* perdió interés en sus zapatos y su pantalón y se metió en el jardín.

–Sí, como tres días. Pero mire, le voy a ser franco, porque las cosas son así. Desde chiquita, que yo la vi nacer ahí mismo, Zoilita es como un rehilete y ni la madre, que ya murió la difunta Zoila, podía seguirle el rumbo. Yo hasta pensé que iba a salir marimacha, pero qué va. Bueno, pero, ¿de verdad ella no hizo nada malo?, porque será medio loquita, pero mala no es, se lo digo con la misma franqueza.

El Conde oyó las opiniones del hombre y buscó un cigarro en el bolsillo del *jacket*. Su cerebro quería valorar el hecho de que Zoila faltaba de su casa hacía precisamente tres días, aunque de pronto se sintió hastiado de todo, de Zaida y de Maciques defendiendo a Rafael, de Zoila y el gallego Dapena, que también se esfumaba el día primero, de Tamara y de Rafael, pero dijo:

–No, no se preocupe, no hay problemas. Sólo quisiéramos saber dos cosas más: ¿qué edad tiene Zoilita y dónde trabaja?

El presidente recostó el antebrazo en el marco de la puerta, observó a *Leoncito* en el jardín mientras cagaba plácida y abundosamente y sonrió.

–Exacto no me acuerdo de la edad. Tendría que ver en registro...

–No, no, más o menos –resucitó Manolo.

–Como veintitrés años –dijo entonces–. Cuando uno va envejeciendo le parece igual el que tiene veinte que el que tiene treinta, ¿no? Y lo otro que me preguntó: pues ella trabaja ahí mismo, en su casa, haciendo cosas de artesanía con semillas y caracoles y eso, y como gana buen dinero, nada más trabaja cuando le hace falta, pero figúrense cómo está la cosa, a fin de año ella hace su zafra, porque está tan difícil conseguir cualquier cosita, ¿verdad?

–Bueno, compañero, muchas gracias –dijo el Conde, interponiéndose al flujo de palabras que amenazaba con envolverlos–. Sólo quisiéramos que nos hiciera un favor. Cuando ella venga, usted nos llama a este número y nos deja el recado para el teniente Conde o el sargento Palacios. ¿No hay problemas?

–No, compañeros, es un placer, estamos para servirlos, claro. Pero, óigame, teniente, qué raro está eso de que ustedes no entren a sentarse y entonces yo les pueda brindar un cafecito acabado de colar, ¿eh? Yo creía que cuando dos policías venían a un CDR siempre tenía que pasar eso, ¿verdad?

–Yo también lo creía, pero no se preocupe. Hay policías

que hasta le tienen miedo a los perros –dijo el Conde y estrechó la mano del hombre.

–Qué simpático, ¿eh? –dijo Manolo mientras avanzaban hacia el auto. Llevaba la chaqueta abierta contra el aire frío–. Estás graciosísimo hoy. Como si fuera un pecado no tener sangre para los perros.

–Debe de ser por eso que te muerden. Mira cómo estás sudando, viejo.

–Sí, está muy bien lo de la adrenalina y el olor y el coño de su madre, pero el caso es que siempre la cogen conmigo.

Montaron en el auto y Manolo respiró profundo con las dos manos sobre el timón.

–Bueno, ya tenemos una idea de quién es Zoilita. Esto se complica, ¿no?

–Se complica pero no pasa nada. Mira, vamos a hacer una cosa. Yo voy a buscar la lista de los invitados a la fiesta del viceministro y, mientras, tú te encargas de poner dos gentes a investigar a Zaida y a Zoilita. Sobre todo a Zoilita. Quiero saber dónde está metida y qué pinta en esto.

–¿Y por qué no cambiamos? Yo busco la lista, anda.

–Oye, Manolo, juega con la cadena, pero deja al mono tranquilo. Ni un regaño más –dijo y miró hacia la calle. Le fascinaba la persistencia de aquellas rayas blancas que el auto devoraba y sólo entonces notó que había dejado de llover. Pero al dolor de su estómago hambriento y maltratado se sumaba ahora la presión de la orina que llenaba su vejiga–. ¿Qué otra cosa se te ocurre hacer?

Manolo siguió con los ojos fijos en la calle.

–Estoy hablando contigo, Manolo –insistió el Conde.

–Bueno, pienso que las casualidades son del carajo, pero lo de Zoilita es demasiada casualidad, ¿no te parece? Y pienso también que debes hablar con Maciques. Ese hombre sabe mucho más.

–Lo vemos el lunes en la Empresa.

–Yo lo vería antes.

–Mañana si da tiempo, ¿está bien?

–Está bien.

–Oye, pon música ahora, que me estoy meando.

–Te vas a mear, pero no puedo poner música.

–¿Qué te pasa, viejo, todavía estás temblando por culpa de un perro sato?

–No, es que por culpa tuya no podemos oír música. Se robaron la antena frente a casa de Zoilita.

Su canción preferida siempre fue *Strawberry Fields*. La había descubierto un día inesperado de 1967 o 1968 en la casa de su primo Juan Antonio; hacía un calor espantoso, pero Juan Antonio y tres de sus amigos, ya eran grandes, estaban como en octavo grado, se habían metido en el cuarto de su primo, lo recordaba, como si fueran a rezar al profeta: sentados en el piso, rodeaban un viejísimo tocadiscos RCA Victor, tenía hasta comején, que hacía girar un disco opaco y sin identificación. «Es una placa, berraco, cómo va a tener letricas», le dijo Juan Antonio con su mal genio de siempre, y él también se sentó en el suelo porque allí nadie quería hablar, ni siquiera de mujeres. Entonces el Tomy movió el brazo del tocadiscos, lo puso sobre la placa con todo su cariño y empezó la canción; él no entendió nada, los Beatles no cantaban tan bien como en los discos de verdad, pero los grandes susurraban la letra, como si ellos la supieran, y él sólo sabía que *field* era jardín, *centerfield* es jardín central, concluyó, pero eso fue después. En ese instante sintió que asistía a un acto de magia irrepetible y, cuando terminó la canción, pidió, anda, Tomy, que la pusieran otra vez. Y otra vez la estaba cantando y no sabía por qué: quería negarse que aquella melodía era la bandera de sus nostalgias por un pasado donde todo fue simple y perfecto, y aunque ya sabía lo que significaba la letra, prefería repetirla sin conciencia y sentir apenas que caminaba por aquel campo de frambuesas jamás visto pero que sus recuerdos conocían tan bien, solos él y la música aquella. *Strawberry Fields* venía siempre así, sin anunciarse, y empujaba todo lo demás. La estaba cantando, volvía sobre cualquier fragmento y se sentía mejor, ya no veía el cielo oscuro ni tristemente encapotado ni la imagen de Rafael Morín discurseando desde la plataforma del Pre, no quería fumar y no escuchaba lo que Manolo le contaba de su última conquista amorosa, mientras lo llevaba hacia la casa de Tamara, *Strawberry Fields, for ever, dan, dan, dan...*

–Aquí mismo estaba la libreta.

El tiempo es mentira; nada ha cambiado en la biblioteca: la colección completa de la enciclopedia Espasa-Calpe, la que más sabe, con sus lomos azul profundo y sus letras doradas y brillantes a pesar de los años; el diploma de doctor en derecho del padre de Tamara conserva impávido su sitio de privilegio, relegando incluso las dos plumillas de Víctor Manuel que desde siempre le han gustado tanto. El volumen oscuro de los relatos del Padre Brown, con sus tapas de piel que acariciaban los dedos, es una punzada en la melancolía, el viejo doctor Valdemira se lo recomendó hace tantísimos años, cuando el Conde no podía ni imaginar que llegaría a ser colega del curita de Chesterton. Y el buró de caoba es inmortal, amplio como el desierto y hermoso como una mujer. Un buen buró para escribir. Sólo el cuero envolvente de la silla giratoria parece algo cansado, tiene más de treinta años y es piel legítima de bisonte, era el sitio del encargado de dirigir el repaso la noche antes del examen, un privilegio para el que más sabía. El día en que Mario Conde entró por primera vez en aquella habitación se sintió pequeño y desamparado y terriblemente inculto y todavía su memoria es capaz de devolverle aquella lacerante sensación de pequeñez intelectual de la que no ha logrado curarse.

–Muchas veces soñé con este lugar. Pero ni en los sueños recordaba que tu padre tuviera teléfono aquí, ¿o sí?

–No, nunca lo tuvo. Papá odiaba dos cosas hasta casi enfermarse, y una era el teléfono. Y la otra la televisión, lo que demuestra que era un hombre muy sensible –recuerda ella y se deja caer en una de las dos butacas ubicadas frente al buró.

–¿Y cómo se ligan esas dos fobias con esta chimenea de ladrillos rojos en una biblioteca de La Habana? –pregunta él y se inclina ante el pequeño hogar y juega con uno de los atizadores.

–Tenía sus troncos y todo. ¿Es bonita, verdad?

–Lo cortés no quita lo valiente... Mientras no caiga nieve en Cuba no sé para qué sirve esto.

Ella sonríe tristemente.

–Ésa era la fachada de la caja fuerte. Yo misma lo supe cuando tenía como veinte años. Papá era un personaje. Un buen personaje.

Él deja el atizador y ocupa la otra butaca, junto a Tamara. La biblioteca sólo recibe la luz de la pequeña lámpara *art nouveau* con pata de bronce y breves racimos de uvas de violeta intenso, y ella recoge un reflejo ambarino que le pinta la mitad del rostro de un tono cálido y vital. Lleva un mono deportivo, del mismo azul profundo de la Espasa–Calpe, y su cuerpo de bailarina desproporcionada parece agradecido con aquella ropa que la acaricia y la moldea.

–Fue Rafael quien puso la extensión aquí, hace como siete u ocho años. Él sí no podía vivir sin un teléfono.

Él asimila esta pequeña decisión de Rafael y siente que sobre sus hombros cuelga el cansancio de un día demasiado largo en el que sólo ha oído hablar de Rafael Morín. Tantas personas le han hablado de él que ya empieza a pensar si en realidad lo conoce o se trata de un fenómeno de circo con mil caras, unidas por un aire de familia, pero decididamente distintas. Quisiera conversar de otras cosas, sería bueno decirle a ella que todo el camino lo hizo cantando *Strawberry Fields*, se siente propenso a este tipo de confidencias, o decirle que la encuentra cada vez mejor, más comestible, pero al final piensa que a ella podrían parecerle confesiones banales y vulgares.

–No me enteré cuando la muerte de tu padre. Hubiera ido –dice al fin, porque siente la presencia tangible del viejo diplomático en la habitación.

–No te preocupes –ella mueve la cabeza, y esto basta para que el mechón de pelo recupere su inquietud y regrese a la frente–, fue tremendo corre-corre, increíble. Fue duro asimilar que papá había muerto, ¿sabes?

Él asiente y vuelve a tener deseos de fumar. La necrología siempre lo impulsa a fumar. Descubre sobre el buró un cenicero de barro y se alegra de que no sea un cristal Murano o un Moser o un Sargadelos, grabado a mano, de la colección del doctor Valdemira. Mientras, ella se ha puesto de pie y se acerca al pequeño bar empotrado en una de las alas del librero.

–Me tomo un trago contigo. Creo que a los dos nos hace falta –recita el bocadillo y vierte el líquido de una botella casi cuadrada en dos vasos altos–. No sé a ti, pero a mí me gusta puro, sin hielo. El hielo le corta el aliento a un buen whisky escocés.

–Ballantine's, ¿no?

–De la reserva especial de Rafael –dice, y le entrega el vaso–. Salud y suerte.

–Salud y pesetas para la caja fuerte, porque belleza es lo que sobra –dice él y prueba el whisky y siente cómo el abrazo tibio le envuelve la lengua, la garganta, el estómago vacío, y empieza a sentirse mejor.

–¿Quién es Zoila, Mario?

Él se abre el *jacket* y bebe por segunda vez.

–¿Él andaba por ahí con mujeres?

–No estoy segura, pero la verdad es que cada vez me interesaba menos seguirle la pista a Rafael y no tengo ni idea de qué hacía con su vida.

–¿Qué quiere decir eso?

–Que Rafael apenas paraba en la casa, siempre andaba en reuniones o de viaje, y eso mismo, no me interesaba seguirle la pista, pero ahora quiero saber. ¿Quién es Zoila?

–No lo sabemos todavía. No está en su casa hace varios días. Ya la estamos investigando.

–¿Y de verdad tú crees que Rafael esté...? –Y el asombro es verdadero.

Él no entiende bien y se siente incómodo. Ella lo mira, reclamando una respuesta.

–No sé, Tamara, por eso te pregunté lo de las mujeres. Tú eres la que debía decirme.

Ella prueba de su bebida y luego trata de sonreír, sin éxito.

–Estoy muy confundida, chico. Todo esto me parece un chiste de mal gusto y a veces creo que no, que todo es una pesadilla, que Rafael está en otro viaje, que nada de esto está pasando y que nada va a pasar, y que de pronto va a entrar por esa puerta –dice, y él no puede evitarlo: mira hacia la puerta–. Necesito la estabilidad, Mario, no sé vivir sin la estabilidad, ¿me entiendes?

Dice ella, y él la entiende, es fácil entender su estabilidad, piensa, y la ve tomar otro sorbo y sentir el oleaje tibio del whisky, baja el *zipper* de su abrigo hasta una altura francamente peligrosa: él quisiera mirar, trata de concentrarse en su trago, pero no puede y mira porque siente que está teniendo una erección. ¿Qué cosa es esto?, pretende explicarse aquel misterio, la gente no se desmayaba por la calle sólo con ver a Tamara y él pierde la respiración, no ha podido sacarse de la cabeza los deseos que le provoca aquella mujer y cruza las piernas para someter sus ansias a una aplicación forzosa de la ley universal de la gravedad. Abajo, varón.

–No creo que Rafael sea capaz de eso, no lo creo. ¿Que un día se acostara con una mujer? Mira, para serte franca, no es que lo sepa tampoco, pero no lo dudo, a ustedes les encanta hacer esas cosas, ¿o no? Pero no creo que se atreva a andar por ahí escondido con una mujer, me parece que lo conozco demasiado para imaginármelo en eso.

–Yo tampoco lo creo. No lo creo –insiste él, convencido, no iba a dejar todo esto así como así, y Zoilita no es la duquesa de Windsor. Otras cosas no las sé, pero de eso sí estoy seguro, piensa.

–¿Y qué más averiguaste?

–Que el gallego Dapena se volvió loco cuando te vio.

Sus ojos se abren, cómo los puede abrir tanto, se pregunta él y ella alza la voz, molesta, desconcertada, casi sin elegancia.

–¿Quién te dijo eso?

–Maciques.

–Vaya, qué lengua... Y después hablan de las mujeres.

–¿Y qué pasó con el gallego, Tamara?

–Fue un mal entendido, no pasó nada. Entonces eso fue todo lo que averiguaste –y vuelve a probar de su trago.

Él apoya el mentón sobre la palma de la mano y otra vez la vuelve a oler. Empieza a encontrarse tan bien que siente miedo.

–Sí, no es mucho. Me parece que nos hemos pasado el día dando vueltas en el mismo lugar. Este trabajo es más jodido de lo que tú te imaginas.

–Sí me lo imagino, y sobre todo desde que soy sospechosa.

–Yo no dije eso, Tamara, tú lo sabes. Técnicamente eres sospechosa por ser la persona más cercana, la última que supo algo de él, y sabe Dios por cuántos motivos que tienes o pudieras tener para querer sacarte a Rafael de arriba. Ya te dije que esto era una investigación y que podía ser algo molesta.

Ella termina su trago y deja el vaso junto a la lámpara que la ilumina.

–Mario, ¿no te parece que decirme eso es una tontería?

–¿Y por qué siempre me dijiste Mario y no el Conde como las demás gentes del aula?

–¿Y por qué tú cambias el tema? De verdad me molesta que tú puedas pensar eso de mí.

–¿Cómo quieres que te lo diga? Oye, ¿tú crees que es muy agradable pasarse la vida en esto? ¿Que trabajar con asesinos, ladrones, estafadores y violadores es pura diversión y uno debe ser bien pensado y muy amable?

Ella logra que sus labios formen una breve sonrisa, mientras su mano trata de acomodarse el mechón irreverente y torcido que insiste en nublarle la frente.

–El Conde, ¿no? Dime, ¿por qué te metiste a policía? ¿Para refunfuñar y lamentarte todo el santo día?

Él sonríe, no puede evitarlo, es la pregunta que más veces ha oído en sus años de investigador y la segunda vez que se la hacen en el mismo día, y piensa que ella merece una respuesta.

–Es muy fácil. Soy policía por dos razones: una que desconozco y que tiene que ver con el destino que me llevó a esto.

–¿Y la que conoces? –insiste ella, y él siente la expectación de la mujer y lamenta tener que defraudarla.

–La otra es muy simple, Tamara, y a lo mejor hasta te da risa, pero es la verdad: porque no me gusta que los hijos de puta hagan cosas impunemente.

–Todo un código ético –dice ella después de asimilar todas las derivaciones de la respuesta, y recupera su vaso–. Pero eres un policía triste, que no es lo mismo que un triste policía... ¿Te invito a otro trago?

Él estudia el fondo de su vaso y duda. Le gusta el sabor estricto del whisky escocés y siempre estaría dispuesto a batirse a muerte con una botella de Ballantine's, y se siente tan bien, cerca de ella, envueltos en la penumbra sabia de la biblioteca, y la ve tan hermosa. Y dice:

–No, deja, que todavía ni he desayunado.

–¿Quieres comer?

–Quiero, lo necesito, pero gracias, tengo un compromiso –casi se lamenta–. Me esperan en casa del Flaco.

–Uña y carne como siempre –y ella sonríe.

–Oye, no te he preguntado por tu hijo –dice él y se pone de pie.

–Imagínate, con este lío... No, por el mediodía le dije a Mima que se lo llevara para casa de tía Teruca, allá en Santa Fe, por lo menos hasta el lunes o hasta que se sepa algo. Creo que esto lo alteraría... Mario, ¿qué le puede haber pasado a Rafael? –Y también se levanta y cruza los brazos sobre el pecho, como si de pronto el espíritu del whisky la hubiese abandonado y sintiera mucho frío.

–Ojalá lo supiéramos, Tamara. Pero acostúmbrate a la idea: lo que sea no es bueno. ¿Me das la lista de los invitados a la fiesta?

Ella permanece inmóvil, como si no hubiera oído, y luego descruza los brazos.

–Aquí está –contesta, y busca una hoja debajo de una revista–. Puse a todos los que recuerdo, creo que no me falta nadie.

Él toma el papel y avanza hacia la lámpara. Lee lentamente los nombres, los apellidos, los trabajos de los invitados.

–¿No había allí nadie como yo, verdad? –pregunta y la mira–. ¿Ningún triste policía?

Ella vuelve a cruzar los brazos sobre el pecho y observa la chimenea, como si le pidiera el acto imposible de entregar calor.

–Esta mañana me di cuenta de que habías cambiado mucho, Mario. ¿Por qué tienes esa amargura? ¿Por qué hablas de ti como si te tuvieras lástima, como si los demás fueran unos canallas, como si tú fueras el más pobre y el más puro?

Él recibe la andanada y presiente que se ha equivocado con ella, que sigue siendo una mujer inteligente. Se encuentra débil y desguarnecido y con deseos de sentarse, tomarse otro whisky y hablar y hablar. Pero tiene miedo.

–No sé, Tamara. Otro día hablamos de eso.

–Me parece que estás huyendo.

–Un policía nunca huye, simplemente se va y se lleva su alegría.

–No tienes remedio.

–Ni siquiera mejoría.

–Chico, avísame cualquier cosa, por favor –dice ella mientras avanzan por el corredor, camina con los brazos todavía cruzados y Mario Conde, después de hacerle un guiño a la imagen de aquella Flora, colorida y exuberante en la quietud del dibujo, enmarcada y colgada en la mejor pared de la sala, se pregunta qué hará Tamara Valdemira sola en aquella casa tan vacía. ¿Mirarse en los espejos?

Foto

El Flaco Carlos en el centro del grupo. Tiene los brazos abiertos, la cabeza algo inclinada hacia la derecha, parece crucificado, y entonces no pensaba que algún día arrastraría una cruz. Siempre se las arreglaba para estar en el centro, para ser el centro, o tal vez todos nosotros lo empujábamos un poquito hasta convertirlo en el ombligo del grupo, donde se sentía y nos sentíamos tan bien. Era capaz de disparar un chiste por minuto, hacer una broma de una bobería que en boca de cualquier otro resultaba una infame pesadez y un par de sonrisas de compromiso. Tenía el pelo largo, no sé cómo logró tenerlo así con la vigilancia que ponían en la puerta del Pre, todavía era muy flaco, aunque ya estábamos en trece grado y ese día habíamos hecho la prematrícula en la universidad. En primera opción había pedido ingeniería civil, soñaba con construir un aeropuerto, dos puentes, y sobre todo la obra ingeniera de una fábrica de preservativos, con una producción diferenciada en tallas, colores, sabores y formas, capaz de cubrir las exigencias de todo el Caribe, el lugar de la tierra donde más y mejor se templaba, ésa era su obsesión: la templeta; y en segunda opción escogió mecánica. Dulcita, entre el Flaco y el Conejo, entonces era novia del Flaco, y si el Flaco no estuviera crucificado, seguramente hubiera estado tocándole una nalga y ella sonriendo, pues también le encantaba esa pornografía. Su saya, con las tres bandas blancas sobre el dobladillo, es la más corta de todas, bien por encima de la rodilla, sabía como nadie enrollársela en la cintura en cuanto ponía un pie fuera de la escuela; merecía el esfuerzo: tenía unas rodillas redondas, unos muslos compactos y largos, unas piernas que inventaron aquello de bien torneadas, hechas a mano, y unas nalgas –como decía el Flaco en uno de sus desastrosos símiles poéticos– más duras que levantarse con hambre a las cinco de la mañana, y sin embargo era sintética, eso es compensación, decía él, porque no tiene una gota de tetas. Sonríe feliz, Dulcita, pues está segura de que va a coger arquitectura, y trabajará con el Flaco en sus obras, ella hará los planos, y en segunda opción pidió geología, también es loca a meterse en las cuevas, sobre todo con el Flaco, y a cumplir la obsesión de los dos: la templeta. Entonces Dulcita era perfecta: buena socia a matarse, tremendo pollo, inteligente y pico y nunca estuvo en nada, lo mismo te soplaba en un examen que te ponía una piedra con una chiquita, era así, socia-socia, un hombre, vaya, y nunca entendí por qué se fue para los Estados Unidos, cuando me lo dijeron no lo creí, si era igual que todos nosotros, qué habrá sido de su vida... El Conejo no puede evitar que sus dientes estén al aire, sabe Dios si se reía, con esos dientones nunca se sabía, también era flaquísimo y había pedido licenciatura en historia en primera opción y pedagógico de historia en segunda, y andaba por esos días muy convencido de que si los ingleses no se hubieran ido de La Habana en 1763, Elvis Presley a lo mejor hubiera nacido en Pinar del Río, o River Pine City, o qué carajos habría dicho, con aquellas botas cañeras que eran sus zapatos de escuela, de paseos por la noche y de fiestas de sábado y eso. Él sí estaba flaco, porque no le quedaba más remedio, en su casa se estaban comiendo un cable, no literalmente, sino un cable de verdad, de los que traía el Goyo de su trabajo de electricista remendón, decía: espaguetis de cable, cable con papas, croquetas de cable. Tamara está seria aunque después de todo así es mejor: es más... ¿linda?, un mechón castaño claro sobre la frente, indomable, así desmayado, siempre le tapaba el ojo derecho y le daba un aire de no sé, de Honorata de Van Gult, y ahí tan cerca de Dulcita se diría que Dulcita siempre estuvo mejor, pero Tamara es otra cosa, algo distinta a linda, buena, sabrosa, volá, que parte el bate o se la para a Mahoma: no, es las ganas de comérsela a pedazos, con ropa y todo, le dije una vez al Flaco, aunque después me pase una semana cagando trapos. Y también daban ganas de sentarla en un césped así, bien podado, un día por la tarde, estar solo con ella, y nada más recostar la cabeza en la bondad de sus muslos, encender un cigarro y oír el canto de unos pajaritos y ser feliz. Ella había marcado estomatología en primera y medicina en segunda opción, y es una lástima verla tan seria, si la futura estomatóloga tenía unos dientes que nunca irían al estomatólogo, y el Conejo sería su primer cliente, cuando te coja en un sillón hago el doctorado tratando de meter tus hachas en cintura, le decía. Yo no he cambiado mi cara de susto: estoy en el extremo derecho, claro que al lado de Tamara, como siempre que podía; y mira que cortar los pantalones por las rodillas para que la vieja invirtiera la pata, la rodilla que es más ancha se ponía para abajo y el bajo que es más estrecho se cosía en la rodilla, y sólo así uno podía tener un pantalón con algo de campanas, como se usaban entonces. Y los tenis sin medias, remendados los dos por la parte del dedo meñique, que tengo botado y me rompe los tenis siempre por el mismo lugar: también sonrío, pero es una risa forzada, así de medio lado y con una cara de hambre que da espanto, ya tenía ojeras, y pensando no estoy seguro de que me den letras, casi no hay carreras de letras este año, tengo un buen escalafón pero es una caja de sorpresas y con deseos de entrar, y decir que en segunda quiero psicología y no estomatología, fue por culpa de Tamara, porque yo no resisto la sangre y eso, tal vez mejor historia como el Conejo, no sé, ¿psicología?, tiene pista esa carrera, pero es que yo nunca he sabido, nunca supe, qué lío siempre para decidirme, y es lógico que no tenga muchas ganas de reírme en aquella última foto que nos tomamos bajando la escalinata del Pre, al borde de los exámenes finales que todos íbamos a aprobar porque en trece ya no suspenden a nadie, bueno, si no hay otro escándalo Waterpre y nos ponen exámenes especiales con ganas de partirnos la vida, como les pasó a los de trece el año pasado, a la misma Dulcita, que es inteligentísima pero está repitiendo por eso, bueno, íbamos a aprobar, seguro que sí. Al dorso de la foto dice junio de 1975, y todavía éramos muy pobres –casi todos– y muy felices. El Flaco es flaco, Tamara es más que ¿linda?, Dulcita es igual que los demás, el Conejo sueña con cambiar la historia y yo voy a ser escritor, como Hemingway. La cartulina se ha puesto amarilla con los años, se me mojó un día y está veteada por una esquina, y cuando la miro siento muchísimo complejo de culpa porque el Flaco ya no es flaco y porque detrás de la cámara, invisible pero presente, ha estado siempre Rafael Morín.

Oprimió el timbre cuatro veces seguidas, dio varios golpes en la puerta, gritó No hay nadie en esta casa, y dio unos salticos, la proximidad del baño le había despertado unos agudos deseos de orinar, no podía más y volvió a golpear la puerta.

–Tengo hambre, pero hambre de verdad y me estoy orinando –dijo el Conde antes de saludarla, y luego le dio un beso en la frente y entonces inclinó la suya, ya casi corriendo, para recibir el beso de la mujer. Era una costumbre de cuando el Flaco Carlos era muy flaco y el Conde se pasaba los días en aquella casa, y jugaban ping-pong, trataban con éxito más que dudoso de aprender a bailar y estudiaban física las madrugadas antes de los exámenes. Pero el Flaco Carlos ya no era flaco y sólo él insistía en llamarlo así. El Flaco Carlos pesaba ahora más de doscientas libras y se moría a plazos sobre una silla de ruedas. En 1981, en Angola, había recibido un balazo en la espalda, justo sobre la cintura, que le había destrozado la médula. Ninguna de las cinco operaciones que le habían hecho desde entonces había logrado mejorar las cosas y cada día el Flaco amanecía con un dolor inédito, un nervio muerto u otro músculo inmóvil para siempre.

—Muchacho, qué facha tienes, por Dios —dijo Josefina al verlo salir del baño, mientras le ofrecía un vaso mediado de café.

—Estoy hecho tierra, Jose, y tengo un hambre que no veo. —Y le devolvió el vaso después de tomarse de un solo trago el café.

Aliviado y fumando entró en la habitación de su amigo. El Flaco estaba en su sillón de ruedas, frente al televisor y parecía preocupado.

—Dicen que están arreglando el terreno, que a lo mejor hay juego. Oye, no, por tu madre, tú —protestó entonces al ver la botella de ron que su amigo desenvolvía.

—Tenemos que hablar, mi hermano, y me hace falta darme dos palos de ron. Si tú no quieres...

—Coño, tú eres el que me va a matar a mí —dijo el Flaco y empezó a girar el sillón—. Al mío no le eches hielo, ese Santa Cruz está buenísimo.

El Conde salió del cuarto y regresó armado de dos vasos y un sacacorchos.

—Bueno, ¿cómo va la cosa, tú?

—Ahora vengo de casa de Tamara, Flaco, y te lo juro, está mejor que nunca la muy cabrona. No es que no se ponga vieja, sino que mejora.

—Hay mujeres que son así. ¿Todavía te gustaría casarte con ella?

—Vete al carajo. De verdad está bueno este ron.

—Mi socio, dale suave hoy, que tienes buena cara de mierda.

—Es el sueño y el hambre y que además me estoy quedando calvo –dijo, y le mostró las entradas de la frente y volvió a beber–. Pues nada, el hombre sigue perdido y no se sabe dónde coño pueda estar metido ni por qué se perdió, ni si está vivo o está muerto...

El Flaco seguía inquieto. Dio un vistazo al televisor que pasaba vídeos musicales mientras esperaban a que empezara el juego de pelota. De las gentes que el Conde conocía, el Flaco era, muy por encima de él mismo, el que más sufría por la pelota, desde que era flaco y *centerfield* del equipo del Pre. Las únicas dos veces que el Conde lo había visto llorar fue a causa de la pelota y su llanto era llanto de boleros, con lagrimones y mocos, más allá de cualquier consuelo posible.

–Mira que la vida da vueltas –dijo al fin el Flaco Carlos y observó otra vez a su amigo–, tú buscando a Rafael Morín.

–No da tantas vueltas, Flaco, no te creas. Él mismo siguió siendo igualito, un cabrón oportunista que habrá hecho ni se sabe cuántas canalladas para llegar donde llegó.

–Oye, la cosa no es así, tú –replicó el Flaco después de encender su cigarro–. Rafael sabía bien lo que quería y fue directo para eso, y tenía madera para hacerlo, no por gusto fue el mejor expediente del Pre y luego de ingeniería industrial. Cuando yo entré en civil ya se hablaba del tipo como si fuera un fenómeno de circo. Qué bárbaro, casi cinco de promedio desde primer año.

–¿Lo vas a defender ahora? –preguntó el Conde tratando de parecer incrédulo.

–Mira, tú, yo no sé qué pasó ahora y ni tú mismo, que eres el policía, lo sabes. Pero las cosas no son así, mi viejo, es que de verdad Rafael era bueno en la escuela y, mira, yo sí creo que él no necesitaba los exámenes cuando el escándalo Waterpre.

El Conde se pasó la mano por el pelo y no pudo evitar una sonrisa.

–Manda carajo, Flaco, el Waterpre. Y yo que pensé que nadie se acordaba de eso.

–Mira, si no hablo creo que se me olvida –dijo el Flaco, y se sirvió más ron en su vaso–. Ya me calentaste el pico. Oye, por la tarde pasó Miki por aquí. Vino a verme porque va a Alemania y quería saber si me hacía falta algo y de paso me pidió diez pesos prestados. Pero le hablé del lío de Rafael y dice que no dejes de verlo.

–¿Por qué, sabe algo?

–No, se enteró cuando yo se lo conté y entonces me dijo eso, que lo vieras. Tú sabes que Miki siempre ha sido medio misterioso.

–¿Y Rafael salió limpio del Waterpre?

–Vaya, date otro trago a ver si piensas mejor. Sí, él no tuvo líos porque cuando se le dio el escache al director él ya estaba en la universidad, y el que por poco paga las cuentas fue Armandito Fonseca, el que era presidente de la FEEM aquel año, ¿no?

–Claro, claro, la mierda le pasó cerca pero no lo embarró. ¿No te lo digo?

El Flaco movió la cabeza, tratando de expresar No tienes remedio, tú, pero dijo:

–Está bueno ya, Conde, tú no sabes si él estuvo en eso o no y el caso es que no lo acusaron de arreglar notas ni de sacar exámenes ni nada de eso. A ti lo que siempre te jodió es que se templara a Tamara mientras tú te hacías pajas a costa de ella.

–¿Y a ti de qué se te pelaban las manos, de chapear el patio?

–Y también te jodía muchísimo, porque me lo dijiste un día, que no pudiéramos estudiar más en la biblioteca del viejo Valdemira porque Rafael se la había cogido para él...

El Conde se puso de pie y avanzó hacia el Flaco Carlos. Estiró el dedo índice y lo apoyó entre las cejas de su amigo.

–Oye, ¿tú estás con los indios o con los *cowboys*? Fíjate, no me cago en tu madre porque me está haciendo la comida. Pero en ti me cago facilito, facilito. ¿Desde cuándo te dieron el carnet de Pepe Grillo?, ¿eh?

—Vaya a que le den por donde le duele —dijo el Flaco, le dio un manotazo al brazo de Conde y empezó a reír. Era una risa total, que salía del estómago y removía todo su cuerpo enorme y fláccido y casi inútil, una risa profunda y visceral que amenazaba de muerte a la silla de ruedas y que podía tumbar paredes y salir a la calle, doblar esquinas y abrir puertas y hacer que el teniente Mario Conde también se riera y cayera sentado de culo en la cama y necesitara otro trago de ron para calmar el acceso de tos. Se reían como si en ese mismo instante hubieran aprendido qué cosa era reír, y Josefina, atraída por la algarabía, los miraba desde la puerta del cuarto y en su cara, detrás de la breve sonrisa, había una profunda melancolía: hubiera dado cualquier cosa, su propia vida, su misma salud que empezaba a romperse, porque nada hubiera sucedido y aquellos dos hombres que se reían fueran todavía los muchachos que siempre se reían así, aunque no tuvieran motivos, aunque sólo fuera por el placer de reír.

—Bueno, está bueno ya —dijo y entró en el cuarto—. Vamos a comer que casi son las nueve.

—Sí, viejuca, que estoy herido de muerte —dijo el Conde y caminó hasta la silla de ruedas del Flaco.

—Espérate, espérate, tú —pidió Carlos cuando se interrumpió el musical de la televisión y apareció el rostro demasiado sonriente de la locutora.

—Estimados televidentes —dijo la mujer, que quería parecer entusiasmada, muy feliz por lo que iba a decir—, ya prácticamente están listas las condiciones en el estadio Latinoamericano para dar inicio al primer juego de la subserie Industriales-Vegueros. Mientras esperamos el inicio del interesante partido, continuamos ofreciendo musicales.

Terminó, se instaló la sonrisa de careta y la sostuvo con estoicismo hasta que el vídeo de otra canción, de otro cantante que nadie se interesaba por oír, ocupó la brevedad de la pantalla.

—Dale, vamos —dijo entonces el Flaco y su amigo empujó la silla de ruedas hacia el comedor–. ¿Tú crees que los Industriales puedan hacer algo?

–¿Sin Marquetti y sin Medina y con Javier Méndez lesionado? No, bestia, los veo muy jodidos –opinó el Conde y su amigo movió la cabeza, desconsoladamente. Sufría antes y después de cada juego, incluso cuando ganaban los Industriales, pues ya pensaba que si ganaban ése, había más posibilidades de que perdieran el siguiente, y era el sufrimiento de nunca acabar, a pesar de todas las promesas de ser menos fanático y mandar la pelota al carajo, ya no era como antes, decía, cuando Capiró, Chávez, Changa Mederos y esa gente. Pero los dos sabían que ninguno tenía remedio y el más contagiado seguía siendo el Flaco Carlos.

Se acercaron a la mesa y el Conde analizó las ofertas de Josefina: los frijoles negros, clásicos, espesos; los bistecs de puerco empanizados, bien tostados y sin embargo jugosos, como pedía la regla de oro del escalope; el arroz desgranándose en la fuente, blanquísimo y tierno como una novia virginal; la ensalada de verduras, montada con arte y combinación esmerada de los colores verdes, rojos y el dorado de los tomates pintones; y los plátanos verdes a puñetazos, fritos y sencillamente rotundos. Sobre la mesa otra botella de vino rumano, tinto, seco, casi perfecto entre los peleones.

–Jose, por tu madre, ¿qué cosa es esto? –dijo el Conde mientras mordía un plátano frito y rompía la armonía de la ensalada robándose una rodaja de tomate–. Le cae la peste al que hable de trabajo ahora –advirtió y empezó a formar una montaña de comida sobre su plato, decidido a hacer, de un solo golpe, el desayuno, el almuerzo y la comida de aquel día con trazas de nunca acabarse–, o de cualquier cosa –y tragó.

Mario Conde nació en un barrio bullanguero y polvoriento que según la crónica familiar había sido fundado por su tatarabuelo paterno, un isleño frenético que prefirió aquella tierra estéril, alejada del mar y de los ríos, para levantar su casa, crear su familia y esperar la muerte lejos de la justicia que aún lo buscaba en Madrid, Las Palmas y Sevilla. El barrio de los Condes nunca conoció la prosperidad ni la elegancia, y sin embargo creció al ritmo geométrico de la estirpe del canario estafador y absolutamente plebeyo que tanto se entusiasmó con su nuevo apellido y su mujer cubana de la que tuvo dieciocho hijos a los que hizo jurar, a cada uno en su momento, que tendrían a su vez no menos de diez hijos y que incluso las hembras les pondrían a sus vástagos como primer apellido aquel Conde que los haría distintos en el barrio. Cuando Mario cumplió los tres años y su abuelo Rufino el Conde le contó por primera vez las aventuras de abuelito Teodoro y sus ansias de fundador, el niño aprendió también que el centro del universo puede ser una valla de gallos. El béisbol fue entonces un vicio adquirido, por puro contacto barriotero, mientras los gallos fueron un placer endémico. Su abuelo Rufino, criador, entrenador y jugador voraz de gallos de lidia, lo paseó por todas las vallas y corrales de la zona y le enseñó el arte de alistar un gallo para que nunca pierda: primero preparándolo con el más legal y deportivo de los esmeros que se podrían dispensar a un boxeador, y luego untándolo con aceite en el momento justo de salir al serrín de la valla para hacerse incapturable por el contrario. La filosofía del abuelo Rufino, nunca juegues si no estás seguro de que vas a ganar, le proporcionó al muchacho la satisfacción de ver aquel gallo que había conocido siendo todavía un huevo como otro cualquiera, sólo moría de viejo después de ganar treinta y dos combates y cubrir a un número incontable de gallinas tan o más finas que él. En aquellos tiempos leves de escuela en la mañana y trabajo con los gallos por las tardes, Mario Conde aprendió además el sentido de la palabra amor: amó a su abuelo y se enfermó de tristeza cuando el viejo Rufino el Conde murió, tres años después de la prohibición oficial del juego de gallos.

Ya satisfecha la urgencia de agua fría que casi lo sacó de la cama, el Conde inició aquella mañana de domingo disfrutando el recuerdo de su abuelo. Los domingos eran días de combate en vallas de buena concurrencia, y por cosas así le gustaban las mañanas de domingo. No las tardes, se hacían interminables y vacías después de una siesta y se sentía cansado y todavía soñoliento hasta el anochecer; tampoco las noches, cualquier lugar estaba lleno y el refugio de siempre era la casa del Flaco, pero había algo que hacía densas y tediosas las noches de domingo, no había juego de pelota siquiera y abrazarse a una botella de ron era tortuoso con la amenaza palpable del lunes. Las mañanas no: las mañanas de domingo el barrio amanecía bullicioso y callejero como en aquel cuento que escribió cuando estaba en el Preuniversitario, y era posible hablar con todo el mundo, y los amigos y parientes que vivían fuera siempre venían a ver a la familia y hasta podían organizar un piquete de pelota a la mano para terminar con los dedos hinchados y llegar jadeando a la primera base, armar un partido de dominó o simplemente conversar en la esquina, hasta que el sol los espantara. Mario Conde, por un sentimiento ancestral que escapaba a su razón y por la cantidad de domingos que gastó con su abuelo Rufino o con su pandilla de mataperros peloteros, disfrutaba como ninguno de sus amigos aquel ocio dominguero en el barrio, y después de tomarse un café, salía a comprar el pan y el periódico y generalmente no regresaba hasta la hora tardía del almuerzo dominical. Sus mujeres nunca habían entendido aquel rito inquebrantable y aburrido, si casi ningún domingo puedes estar en la casa, protestaban, con la cantidad de cosas que hay que hacer, pero los domingos son para el barrio, les decía sin dejar margen a la discusión, cuando ya algún amigo preguntaba: ¿Y el Conde, salió?

Y aquel domingo se levantó con sed de dragón recién apagado y con el recuerdo de su abuelo en la cabeza, y salió al portal después de dejar la cafetera en el fogón. Llevaba aún el pantalón del pijama y un viejo abrigo enguatado y observaba las calles más tranquilas que otros domingos a causa del frío. El cielo se había despejado durante la noche, pero corría una brisa molesta y cortante y calculó que estarían a menos de dieciséis grados, y sería quizás la mañana más fría de aquel invierno. Como siempre, lamentaba tener que trabajar un domingo, había pensado ver ese día al Conejo y después almorzar en la casa de su hermana, recordó, y saludó con la mano a Cuco, el carnicero, ¿Cómo te lleva la vida, Condesito?, también él tenía trabajo ese domingo por la mañana.

El café surgía como lava del estómago de la cafetera y el Conde preparó una jarra con cuatro cucharaditas de azúcar. Esperó a que la cafetera filtrara todo el líquido, lo vertió en la jarra y lo batió lentamente, para disfrutar su perfume amargo y caliente. Después lo devolvió a la cafetera y finalmente depositó el café en el termo y se sirvió una taza grande de desayuno. Se sentó en el pequeño comedor y encendió un cigarro, el primero del día. Se sintió aterradoramente solo, decidió sustituir las penas y comenzó a pensar en lo que haría con la lista de los invitados a la fiesta de fin de año del viceministro. Presentía que lo esperaban algunas entrevistas inevitables y delicadas, de las que prefería no hacer. Zoilita seguía sin aparecer, pues no la habían llamado de la

Central, y eran cuatro días, igual que Rafael. Hasta la mañana siguiente no podría trabajar en la Empresa, y eso le vedaba un camino que ya quería transitar. De las provincias no debía de haber llegado nada para él, ni tampoco de guardafronteras, que también lo hubieran localizado, y seguían entonces sin rastros de aquel hombre atomizado. ¿Y el gallego Dapena? Nada que dé pena: bien, en Cayo Largo detrás de unas tetas... Pero había trabajo para ese domingo y el teniente Mario Conde, mientras bebía la taza de café que despertaba su paladar y su inteligencia, decidió darse más tiempo para pensar: quería pensar como Rafael Morín, aunque jamás en su vida imaginó que tal posibilidad fuera ni remotamente plausible, debía sentir lo que sentiría una persona como él, querer lo que él querría, esto era más fácil, para tener al menos una idea sobre aquella insólita desaparición, pero no pudo. Rafael no era uno de los delincuentes con los que trabajaba todos los días, y eso lo bloqueaba. Prefería a los bisneros criollos, a los traficantes de cualquier cosa, a los distribuidores de lo insospechado y los receptadores de las más extravagantes mercancías, los conocía y sabía que siempre existía una lógica para orientar la investigación. Ahora no: ahora estoy perdido en el llano, se dijo, aplastó la colilla en el cenicero y decidió que ya era tiempo para llamar a Manolo y salir a la calle, aquel domingo que parecía inmejorable para conversar en la esquina y coger un poquito de sol y oír los viejos cuentos de sus viejos amigos, una y otra vez.

Se sirvió una segunda taza de café, menos abundante, agradeció a su estómago que aún no lo hubiera castigado con una úlcera, encendió otro cigarro y caminó hacia el cuarto congratulándose por la calidad de sus pulmones. Se sentó en la cama, junto al teléfono, y observó la danza solitaria y circular de *Rufino*, su pez peleador. Miró entonces su cuarto vacío y sintió que él también daba vueltas, tratando de buscar la tangente que lo sacara de aquel infinito círculo angustioso.

–Qué jodidos estamos, *Rufino* –dijo y marcó el número de Manolo y escuchó el timbre–. Oigo –dijo una voz de mujer cuando levantaron el auricular.

–¿Alina? Soy yo, el Conde, ¿cómo está usted? –preguntó temeroso, conocía muy bien las ansias comunicativas de la mujer y antes de que pudiera responder se adelantó–: ¿Ya se levantó su hijo? Póngalo al teléfono, dígale que estoy apurado.

–Ah, Manolito. Oye, Conde, él se quedó en casa de Vilma, la novia que tiene ahora, tú...

Buen peje, pensó decirle, pero optó por lo más fácil:

–Mire, Alina, hágame el favor de llamarlo y dígale que me recoja en media hora, que es urgente. ¿Está bien? Hasta luego y gracias, Alina. –Y colgó con un suspiro.

Lentamente terminó su café. Lo fascinaba la facilidad con que Manolo cambiaba de novias y cómo las convencía para estar enseguida durmiendo en las casas de ellas. Él, sin embargo, atravesaba una larga racha de soledad, y aunque no quería, pensó en Tamara, la vio con aquel mono deportivo tan ajustado y con aquel vestido amarillo, se le marcaba el blúmer y era comestible. Quizás Manolo y el Viejo tuvieran razón: debía tener cuidado, y se dijo que hubiera deseado no verla nunca más, no volver a hablar con ella, tenerla lejos de su mente y evitar frustraciones como la de la noche anterior, ni los cuatro tragos que se dio con el Flaco embotaron sus deseos y terminó la infinita jornada masturbándose en honor de aquella mujer imperdonable. Sólo entonces pudo dormir.

De aquí salió Rafael Morín, se dijo mientras caminaba hacia el cuarto del fondo. La gloria y la pintura se habían olvidado hacía mucho tiempo de aquel caserón de la Calzada de Diez de Octubre, convertido en un solar ruinoso y caliente, cada estancia de la antigua mansión se transformó en casa independiente, con lavadero y baño colectivo al fondo, paredes desconchadas y escritas de generación en generación, un olor a gas imborrable y una larga tendedera muy concurrida esa mañana de domingo. La cumbre y el abismo, comentó Manolo y tenía razón. Aquella cuartería promiscua y oscura parecía tan distante de la residencia de la calle Santa Catalina que podía pensarse que las separaban océanos y montañas, desiertos y siglos de historia. Pero en esta ribera había nacido Rafael Morín, en el cuarto número siete, allá al final, junto a los baños colectivos y el lavadero ocupado ahora por dos mujeres sin miedo al frío ni a otras contingencias de la vida.

Saludaron a las mujeres y tocaron la puerta del siete. Ellas los miraron, conocían su mundo y les vieron pinta de policías, seguramente sabían de la desaparición de Rafael y volvieron a sus ropas sólo cuando la puerta se abrió.

–Buenos días, María Antonia –dijo el teniente.

–Buenos días –respondió la anciana, y en sus ojos había un recelo esencial de animal perseguido. El Conde sabía que apenas sobrepasaba los sesenta años, pero la vida la había golpeado tanto que parecía tener ochenta, muy sufridos, y pocos deseos de seguir sumando.

–Yo soy el teniente Mario Conde –dijo, mostrando su identificación–, y él es el sargento Manuel Palacios. Estamos encargados del caso de su hijo.

–Pasen, por favor, y no se fijen en el reguero, es que estoy así...

El cuarto era más pequeño que la biblioteca del padre de Tamara y sin embargo había en él una cama matrimonial, un escaparate, una cómoda, un sillón, una butaca de tocador y un televisor en colores sobre una mesita de hierro. Junto al televisor colgaba una cortina y el Conde imaginó que era el acceso a la cocina y quizás a un baño interior. Trató de buscar el reguero anunciado y apenas descubrió una blusa tendida sobre la cama y una jaba de tela y la libreta de abastecimiento sobre la cómoda. En una esquina del cuarto, sobre un pedestal de madera, una virgen de la Caridad del Cobre recibía luz de una vela azul y agonizante.

El Conde se había sentado en la butaca, Manolo ocupaba el sillón y María Antonia apenas se posó en el borde de la cama y desde allí les pidió:

—¿Hay malas noticias?

El Conde la observó y se sintió molesto y apenado: la vida de aquella mujer sin suerte debía de girar sobre las victorias del hijo y la ausencia de Rafael le robaba, tal vez, el único sentido de su existencia. María Antonia parecía muy frágil y muy triste, tanto que el Conde se sorprendió contagiado por su tristeza y deseó estar muy lejos de allí, ya, ahora mismo.

—No, María Antonia, no hay noticias —dijo al fin y reprimió sus deseos de fumar. No había ceniceros en el cuarto. Optó entonces por jugar con el bolígrafo.

—¿Qué es lo que está pasando? —preguntó ella, aunque en realidad hablaba consigo misma—. ¿Cómo es posible, cómo es posible? ¿Qué le puede haber pasado a mi hijo?

—Señora —dijo Manolo inclinándose hacia ella—, estamos haciendo todo lo posible y por eso vinimos a verla. Necesitamos que nos ayude. ¿Está bien? ¿Cuándo vio por última vez a su hijo?

La mujer dejó de asentir y miró al sargento. Tal vez le parecía muy joven, y se frotó suavemente las manos largas y huesudas, el cuarto era húmedo y la frialdad pegajosa.

—El 31 por el mediodía, vino y me trajo el regalo por el fin de año, ese perfume que está ahí —y señaló el frasco inconfundible de Chanel N.° 5 que había sobre la cómoda—, él sabía que mi único gusto eran los perfumes y siempre me los regalaba. Por las madres, por mi cumpleaños, por el Año Nuevo. Decía que quería que yo oliera mejor que nadie en el barrio, miren qué cosa. Y por la noche me llamó a aquí al lado, a la casa de una vecina, para felicitarme. Estaba en la fiesta adonde fue y serían como las doce menos diez. Él siempre me llamaba, estuviera donde estuviera, el año pasado me llamó desde Panamá, sí, creo que fue desde Panamá.

—¿Y almorzó con usted? —continuó Manolo, y movió sus

flacas nalgas hasta colocarlas en el borde mismo del sillón. Le gustaba interrogar y cuando lo hacía se encorvaba, como un gato con el lomo erizado.

–Sí, yo le hice una fabada, a él le encantaba, y decía que ni su mujer ni su suegra la sabían hacer como yo.

–¿Y cómo lo vio? ¿Estaba igual que siempre?

–¿Qué quiere decir, compañero?

–Nada, María Antonia, si lo vio un poco nervioso, preocupado, distinto.

–Estaba apurado.

–¿Apurado? ¿No vino a pasarse la tarde con usted?

La anciana levantó los ojos hacia la imagen de la Virgen y luego se frotó las piernas, como si tratara de aliviar un dolor. Tenía las manos blancas y las uñas muy limpias.

–Él siempre estaba apurado, con sus líos del trabajo. Me dijo: aunque no lo creas, mami, tengo que pasarme la tarde en la empresa, y se fue como a las dos.

–¿Y estaba nervioso, preocupado?

–Mire, compañero, yo conozco muy bien a mi hijo, por algo lo parí y lo crié. Se comió la fabada como a la una y luego fregamos juntos y después nos acostamos en la cama a conversar, como hacíamos siempre. A él le gustaba acostarse en esta cama, el pobre, siempre estaba cansado y con sueño y se le cerraban los ojos cuando estábamos hablando.

–¿Y a qué hora se fue?

–Como a las dos. Se lavó la cara y me contó que esa noche iba a una fiesta, que tenía mucho trabajo, y me dio doscientos pesos para que te compres algo, me dijo, por el fin de año, y fue y se lavó la boca y se peinó y me dio un beso y se fue. Estuvo cariñoso conmigo, como siempre.

–¿Él siempre le regalaba dinero?

–¿Siempre? A veces, ¿no?

–¿Le comentó si tenía algún problema con su esposa?

–Él y yo nunca hablábamos de eso. Era como un trato.

–¿Un trato? –preguntó Manolo, y se inclinó aún más en el sillón. El Conde pensó: ¿adónde va a llegar esto?

–Es que a mí nunca me gustó esa muchacha. No es porque hiciera nada, no, ni yo tenía nada especial contra ella, pero creo que nunca lo atendió como se debe atender a un marido. Hasta criada tenía... Ustedes disculpen, éstas son cosas de familia, pero yo creo que ella siempre fue muy para ella.

–¿Y qué le dijo él cuando se fue?

–Me dijo lo del trabajo y las cosas de siempre, que me cuidara, me echó de ese perfume nuevo que me regaló. Él era así, tan bueno, y no es porque fuera mi hijo, les juro que no, pueden preguntarle a cualquiera de los vecinos viejos de aquí, y todos le van a decir lo mismo: salió mejor de lo que podía esperarse. Este barrio no es bueno, no, se lo digo yo que vine para acá todavía de soltera y sigo aquí, y aquí me casé, tuve a Rafael, lo crié con mil trabajos yo sola y, discúlpenme, yo no sé cómo piensan ustedes, pero Dios y esa Virgen me ayudaron a sacarlo un hombre de bien, nunca me tuvieron que llamar de la escuela, y ahí en esa gaveta hay más de cincuenta diplomas que se ganó como estudiante y su título de ingeniero y el diploma de primer expediente de su carrera. Él solito. ¿No es para vivir orgullosa de mi hijo? Saber que tenía una suerte tan distinta a la mía y a la de su padre, que de plomero no pasó; no sé a quién ese muchacho salió tan inteligente, saber que subía y no vivía ya en una cuartería y tenía su carro y viajaba a países que yo ni sabía que existían y que era alguien en este país... Dios mío, ¿qué es lo que está pasando? ¿Quién puede querer hacerle daño a Rafael si él nunca le hizo mal a nadie, a nadie? Siempre fue revolucionario, desde chiquito, me acuerdo de que en la secundaria le daban cargos y fue presidente muchas veces, también en el Pre y en la universidad, y nadie lo ayudó en el Ministerio, él sí que no tenía palanca, fue él solo, trabajando mucho, pasito a pasito hasta donde llegó. Y que ahora pase esto. Pero no, Dios no me puede castigar así, ni mi hijo ni yo nos merecemos esto. ¿Qué es lo que está pasando, compañeros, díganme, explíquenme? ¿Quién quiere perjudicar a mi hijo? ¿Quién puede haberle hecho daño?, por Dios...

Creo que faltaban como dos o tres semanas para que se acabaran las clases, después venían los exámenes y después estaríamos en segundo año de Pre, que es casi como decir en tercero, que es casi como estar ya en la universidad, y nadie nos iba a joder más con que si patillas no, bigote tampoco, bien pelado todo el mundo y esas cosas que lo obligan a uno a no querer estar en el Pre, a pesar de que le guste mucho estar en el Pre, andar con la gente del Pre y tener una novia en el Pre y eso. Lo peor de todo es eso: querer que el tiempo pase rápido. ¿Para qué? Y estábamos formados en el patio, era junio, el sol nos quemaba el lomo y el director habló: íbamos a ganar todas las banderas de la emulación, íbamos a ser el Pre más destacado de La Habana, del país, casi del universo, porque habíamos sido los mejores en el trabajo en el campo, ganamos los juegos Interpre, dos premios en el Festival Nacional de Aficionados y la promoción debía de estar por encima del 90 por ciento y nadie nos quitaba ya el primer lugar, y nosotros aplaudimos, uh, uh, gritamos y pensábamos somos unos bárbaros, no hay quien nos gane. Y dijo el director, había otra buena noticia: dos compañeros del Pre habían ganado medallas en el Concurso Nacional de Matemáticas, uh, uh, más aplausos, el compañerito Fausto Fleites, uh, uh, medalla de oro en la categoría de onceno grado, y, uh, uh, el compañero Rafael Morín, medalla de plata en la categoría de trece grado, y Fausto y Rafael subieron a la plataforma de los discursos, campeonísimos, saludando con los brazos en alto, sonrientes, por supuesto, habían demostrado que eran tremendos filtros, y Tamara aplaudía todavía cuando ya casi nadie aplaudía y daba brinquitos de contentura y el Flaco me dijo, asere, ¿eso es teatro o de verdad la socita no sabía nada? Y sí, tenía que saberlo, pero estaba demasiado contenta, como si se acabara de enterar, con aquellos brinquitos que le alborotaban el nalgatorio, que se le notaba incluso con aquella saya ancha y larga matapasiones, y Rafael se acercó al micrófono y le dije al Flaco, prepárate, bestia, con el sol que hace y cómo le gusta hablar, pero no, me equivoqué, casi siempre me equivoco: dijo que Fausto y él le dedicaban aquellos premios al claustro de profesores de matemática y a la dirección del Pre, pero de todas maneras exhortó a los estudiantes a realizar el mayor esfuerzo en los exámenes finales para mantener la vanguardia en la emulación y eso, y mientras hablaba yo lo miraba y pensaba que después de todo el tipo era un bárbaro, inteligentísimo y bonitillo, pico de oro y con una novia como Tamara, siempre planchadito y limpiecito y me dije, cojones, creo que le tengo envidia a este cabrón.

–¿Qué te parece, mi socio? –preguntó Manolo mientras encendía el motor y el Conde fumaba hasta las últimas consecuencias el cigarro que no se atrevió a prender en casa de María Antonia.

–Vamos para la Central, tenemos que hablar con el Viejo a ver si podemos entrevistar hoy mismo al viceministro que atiende la Empresa –dijo el Conde y miró por última vez el pasillo casi tenebroso que conducía a la casa donde había nacido Rafael Morín–. ¿Por qué no habrá buscado la forma de conseguirle una casa a la madre?

El auto avanzaba por Diez de Octubre hacia Agua Dulce y Manolo aceleró en la pendiente.

–Eso mismo estaba pensando yo. No me cuadra la vida de Rafael Morín con este solar.

–O cuadra demasiado, ¿no? Ahora lo que haría falta es saber dónde se metió toda la tarde del 31, o saber si es verdad que estuvo en la Empresa y saber por qué le dijo a Tamara que iba a estar aquí con su madre.

–Vas a tener que hablar con Morín o buscarte un babalao que te tire los caracoles y te limpie el camino, ¿no? –dijo el sargento, y detuvo el auto en el semáforo de la esquina de Toyo. En la acera de enfrente, la cola para el imprescindible pan dominical alcanzaba casi una cuadra–. Mira, Conde, ahí al doblar vive Vilma.

–¿Cómo te fue anoche?

–Bien, bien, esa chiquita es un vacilón. Fíjate que a lo mejor me caso y todo.

–Anjá. Oye, Manolo, ya me sé esa historia, pero lo que yo te preguntaba no tiene que ver con Vilma y con tu vida sexual, sino con el trabajo, así que espabílate. Si agarras el SIDA con tus puterías, te iré a ver a la clínica una vez al mes y te llevaré buenas novelas.

–Oye, maestro, qué te pasa hoy. Amaneciste con los dos pies en el acelerador.

–Estate tranquilo, que sí, amanecí a mil. Ya Rafael Morín me tiene las pelotas llenas y cuando oí hablar a la madre me sentí mal, como si yo fuera culpable de algo...

–Está bien, está bien, pero no la cojas conmigo –protestó el sargento, haciéndose el ofendido–. Mira, el Greco y Crespo están en lo de Zoilita desde anoche y quedamos en que me informaran hoy a las diez de la mañana, así que deben de estar esperando. Y pedí un informe sobre las desapariciones en los últimos dos años, que también me lo dan hoy a las once, a ver si esto se parece a otro caso o no sé qué, Conde, pero esto es una locura.

–Cuando lleguemos a la Central, trata también de localizar por teléfono al jefe de Protección Física de la Empresa para ver si Rafael estuvo allí la tarde del 31. Si por fin estuvo, que nos concerte una cita con el que estaba de guardia.

–Está bien. ¿Puedo poner música?

–Y esa antena, ¿de dónde la sacaste?

–El que tiene un amigo... –Levantó los hombros y sonrió. Encendió el radio del automóvil y buscó una emisora con música. Probó dos o tres y por fin se decidió por una canción de Benny Moré. «Oh, vida», cantaba el Benny con su voz pura, en un programa seguramente dedicado a su música.

—Me parece que estás exagerando, Conde –comentó Manolo cuando oían *Hoy como ayer*, a la altura de la Plaza de la Revolución–. Aunque no nos guste, éste es un caso como otro cualquiera y no puedes pasarte el día de un encabronamiento en otro.

—Manolo, decía mi abuelo que el que nace burro muere caballo... Y eso si progresa bastante.

—Teniente, dice el mayor que fuera a verlo en cuanto llegara. Está allá arriba –le dijo el oficial de guardia, y el Conde le devolvió el saludo.

Las mañanas de domingo la placidez de la calle también envolvía a la Central. Todos los casos de rutina, los que se habían alargado demasiado y ya no ofrecían expectativas, los que seguían un proceso normal y sin trasfondos, recesaban ese día y los investigadores desaparecían, dejando en la Central una tranquilidad artificial. También las secretarias, los oficinistas y los especialistas en información, identificación y el laboratorio tomaban su día libre y la Central perdía por veinticuatro horas el ritmo desenfrenado y tormentoso de los otros días de la semana. Sólo las guardias permanentes y los que continuaban una investigación inaplazable trabajaban en el edificio, que parecía más grande, más oscuro, menos humano aquellas mañanas de domingo, en que era posible escuchar, incluso, el susurro de unas fichas de dominó que trataban de aliviar el aburrimiento de los condenados a guardia. Sólo el Viejo trabajaba cada domingo, desde hacía quince años: el mayor Rangel necesitaba que todos los hilos de las tramas que tejían sus subordinados pasaran por sus manos y le seguía la pista a cada investigación con la vehemencia de un poseído, de lunes a domingo. El Conde sabía que el aviso del oficial de guardia era, más que una orden, una necesidad de su jefe, y le pidió a Manolo que buscara los informes y lo esperara en la incubadora en treinta minutos.

La paz que respiraba el edificio lo convenció de que debía esperar el elevador, las luces indicaban que bajaba, cuarto, tercero, segundo y la puerta del aparato se abrió como el telón que siempre imaginaba el Conde, que casi choca con el hombre que salía.

–Maestro, ¿no piensa descansar hoy domingo?

El capitán Jorrín sonrió y lo palmeó en el hombro.

–¿Y tú, Conde? ¿Quieres ganarte un refrigerador? –le preguntó mientras lo tomaba del brazo y lo obligaba a caminar hacia el Departamento de Información. El Conde pensó explicarle que el Viejo lo esperaba, pero se dijo que el mayor podía esperar.

–¿Cómo va su caso, capitán?

–Creo que bien, Conde, creo que bien –y casi hasta sonríe el veterano Jorrín–. Apareció un testigo que a lo mejor puede identificar a uno de los que mató al muchacho. Ya sabemos por lo menos que eran tres y según el testigo son bastante jóvenes. Ahora vamos a hacer el retrato.

–Usted ve, maestro, siempre hay una luz, ¿no?

–Sí, siempre, pero eso no resuelve todo el problema... Te imaginas que al fin agarramos a los asesinos y resulta que tienen menos de dieciocho años y ya son eso, asesinos. Éste es el verdadero problema, ya no es sólo un niño muerto a golpes, sino que también hay otros tres que van a parar a la cárcel por unos cuantos años y ya nunca serán las personas que debieron ser. Mataron.

El Conde estudió las arrugas que iban cuarteando la cara del capitán Jorrín, mientras sentía en su brazo la presión desesperada de la mano de aquel hombre que había vivido la mitad de su vida cazando criminales.

–Yo pensé al principio que a nosotros debía pasarnos algo parecido a los médicos –dijo entonces, mirándolo a los ojos–. Que después de un tiempo nos acostumbraríamos a la sangre.

–No, ojalá que no nos pase nunca. A uno tienen que dolerle estas cosas, Conde. Y si un día no te duelen, entonces vete.

114

–Que tenga suerte, maestro –dijo, frente al Departamento de Información, y se lanzó en busca de la escalera.

La mesa de Maruchi también gozaba del embrujo del domingo: estaba completamente limpia, parecía abandonada y triste, sin la flor que cada día traía la muchacha. Junto a la puerta del despacho oyó la voz del mayor, tocó levemente, y lo escuchó decir:

–Dale, entra.

El Viejo estaba tras el buró, vestido de civil, con un pullover a rayas blancas y grises que resaltaban el volumen de sus pectorales y dejaban ver la fuerza de su cuello. El mayor le indicó con los ojos un asiento y continuó hablando por teléfono. Hablaba con su hija, algo había sucedido, le decía, no te preocupes por eso, Mirna, después de todo... Y, bueno, sí, llama a tu madre y dile que yo la recojo para ir a almorzar contigo, sí, agregó, dale un beso al niño, ¿eh?, sí, sí, claro, y colgó. Todo el tiempo empleó una voz dulce y cálida, sin discusión la más agradable que el Conde le conocía en su amplio repertorio de voces.

–Qué lío, chico –dijo el mayor después de recuperar su tabaco, uno de aquellos Davidoff 5000, recién prendido–. Otro desaparecido: mi yerno. Pero de ése se sabe el paradero. Anda con una virulilla de diecinueve años. Y la zonza de mi hija que sigue enamorada de él. ¿Tú entiendes algo? No, si por eso creo que no me voy a retirar nunca. Uno tiene mil líos aquí, problemas con la gente, llamadas de arriba, casos que se las traen, pero prefiero este manicomio a meterme en la casa y tener que mediar en todos los rollos que hay por allá. Mi otra hija, Mirta, ¿tú sabes lo que quiere? No, qué carajos te vas a imaginar... Conoció en la universidad a un austriaco con unos pelos por aquí abajo, que anda dando vueltas por el mundo con que si se abrió un hueco en la capa de ozono y que si el mar se está pudriendo, y dice que se va a casar con él, que es el hombre más sensible del mundo y que se va con él para donde sea. ¿Tú sabes lo que quiere decir eso? Vaya, si no quiero ni pensarlo, pero te lo juro, Conde, de que no se casa no se casa. Y ahora esta salación con mi yerno.

–Yo creía que los austriacos ya no existían. ¿Tú habías visto alguna vez a un austriaco?

El mayor observó su tabaco.

–No, la verdad, antes de ver a éste creo que a ninguno.

El Conde sonrió, y aunque no sabía bien si debía hacerlo, se atrevió:

–Mira, dile a tus hijas que aquí se oferta un teniente, soltero y sin compromisos, buen mozo, inteligente y responsable, que busca pareja y mejor si es la hija del jefe.

–Bueno –dijo el mayor, que no sonrió–, eso sí es lo único que me faltaba... Oye, ¿hace frío?, ¿no?

–Quién te manda a hacerte el bárbaro y andar en pullover.

–Es que dejé el abrigo en el carro, no creí que fuera para tanto. ¿Y cómo anda lo tuyo?

–Regular.

–¿Qué pasa?

–No sé bien todavía. Tenemos varios indicios, pero hay uno solo que me parece sólido: no sabemos dónde estuvo Rafael Morín toda la tarde del 31. Le dijo a la mujer que iba para la casa de la madre y a la madre que iba para la Empresa, y la secretaria dice que el 30 fue el último día que trabajaron. También investigamos a una tal Zoila que él conocía y que no se sabe dónde está desde el día primero. Y lo otro es que parece que Rafael tenía algo con su secretaria.

–Si dijo una mentira para cubrir el mediodía del 31 es porque estaba en algo, aunque a lo mejor ese algo no tiene que ver con la desaparición.

–Anjá. Pero ahora lo que quiero es hablar con Alberto Fernández-Lorea, el viceministro. Si es posible hoy mismo. La fiesta tampoco se me quita de la cabeza y me hace falta que tú lo llames.

–Hazlo tú, ¿no?

–Prefiero que seas tú. Acuérdate que soy un triste policía, como me dijeron ayer, y él un viceministro.

El mayor se recostó en su silla y empezó a balancearse. Fumó de su puro y exhaló el humo azul y encrespado. Disfrutaba. Mario Conde, mientras tanto, acercó a su lado del buró uno de los teléfonos del mayor y comenzó a marcar un número.

–Agarra, da timbre en casa de Fernández –dijo, y le extendió el auricular. El mayor resopló y aceptó lo inevitable.

–Creo que no hay nadie. –Renunció, y cuando comenzaba a devolver el auricular a la horquilla detuvo el movimiento y dijo–: Sí, oigo, ¿es la casa del compañero Fernández-Lorea? –y recibió una respuesta afirmativa, pues le explicó que necesitaban entrevistarlo–, sí, hoy mismo si no es molestia para usted... Claro... ¿En una hora?... OK, sí, hasta luego y muchas gracias. El teniente Mario Conde. Sí, y colgó.

–¿Complacido?

–Dale mi recado a tus hijas –dijo el Conde, y se levantó mientras se acomodaba la pistola.

–Llámame esta noche a la casa y me dices qué hay de nuevo –le pidió el mayor y sonó decididamente autoritario–. Que tengas suerte –agregó y volvió a mirar la ceniza admirablemente pura de su Davidoff.

El Conde bajó hasta el segundo piso y entró en su cubículo. El sargento Manuel Palacios lo esperaba, sentado en su silla y tras su buró.

–Nada por las desapariciones, Conde. Todos son locos o ancianos, maridos y mujeres fugados, muchachos escondidos de su familia, niños robados por padres divorciados y sólo un caso en octubre de una mujer secuestrada a la fuerza por un enamorado no correspondido. Y hay una sola desaparición abierta: un muchacho de veintitrés años perdido desde abril del año pasado, aunque se sospecha que trató de irse del país con medios bastante rústicos –explicó Manolo y el tedio asomaba en su voz y su mirada–. Hablé también con el jefe de Protección Física de la Empresa y por suerte fue su mujer, que también trabaja allí, la que estuvo de guardia en el turno de doce a ocho de la noche, y Rafael Morín no estuvo por allí, aunque sí tuvo otra visita. René Maciques.

–El amigo Maciques... ¿Y de Zoilita?

–Eso sí es harina de otro costal. Por lo que averiguaron el Greco y Crespo parece que la niña es un bomboncito y sabe que a la gente le gusta el chocolate. Todavía no se sabe dónde coño está metida, pero no es un punto fácil, vaya, que es tremenda guaricandilla y tiene ficha de jinetera, pero sin expediente. Nada, que lo mismo anda con un mexicano que engancha a un búlgaro, que vive una temporada en el Focsa o se pasa quince días en el Internacional de Varadero, pero todos sus novios tienen carro, plata y buena posición. Ya tú sabes. Y cuando está aburrida hace platos de cerámica y otros adornos y por lo visto los hace bien. El día que salió no la vio nadie y tampoco se sabe qué hizo el fin de año. No está registrada en ningún hotel ni su hermano sabe nada de ella.

El Conde escuchó las aventuras y aficiones de Zoilita y pensó que le gustaría mucho hablar con ella. Se puso de pie y caminó hasta la ventana.

–Hace falta encontrarla. No sé, me da el pálpito que la ninfa tiene mucho que ver con Rafael Morín.

–¿La circulamos?

–Sí, que la saquen de abajo de la tierra o de abajo de un tipo o de donde coño esté –pidió el Conde, y otra vez volvió a pensar en Tamara. Al carajo Tamara, se dijo y recordó que en algún momento del día debía hablar con Miki Cara de Jeva. Desde la ventana veía el cielo limpio y azul, y por fin le dijo a Manolo–: Dale, da la orden de circularla y nos vemos allá abajo. Un viceministro espera por nosotros.

Vivía en Séptima y 38, en un edificio de tres plantas con fachada de ladrillos rojos y grandes balcones que se asomaban a la avenida. Un camino de lozas empotradas en la tierra, que atravesaban la lana verde de un césped bien podado, conducía al edificio, elegante y moderno a pesar de sus treinta años, y además modesto en comparación con las mansiones que lo rodeaban. El Conde y Manolo subieron en silencio las escaleras y tocaron el timbre del apartamento que ocupaba toda la segunda planta: las primeras notas de la marcha nupcial de Mendelssohn, aflautadas y rítmicas, se escucharon más allá de la puerta. Manolo sonrió y movió la cabeza.

–Pasen, por favor, los estaba esperando –dijo el anfitrión cuando abrió la puerta, y el Conde pensó: yo lo conozco. Alberto Fernández-Lorea era un hombre que se acercaba a los cincuenta años, pero sin duda alguna seguía siendo bien parecido. Seguro no fuma y es de los que corre en el Parque Martí, pensó el Conde mientras trataba de recordar dónde lo había visto. El cuerpo atlético del viceministro, el pelo abundante y lacio que se abría en el medio de la cabeza y su estatura de muchacho en pleno desarrollo le hubieran sugerido al Escribidor de Vargas Llosa que estaba en la flor de la edad, y en este caso podía ser cierto.

El viceministro los invitó a sentarse y se disculpó un momento, «por favor, si no es molestia», y se encaminó hacia la mampara de madera sin barnizar que dividía la sala de lo que podía ser la cocina-comedor. La sala de estar era amplia, tal vez desproporcionada para lo que el Conde concebía como el espacio de un apartamento, y recordó que allí había bailado y comido, hablado y reído, Rafael Morín en la que podía haber sido su última comparecencia pública. Resultaba un lugar decididamente agradable y por los cristales del balcón se veían las ramas altas de un flamboyán desnudo, y el Conde calculó que en verano, con sus flores anaranjadas cubriendo cada rama, sería una fiesta para la vista.

Fernández-Lorea regresó y el Conde tuvo la certeza indubitable de que su rostro le era más que familiar, pero, ¿de dónde lo conozco, de dónde?, se martirizó, pues tal vez aquella información suplementaria podía serle útil.

–Bueno, ustedes dirán –se ofreció el viceministro y su voz sonó algunos decibelios por encima de lo que requería aquella reunión. Se había acomodado en un sillón de cordones plásticos y se balanceaba suavemente–. A todos nos tiene muy preocupados el problema del compañero Morín.

El Conde observó los ojos lánguidos del hombre y sintió que no podía hablar: pensaba, en ese instante, cómo debía dirigirse a él. Compañero viceministro le resultaba huero, pedante y bastante adulón; Fernández a secas, sencillamente impersonal; Alberto, ni pensarlo, síntoma de una confianza que no tenía, y deseó terminar cuanto antes con aquella entrevista que empezaba con tantas dudas.

–Compañero viceministro Fernández –dijo al fin, y sólo de oírse sintió deseos de autoflagelarse–, mire, éste es un caso bastante insólito, las desapariciones como tal apenas existen en Cuba, y eso nos obliga a buscar en todas las direcciones posibles. Hemos descartado por ahora la idea de un secuestro y también una salida ilegal del país...

–No, no, imposible imaginar eso. No con Rafael. Yo estoy seguro de que tiene que haberle pasado algo, un accidente –propuso el viceministro y ensayó un gesto de disculpa por la interrupción. Tiene la palabra.

–A estas alturas –continuó el Conde y miró entonces a su compañero– sólo nos quedan dos posibilidades: una que hasta ahora tiene muy poca lógica, y es que Rafael esté escondido por algo, un algo que no sabemos. Y la otra es que lo hayan asesinado, por otro algo que tampoco sabemos, pero la experiencia nos dice que puede ser cualquier razón, incluso la que parezca más banal. En cualquier caso la noche antes de su desaparición él estuvo aquí con su esposa para despedir el año y quizás en la fiesta esté la punta de la madeja que nos lleve a Rafael. Por eso estamos aquí.

El viceministro miró hacia la mampara y movió un pie con cierto nerviosismo. El Conde descubrió entonces el olor indiscreto de un buen café y lo agradeció de antemano.

–Pues bien, compañeros –dijo al fin Fernández-Lorea, tribunicio y sin dejar de mecerse–, la verdad es que no sé cómo poder ayudarlos. Es verdad lo que usted dice, en Cuba no se pierde nadie y sin embargo se pierde cualquier cosa. Casi es simpático, ¿no creen? Bueno, tal vez lo que quieran es mi opinión sobre Morín y eso sí se lo puedo dar. Creo que Rafael era el mejor cuadro joven de la dirección nuestra, que es la encargada de suministrar material a las industrias y negociar la venta de algunos productos nuestros. A Rafael lo conocí hace apenas dos años, cuando me trasladaron de Comercio Exterior para el Ministerio, y voy a serles franco, desde que lo vi trabajar no dudé ni por un momento que un día ocuparía mi cargo, y yo –bajó entonces la voz al tono normal para aquella reunión de tres personas y comenzó la confidencia–, yo se lo iba a agradecer, porque no nací para esto. El cargo que ocupo ahora es más un accidente que un deseo, se lo digo sinceramente, porque prefiero la tranquilidad de una oficina donde se hacen estudios de mercado a la vorágine diaria del ministerio, que cada día es más difícil de asimilar y cada vez lo será más con las cosas que están pasando en el campo socialista, que no se sabe cómo van a terminar. Además, exige una dosis de labor diplomática que nunca me ha gustado mucho.

El viceministro se frotó las manos levemente y el teniente Mario Conde se sintió confundido y casi defraudado, porque Alberto Fernández-Lorea sonaba auténtico, a pesar del empaque físico en que venían envueltas sus palabras. Después de todo debe de haber gentes que no quieran parecerse a Rafael, pensó.

–Yo le tengo mucho miedo al fracaso y el doble al ridículo –siguió el hombre después de pasar la vista por la mampara–, y no sé si mi capacidad es suficiente para la responsabilidad que tengo, y no me gustaría terminar tronado. Sin embargo, la capacidad de trabajo de ese muchacho sí es impresionante y su carrera está en su mejor momento. ¿Qué quiero decir con esto? Que Rafael Morín era punto menos que intachable en su trabajo y tenía además algo que a mí me falta: era ambicioso, y lo digo en el buen sentido de la palabra...

Y al fin salió el café de la cocina. Venía en tres tazas, sobre una bandeja de cristal, cargada además con dos vasos de agua, y detrás caminaba una mujer, buenas tardes, dijo, un poco antes de llegar a la sala. Ella también se dirigía a los cincuenta años, pero con prisa, y los aparentaba con todo su rigor: alrededor de los ojos se le había formado un abanico de arrugas agresivas y el cuello lucía blando, colgante. Era una mujer fatigada y sin un solo reflejo del brillo caliente y deportivo de su marido.

—Laura, mi esposa —la presentó el viceministro, ellos saludaron, y él especificó—: Mario Conde y...

—Sargento Manuel Palacios —lo ayudó Manolo.

La mujer les ofreció el café y sólo el Conde tomó dos sorbos de agua para limpiarse el paladar. Era un café denso y amargo, y el teniente lo agradeció por duplicado.

—Es una mezcla de un café brasileño que me regalaron con el de la bodega. Así dura más y creo que con esa colaboración se consigue que sepa mucho mejor, ¿no? Porque al final la calidad de un café no depende sólo de su pureza, sino también de un gusto creado por los años. Hace unos meses, en Praga, me invitaron a tomar un café turco, me lo anunciaron como el mejor del mundo y por poco no puedo ni terminar la taza, y yo por tomar café me tomo hasta el cocimiento que venden frente a Coppelia —dijo, y ellos asintieron.

El Conde saboreó su café y pensó que a Manolo debía de pasarle lo que a Fernández-Lorea en Praga: prefería el café bien dulce y muy ligero, al estilo oriental que todavía practicaba su madre.

—¿Y me decía que era ambicioso?

—Sí, y le agregaba que en el mejor sentido de la palabra, teniente. Al menos ésa es mi opinión —dijo, y sacó del bolsillo de su camisa una cajetilla de cigarros—. ¿Quieren fumar?

—Gracias —dijo el Conde y aceptó el cigarro. Así que tam-

122

bién fuma, pensó–. ¿Y de su vida privada, qué sabe de Rafael Morín fuera del trabajo?

–Poco, teniente, la verdad. Ya estoy bastante atormentado con el trabajo para además fijarme en eso, que por cierto nunca me ha importado, y discúlpeme.

–¿Pero ustedes eran amigos? –terció Manolo, no podía más, pensó el Conde, y lo vio tomar su postura de gato flaco al ataque.

–En cierto modo, sí. Coincidíamos en muchos lugares por problemas de trabajo y nos llevábamos bien como compañeros. Pero es una relación de apenas dos años y creada alrededor del trabajo, como le expliqué al teniente.

–¿Y el día 31? –siguió el sargento–. ¿Notó algo raro en él? ¿Usted sabía que había tenido un problema con Dapena, el comerciante español?

–Supe lo de Dapena y creía que era un asunto enterrado, no sé qué información tendrán ustedes. Y el 31, pues nada, lo vi como siempre, lo mismo hablaba de trabajo que hacía un chiste o bailaba. Es la segunda vez que despedimos el año aquí, nos ponemos de acuerdo un grupo y traemos un puerco de Pinar del Río, y yo lo hago en la barbacoa que tienen en el patio los vecinos de aquí al lado. Imagínense, que mi padre era chef de cocina y algo se me pegó. Creo que soy especialista en asar puercos.

–Entonces, ¿no parecía preocupado por algo?

–Que yo me diera cuenta, no. Incluso no tomó mucho, decía que no andaba bien del estómago.

–¿Y no tenía algún problema en la empresa, algo que quizás lo obligara a desaparecer?

El viceministro miró al Conde, buscando tal vez la intención de aquella pregunta. Sus ojos brillaban con más intensidad, como si hubiera recibido una señal de alerta. Se tomó su tiempo para decir.

–Bueno, problemas puede haber de muchas clases, pero para que alguien como Rafael Morín decida desaparecer, sólo puede ser por un tipo de problema. Que yo sepa, por supuesto, sólo hay un tipo de problema, pero de todas formas el mayor Rangel me solicitó un permiso para investigar en la Empresa y ustedes van a empezar mañana allá, ¿no? –Abrió los brazos y Manolo asintió–. Ojalá que no, porque podría ser terrible, pero esa investigación dirá la última palabra en ese sentido, así que, por favor, no me pidan ahora que meta las manos en el fuego. Hasta este mismo momento, Rafael Morín sigue siendo un excelente compañero y pensaré lo contrario cuando se diga o, mejor, se demuestre lo contrario. Vamos a esperar.

–Una última pregunta, compañero –intervino ahora el Conde para evitar otra ofensiva de Manolo. Presentía que la alarma del viceministro era demasiado tangible para que todo fuera una simple especulación. Quizás Fernández-Lorea había presentido algo, tal vez hasta sabía algo–. Es que no queremos robarle más tiempo, menos hoy, domingo. ¿Con qué fondos contaba Rafael Morín para hacer sus compras en el extranjero? Quiero decir, para hacer regalos con las cosas que traía de fuera, además de las que llevaba para su casa.

Fernández-Lorea expresó el asombro clásico: arqueó levemente las cejas, y luego movió el pie, como si esperara otro servicio de café. Sin embargo, habló con su tono mayor para reunión con más de tres factores.

–Fondos, teniente, del modo en que usted lo dice, pues ninguno. Él viajaba con su dieta de director de empresa y con gastos de representación, según el tipo de negocios que fuera a cerrar o la exploración de mercado que quisiera hacer. La Empresa nuestra tenía en ese sentido cierta autonomía, pues muchas veces se trataba de comprar un producto muy específico, en ocasiones de fabricación norteamericana, por ejemplo, y no se podía recurrir a las vías tradicionales, sino a través de terceros, como a veces hicimos en Panamá, por decir un caso. Y usted sabe, en casi todo el mundo se hacen los negocios mientras se come, y hay que hacer obsequios, o no todos los días hay un carro disponible en la embajada o en alguna oficina comercial que se pueda poner

124

a disposición de nosotros... Él manejaba ese dinero, que a veces era bastante, y aunque somos muy cuidadosos en eso, porque hay arqueos periódicos, chequeos de los estados de cuenta, liquidaciones contra gastos y dos auditorías al año, muchas veces la contabilidad no es todo lo precisa que quisiéramos, por muchas razones, y ahí debe aparecer entonces el factor confiabilidad. Y él era confiable, según todos mis informes. Por otra parte, teniente, muchos de los empresarios con que trabajamos suelen hacer regalos cuando se cierra un buen contrato. A mí mismo me regalaban un BMW en Bilbao hace apenas dos meses, y tenía el Lada mío aquí en chapistería... Bueno, y como los compañeros que trabajan a esos niveles siempre son de confianza, pues si no es algo así significativo, si es algo muy personal, pues entonces el compañero se queda con él.

–¿Y han existido problemas con algunos compañeros por este tipo de regalías?

–Sí, lamentablemente, sí.

El Conde sintió que Fernández-Lorea hablaba de un tema que palabra a palabra se le hacía desagradable y fue a darle las gracias cuando escuchó a Manolo.

–Disculpe, compañero Fernández, pero creo que su información nos puede ayudar mucho. Por ejemplo, esas dietas y gastos de representación y demás, ¿quién se las asignaba a Rafael Morín?

Preguntó Manolo y el Conde sintió que podía reírse o llorar, las dos cosas al mismo tiempo, pero que al salir de allí debía buscarse un mulo que lo pateara: Manolo había tocado la tecla que faltaba.

–Por lo general se las asignaba él mismo. En la Empresa él era su jefe –admitió Fernández-Lorea y se puso de pie.

–¿Y qué sucedió con el anterior director de la Empresa? –siguió Manolo–. Al que sustituyó Rafael Morín.

–Fue demovido por un problema más o menos así, de dietas y despilfarros internos, pero no, no puedo creer que sea el mismo caso de Rafael. Por lo menos yo no quisiera creerlo, porque no me lo iba a perdonar jamás. ¿Ustedes creen que éste sea el motivo de la desaparición?

–¡Lo cogimos, coño, yo creo que lo cogimos! –casi gritó Manolo y convirtió su júbilo en velocidad. Avanzaban en el auto por Quinta Avenida y el Conde apoyó las manos sobre la guantera del carro.

–Afloja, Manolo, viejo –le pidió al sargento y esperó a que el marcamillas bajara hasta setenta kilómetros–. Creo que ahora sí vamos a saber por qué no aparece Rafael Morín.

–Oye, y viste a Fernández, tiene la misma cara de Al Pacino.

El Conde sonrió y miró hacia el límpido paseo central de la avenida.

–Me cago en diez. Desde que llegué pensé que lo conocía de algún lado y es eso, es igualito a Al Pacino. ¿Tú viste la película en que él es corredor de carros?

–Ahora no me acuerdo de ninguna película, Conde. Dime para dónde vamos.

–Por lo pronto vamos a almorzar y luego vamos a localizar al económico de la Empresa. Hay que ver si la China Patricia puede ir con nosotros, para que sea ella la que hable con él. Lo bueno que tiene esto es lo malo que se está poniendo.

El almuerzo era la compensación y la gran ventaja de trabajar los domingos. Como se cocinaba para unas veinte personas, el almuerzo dominical de la Central deparaba sorpresas inesperadas que a veces rozaban el refinamiento de un buen restaurante. Aquel domingo habían preparado un arroz con pollo tratado con consistencia de paella, caldoso y pesado, de un amarillo leve y perfumado. Además, los plátanos maduros fritos y la ensalada de lechuga y rábanos completaban una oferta que cerraba el arroz con leche bien rociado con canela para el postre. Incluso el yogur era de sabor y había para escoger: fresa o piña.

El Conde, que había repetido del arroz con pollo, fumaba su segundo cigarro de sobremesa y miraba hacia la calle por la ventana del cubículo, pero no veía nada. Rafael Morín le hablaba desde la tribuna del Pre y él lo escuchaba, solo en el patio de la escuela, cuando entró Manolo repartiendo maldiciones.

–No te embulles, Conde, no hay económico por ahora. Salió ayer por el mediodía para la Unión Soviética con un viaje de estímulo.

–Eso es cosa de Rafael Morín, me la juego. Pero no importa, podemos esperar hasta mañana. De todas formas no esperaba que el económico de la Empresa nos dijera mucho. Vamos, salimos otra vez.

–¿Otra vez? Pero si el económico...

Intentó protestar cuando el Conde ya salía del cubículo y buscaba el parqueo sin pronunciar palabra.

–Sube por G a buscar Boyeros –ordenó el Conde cuando ocupó su asiento en el auto.

–¿Y me vas a decir adónde vamos? –pidió Manolo, incapaz de entender la actitud del teniente, aunque recordó en ese instante la primera referencia que tuvo de él: «Está medio loco, pero...».

–Vamos a ver a García, el del Sindicato, pero no te preocupes, hoy vamos a terminar temprano. Sobre todo quiero que oigas lo que pienso que García nos va a decir del gran Morín... De ahí te vas para tu casa.

Doblaron por Rancho Boyeros y se detuvieron en el semáforo de la terminal de ómnibus.

–¿Y Zoilita, qué hacemos si aparece?

–Sales a buscarme como bola por tronera, a mil. Yo voy a ver a Tamara, me hace falta hablar con ella, y después paso un momento por casa de un amigo del Pre que quiere verme, eso es a dos cuadras del Flaco, así que luego me quedo en su casa. Me localizas en cualquiera de esos lugares. Lo que hace falta es que hables de todas formas con la China y le digas que mañana temprano salimos para la Empresa.

–¿Sigo recto?, ¿no?

–No, dobla en la plaza de la Revolución. García vive en Cruz del Padre, ahí al lado del estadio –dijo el Conde, y recordó que la noche anterior los Industriales habían perdido el primer juego de la serie con Vegueros, y si esa tarde volvían a perder, su conversación de esa noche con el Flaco no sería una experiencia muy constructiva, al menos desde el punto de vista lexical. El murmullo sostenido que brotaba del terreno deportivo era una promesa de emociones que el Conde hubiera querido disfrutar. Pero también hay que trabajar los domingos.

García (Sindicato)

Miren, compañeros, quizás el compañero Morín haya tenido algún problema con los fondos para dietas y eso que ustedes me cuentan, ustedes saben más que yo de eso y puede que tengan razón, pero yo, Manuel García García, no lo creo hasta que no lo vea y perdonen la falta de respeto... No es que esté empecinado ni nada de eso, no. Es que hace mucho tiempo que conozco a Rafael, digo, al compañero Morín, y tengo plena confianza en él, y si tengo que autocriticarme después por eso, pues me autocritico, pero eso es muy serio y hay que demostrarlo, ¿no es así? Miren, hay gente en la Empresa que a lo mejor no piensa como yo, algunos dicen que centralizaba demasiado las cosas, que tenía que ver con todo, y se lo sacaron en más de una asamblea, como una crítica, y él lo aceptó, porque él sí sabía autocriticarse y eso de la centralización él mismo se lo señaló varias veces, pero es que a la larga todo volvía a pasar por sus manos, y a veces creo que hacía eso porque mucha gente se acomodaba a que él lo resolviera todo y también porque él no sabía dirigir de otro modo. Pero los mismos que lo criticaban reconocían que las cosas casi siempre le salían bien y eso mantenía su prestigio, y al final creo que eso es lo que importa. Nosotros en el Sindicato nunca tuvimos problemas con él, y yo estoy en el Ejecutivo desde antes que él lle-

128

gara a la Empresa, así que miren si sabré qué cosa es este Sindicato. Es más, él mismo me señaló en el núcleo del Partido que a veces la gestión de nosotros era un poco pasiva, y yo le decía, pero compañero Rafael, si estamos al día en la cotización, si cumplimos con las cuotas para los trabajos voluntarios, hacemos las actividades programadas y recogemos las preocupaciones de las gentes en las asambleas de Servicio, ¿qué más va a hacer el Sindicato? ¿Verdad, compañeros? En la Empresa no había problemas laborales desde el lío que formaron tres especialistas del departamento de compra en divisa porque ellos nunca viajaban al extranjero, eso ocurrió antes de que yo fuera secretario general, a ver, hace como dos años si la memoria no me traiciona, y para mí quedó claro que era un problema de ambición de esa gente porque no viajaban a países capitalistas, pero en una reunión con el Partido y el Sindicato, el compañero Rafael nos explicó que las decisiones administrativas eran competencia de la administración y que la administración tenía razones para tomar esa decisión, y al poco tiempo los compañeros esos se trasladaron para una corporación de esas nuevas que se abrió. Y un día Rafael me dijo, el compañero Morín, quiero decir, porque él no era de chanchullos: «Ves, García, lo único que querían era viajar». Sí, sí, con los demás compañeros se llevaba de maravillas y es verdad lo que les dijo Zaida, él se preocupaba por todos, a mí mismo, que soy un simple jefe de servicios, me dio un viaje de estímulo a Checoslovaquia, bueno, no fue él quien me lo dio, pero me propuso y habló muchísimo de mí en la asamblea. Y con el prestigio que tenía, por favor... Bueno, no, no éramos amigos personales, lo que yo entiendo como amigo personal de uno, ¿no es así?, él vino un par de veces a la casa cuando la vieja se me enfermó y después movilizó a toda la Empresa para el velorio y el entierro. Y aunque a veces yo mismo me digo que él era un poco raro, esas cosas no se le olvidan a uno y hay que estar agradecido, porque ser desagradecido es lo más feo que hay en este mundo. Por eso ustedes me disculpan, pero yo no lo creo hasta que no lo vea. ¿Las cosas raras? Nada, boberías mías, no sé, creo que cosas de manías, como eso de que le consiguiéramos muchos vegetales para su comida y que cuando estaba en la Empresa le limpiaran la oficina dos veces al día o que le dijera al chófer que le pusiera esos cristales negros al carro que uno no sabe si hay alguien adentro, ¿no es así? Eso, esas boberías. Por lo demás, pregúntenle a cualquiera, hasta los mismos que lo criticaban, todo el mundo está de lo más preocupado por este lío y nadie entiende nada... ¿Es verdad que lo mataron para robarle, compañeros?

–¿Ya no estás aburrido de oír elogios de Rafael? ¿No piensas que estamos equivocados y que de verdad es un gran dirigente y que no tiene ningún problema y no hay líos con las dietas y los gastos de representación? ¿No te parece que es Papá Dios magnánimo, intachable, buena gente, haciendo el mundo y repartiendo favores y simpatías y viajes como si fuera el dueño de los truenos? ¿O te parece que es un hijo de puta redomado que lo calculaba todo y le encantaba tener poder?

–Conde, Conde, te va a dar una cosa...

–No te preocupes, mi socio, el encabronamiento se está convirtiendo en mi estado psíquico normal.

–Bueno, ¿te dejo en casa de tu amiga?

El Conde asintió, preguntándose qué le iba a decir ahora a Tamara y si en verdad era necesario volver a verla. La perspectiva de enfrentarse otra vez a la mujer lo enervaba y lo confundía: quería salir del universo de Rafael Morín, pero Tamara funcionaba como un imán que lo atraía hacia el centro mismo de ese mundo, y lo alentaba a volver, como el asesino de siempre.

–Oye, Manolo, todavía es temprano. Te invito a tomarnos un trago. Me hace falta descompresionar.

–¿Tú estás jugando al prohibido, mi socio?

—A la bolita. Y me saqué un parlé —dijo, y al fin sonrió.

—Verdad que hace rato no nos maltratamos.

—Dobla por Lacret y parquea en la esquina antes de Mayía.

El sargento Manuel Palacios obedeció y acomodó el auto entre un camión y un taxi, en un espacio en el que Mario Conde jamás hubiera entrado ni con una bicicleta. Cerraron el carro, Manolo recogió la antena y caminaron hacia Mayía Rodríguez, donde había una barra extrañamente limpia y bien iluminada, casi vacía a esa hora del mediodía. Sobre el *freezer* se alineaban las botellas de Ron Santa Cruz, con su etiqueta de falso abolengo real, y algunas cremas de Havana Club y un ajenjo que ningún profesional criollo se atrevía a pedir ni en las peores escaseces.

—Dos carta blanca dobles, mi hermano —pidió el Conde al cantinero y acercó una banqueta a la que había ocupado su compañero. En el bar había unos pocos parroquianos, seguramente habituales, que soportaban la desidia del mediodía dominical bebiendo ron en aquellos pomitos de compota que obligaban a echar bien atrás la cabeza para tocar fondo, mientras el cantinero ofrecía en su grabadora particular una selección de boleros para bebedores a la luz del día: Vicentico Valdés, Vallejo, Tejedor y Luis, Contreras, iban narrando una larga crónica de desamores y tragedias que ligaban con el ron mejor que el ginger-ale o la Coca Cola. Era inevitable: el Conde siempre miraba a los clientes de los bares de mala muerte y peor vida, y trataba de imaginar por qué cada uno de ellos estaba allí, qué pasaba con sus vidas para que invirtieran tiempo y dinero cantando durante años aquellas mismas canciones adoloridas que sólo acentuaban su soledad, su desengaño vital, el largo olvido y la traición sufrida, y ponme otro, bróder, tragando aquellos alcoholes recios y buscapleitos mientras las manos empezaban a temblar con la reincidencia. Gastaba sus últimos resabios de psicólogo inconcluso y de paso se psicoanalizaba sin agonía, preguntándose qué hacía él también allí, para al final escamotearse las verdaderas respuestas: simplemente porque me gusta recostarme aquí a sentirme un poco condenado y olvidado y pedir otro trago, bróder, oír lo que hablaban los demás, hablar consigo mismo y sentir que el tiempo pasaba sin atormentarlo. A veces pedía un trago para pensar en un caso, o para olvidarse de él, para celebrar o para recordar o sólo porque aquellos lugares lo satisfacían más que un bar con copas altas y cócteles coloreados, aquellos bares elegantes a los que no entraba hacía millones de años.

—¿Qué te gustaría hacer ahora, Manolo? —le preguntó entonces a su compañero, que apenas se sorprendió con aquella interrogación de primer trago.

—No sé, tomarme unos tragos aquí y seguir después para casa de Vilma y estar tranquilo hasta mañana, eso es —respondió el otro y levantó los hombros.

—¿Y si no fueras para casa de Vilma, quiero decir?

Manolo observó su trago con mirada de viejo catador y la pupila del ojo izquierdo avanzó limpiamente hacia el puente de la nariz.

—Creo que me gustaría oír música. Siempre me gusta oír música. Quisiera tener un buen equipo de audio, con todos los ecualizadores y esas jodederas y dos bafles así, bien grandes, y acostarme en el suelo con un bafle a cada lado de la cabeza, bien pegados a la oreja, y pasarme horas oyendo música. ¿Te imaginas, compadre, que el viejo mío nunca pudo darme ciento cuarenta pesos para comprarme una guitarra? Con aquella guitarra polaca yo hubiera sido el tipo más feliz del mundo, pero si te toca ser hijo de un guagüero que con el sueldo tiene que mantener a seis personas, la felicidad tiene que costar mucho menos de ciento cuarenta pesos.

El Conde pensó que sí, que la felicidad podía ser muy cara y pidió otro doble. Observó la calle, soleada y fría, por donde apenas pasaban autos, y se encontró completamente limpio y tranquilo. Era un buen mediodía para tomarse unos tragos y acostarse con una mujer, como lo haría su compañero, o para coger una guagua con el Flaco y sufrir cuatro horas en el estadio. Era un buen mediodía para estar vivo y ser feliz con o sin guitarra, y mientras probaba el ron y su garganta se lo agradecía –un calor conocido y manso de ron blanco–, pensó que muchas veces él también había sido feliz y que alguna vez lo sería de nuevo y que la soledad no es un mal incurable y quizás algún día recuperaría sus viejas ilusiones y tendría una casa en Cojímar, muy cerca de la costa, una casa de madera y tejas con un cuarto para escribir y nunca más viviría pendiente de asesinos y ladrones, agresores y agredidos, y Rafael Morín saldría otra vez de sus nostalgias y quedarían a flote sólo los buenos recuerdos, como debe ser, los que el tiempo salva y protege para que el pasado no sea una carga horrible y repelente y uno no tenga que ir camino del puente a tirar tu cariño al río, como decía la canción de Vicentico Valdés que ahora oían.

–Oye bien eso –le dijo a Manolo y sonrió–. En cuanto uno se toma dos tragos quiere oír algo así: «Camino del puente me iré / a tirar tu cariño, al río / mirar como cae al vacío / y se lo lleva la corriente...». ¿Casi que es lindo?, ¿eh?

–Si tú lo dices –admitió el sargento y observó otra vez su trago.

–Oye, Manolo, ¿y por fin tú eres bizco o no?

Manolo sonrió sin apartar la vista de su trago, con el ojo izquierdo flotando a la deriva.

–Un día sí y otro no –respondió el sargento y terminó con su bebida. Miró a su compañero y le mostró el pomo vacío–. ¿Y qué te gustaría hacer a ti, ahora mismo?

El Conde también terminó su trago y pensó un momento para responder:

–Decirte que me dieras un chance en tu grabadora grande, tirarme también en el piso y oír diez veces seguidas *Strawberry Fields: for ever.*

Nunca me gustó aquel traje. Vestido así uno parece un singao, protestaba Alexis el Yanqui y era verdad: las medias, la gorra, las letras y las mangas moradas con el fondo amarillo pollito del caqui, y de contra los pantalones nos quedaban anchísimos y no podíamos estrecharlos como se usaba, porque Antonio La Mosca, el profesor que hacía de *manager*, nos advirtió clarito que cuando terminara el campeonato había que devolverlo todo, y tenía que estar igual o mejor que como nos lo dieron, qué manera de comer mierda, como si alguien quisiera quedarse con aquellos trajes que nos costaron un buen nombrete: «Las Violetas de La Víbora». El campeonato era entre seis Pres y, como siempre, a nosotros nos dieron la mala. Después del Waterpre nos llevaban recio en todo, desde los campamentos para trabajar en el campo hasta los trajes de pelotero, siempre eran los más malos, porque descubriendo y descubriendo, descubrieron primero que ganábamos la emulación docente porque había fraude y la del corte de caña porque había un contacto en el centro de acopio que nos ponía caña que cortaban otros Pres, y ni se sabe cuántas cosas más descubrieron.

Como Andrés, que era la primera base regular del equipo, no quiso saber más nada con la pelota después que se hizo el esguince y no pudo jugar en la Nacional Juvenil, me dejaron cubrir la primera base, aunque me pusieron de octavo bate, delante de Arsenio el Moro, que sí estaba condenado a ser el último porque era un *out* vestido de pelotero –o de singao, con uno de aquellos trajes.

Cuando salimos a calentar ya estaba oscuro y encendieron las luces, y después salieron los del Pre de La Habana, unos negrazos enormes y con unas manos así que nos iban a destripar como ya habían hecho con otros equipos, pero nosotros, pinga aquí, gritamos en el mitin antes del juego, vamos a ganarles a las tiñosas flacas esas, qué carajo, dijo el Flaco, y hasta el Moro y hasta yo me lo creí. Lo malo era el traje, porque el estadio estaba recién pintadito, las luces buenísimas y la mitad de las gradas estaban llenas de la gente de La Habana y la otra mitad de la gente del Pre, y había tremendo embullo, y uno disfrazado con esos trajes de cuando la pelota se jugaba con bombín y polainas.

Como en el equipo estábamos el Flaco, Isidrito el Guajiro –iba a ser el *pitcher* ese día–, el Pello y yo –que me decían Cachito, porque nada más bateaba eso, cachitos–, casi toda la gente del aula iba a los juegos, empezando por Tamara, que era la responsable de la emulación y en la emulación se contaba la participación en las actividades y los juegos de pelota Interpre eran una actividad, y la gente siempre prefería un juego de pelota que otra actividad –una visita a un museo o soplarse una actuación del coro de la escuela, por ejemplo. Y la gente del aula inventaron un lema que gritaban cada vez que veníamos a batear: «Violeta, Violeta / La Mosca y su guerrilla / te dan una galleta», pero los contrarios la mejoraron y nos decían: «Violeta, Violeta / que un burro te la meta», y fue peor el remedio que la enfermedad. De cualquier forma, me encantaba estar en el equipo, jugar con luces y sentir que podía ver las cosas desde un ángulo diferente: porque seguro que no es lo mismo ver a los peloteros desde las gradas que vestirse de pelotero y ver a las gentes en las gradas. Es distinto.

–Cojones, caballero, cojones es lo que hace falta para ganar en la pelota –gritaba el Flaco, en el banco, cuando iba a empezar el juego, para él nunca fue un juego cuando se trataba de la pelota, y con lo flaco que estaba se le veían así de gordas las venas del cuello–. Y a nosotros nos sobra de eso, ¿verdad, coño?

Y había que decirle que sí porque le podía dar una cosa, y como éramos homeclub y salimos al terreno, la gente empezó a chiflar –los de La Habana– y a aplaudir –los de La Víbora–, y entonces miré hacia las gradas para ver todo distinto y vi a Tamara moviendo un pañuelo morado, y se me quitaron las ganas de jugar cuando vi al lado de Tamara, como un perro policía, al ex presidente de la FEEM. Rafael Morín se reía con su risa de siempre, satisfecho y deslumbrante, como el día que nos dijo «Yo soy Rafael Morín», él allá arriba vestido con una camisa de cuadros mortal, nosotros acá abajo disfrazados con aquellos trajes que parecíamos unos singaos.

Pero así y todo fue el mejor juego de mi vida. Aquel día Isidrito se había tomado dos litros de leche pura, decía que eso era bueno para la recta y la verdad era que estaba por ahí, durísimo, pero se metía cada peos... Y el guajiro empezó a tumbar a los negritos del Pre de La Habana y casi no se le embasaba nadie, y si se le embasaba tampoco pasaba nada, porque no anotaban. Y nosotros igual, o peor, porque Yayo Mantequilla, el *pitcher* de La Habana, también estaba encendido y nos metió siete ceros, y la gente en las gradas se fue callando poco a poco, el juego se fue poniendo serio de verdad y guardaba las mejores emociones para los finales, ¿no?

Entonces estábamos cero a cero en el octavo, cuando vino a batear el Flaco, que era el quinto bate y dio una línea de hombre por arriba del *short* y fue *tubey*. Para qué fue aquello: la gente empezó a gritar «Violeta, Violeta», y el Flaco también, «Cojones, aquí sí hay cojones», hasta que el ampalla lo regañó por decir malas palabras. Y todo fue cosa del cabrón destino, porque Isidrito que era el sexto bate y nunca se ponchaba se tragó la conga y fue el primer *out*, y Paulino Huevo de Toro, que era el séptimo, dio un *rolling* a las manos de Yayo, que con tremenda rutina se pasó la pelota por los huevos antes de tirar a primera, y fue el segundo *out*. Y me tocó batear a mí.

Yo estaba que me cagaba, las patas me temblaban, me sudaban las manos y todo el mundo callado y eso, hasta el Flaco que me conocía bien no me gritó nada y creo que daba el *inning* ya por escón. Entonces cogí y me escupí las manos y me las froté con tierra, y me acordé que debía llevar el bate bien atrás, levantar el codo y apretarlo duro cuando fuera a hacer el *swing,* tremendo silencio, y Yayo Mantequilla me abrió con una recta que venía que jodía y yo dije allá voy, llevé el bate atrás, levanté el codo, apreté duro, cerré los ojos y le hice *swing*. Para qué fue aquello: ¡coñó!, me salió un lineazo por el mismo centro del terreno, así, duro de verdad, como nunca en mi vida me había salido, y vi como si fuera en una película cómo la pelota volaba, volaba, hasta que chocó con la cerca que estaba debajo de la pizarra y me mandé a correr entonces, y fue tan largo que pude hacerlo triple, aunque pudo ser jonrón dentro del terreno, qué gritería, qué alegría, el Flaco anotó y después corrió hasta tercera y me cargó, Isidrito, que no me hablaba desde el día que nos fajamos, me dio un beso de la emoción que tenía y todo el equipo vino a tocarme el culo, yo me lo busqué, ¿no? en medio de mi contentura y la gritería del público miré para las gradas para verlo todo muy distinto y sentí que me moría: Tamara y Rafael se habían ido...

En el noveno *inning* la gente del Pre de La Habana hizo dos carreras y nos ganaron dos por una. Pero fue el mejor juego de mi vida.

Antes de tocar la puerta mira el reloj: las cuatro y diez. Si dormía la siesta ya se habría despertado. Quizás veía las películas del domingo, piensa también, y piensa que no sabe exactamente qué ha venido a hacer allí o que lo sabe muy bien y no quiere pensarlo. Las falsas figuras de Lam reposan bajo la sombra de una ceiba, quizás plantada junto a la jungla de concreto con toda intención, y a su alrededor los crotos bien podados y los mantos tupidos crean un ambiente de bosque colorido y artificial pero decididamente atractivo. En realidad, recuerda ahora a Manolo, aquélla no era una casa para la policía, y la aguda nostalgia que le provoca el lugar es tan compacta que le oprime las sienes y el pecho. Se alegra entonces de haberse tomado los dos tragos con Manolo, cuando aprieta el botón del timbre, y después de hacerlo se siente tranquilo y aliviado.

La campana tintinea en la inmensidad de la casa, y

mientras espera enciende un cigarro y se acomoda en la cintura la pistola de reglamento, nunca se acostumbra a su peso, y ella al fin abre, sonríe y le dice:

–Vaya, el Príncipe de la Ciudad. Vi la película anoche y me dio lástima ese policía. Últimamente todos los policías que veo son tristes. Aunque ése no se parecía mucho a ti. –Y le cede el espacio para que entre.

–Últimamente no me parezco ni a mí mismo –riposta él, ella cierra la puerta y avanzan hacia la sala de la televisión–. ¿Quieres seguir viendo la película?

–No, si ésta la vi hace como tres meses. Rafael trajo el casete, pero como estaba aburrida... –Y se acomoda en la mullida butaca que hace pareja con la de él–. Si me estaba quedando dormida. Anoche dormí muy mal.

Las cortinas están corridas y la habitación apenas recibe el resplandor frío de fuera. Él busca un cenicero y al fin descubre uno de metal, con una trampa para esconder las cenizas y las colillas. Lo ve tan limpio y brillante que le molesta y mueve dos o tres veces la trampa antes de decir:

–¿Quién limpia esta casa, Tamara?

–Una señora amiga de Mami. Viene dos veces por semana, ¿por qué?

–Nada, porque le ensucio los ceniceros.

Ella sonríe, casi tristemente.

–¿No hay nada nuevo?, ¿verdad, Mario?

–Estamos en las mismas, Tamara –miente sin sentir el menor remordimiento, y se pregunta cuánta verdad conocerá su antigua compañera.

–Me lo imaginaba. Mi suegra me llamó esta mañana y me dijo que habían estado por allá. La pobre, me llamó llorando.

–Es lo normal, ¿no? Y después hablé con Fernández-Lorea y me confirmó que tu marido es un tipo excelente. Y después con García, el del Sindicato de la Empresa, y como todo el mundo se empeñó en hablarme bien de tu marido. Nada, que me convencieron.

–Qué bueno –dice y las almendras de sus ojos brillan con más intensidad. Pero él sabe que no va a llorar por eso–. Estás empeñado en buscarle las cuatro patas al gato.

–¿Quieres que te diga algo? Yo no me la trago. Yo también conozco a Rafael, y perdóname, pero lo vi hacer dos o tres cosas que nunca me gustaron.

–¿Qué cosas? –quiere saber y empieza a luchar contra su mechón rizado.

–No, son boberías, no te preocupes, pero al final uno se prejuicia.

–¿Y qué fue lo que te dijo Alberto?

Él observa la *Flora* de Portocarrero que señorea una de las paredes de la sala. Lee en un borde: «Para ti, Valdemira, de tu amigo René», y decide que le gustan los azules que empleó el maestro en la cabellera de esta *Flora,* es más fría pero más viva y comprueba que, como todas las Floras, ésta también mira con ojos de ternera confiada.

–Nada nuevo, de verdad. Ahora estamos trabajando en la búsqueda de la tal Zoilita, que sigue sin aparecer. Y mañana nos metemos en la empresa, a ver si sale algo por ahí.

–¿Qué quisieras descubrir, Mario?

Y ella cruza la pierna y lo estudia como si de pronto fuera un ser muy extraño, jamás visto. Pero él sólo tiene capacidad para fijarse en la pierna de ella y en el vestido, un larguísimo pullover blanco que deja ver, así, todo el nacimiento de los muslos.

–¿Por qué te fuiste el día de aquel juego de pelota?

–¿Qué cosa? –está sorprendida.

–Nada, nada. Quiero encontrar a tu marido y saber por qué se perdió... Y quiero saber cómo te sientes tú.

Ella hace un esfuerzo por dominar el mechón impertinente y luego recuesta la cabeza un instante en el respaldo de la butaca.

–Muy confundida. He estado pensando mucho –dice y entonces se levanta. Él la ve salir hacia la biblioteca y sólo de verla andar recuerda sus manipulaciones onanistas de la noche anterior y casi se avergüenza de lo que le gusta esa mujer, cuando ella regresa con el Ballantine's y dos vasos. Acerca una mesita a las butacas y sirve dos tragos largos y castaños, que tocan al Conde con su inconfundible olor a roble.

–¿A qué le tienes miedo, Tamara?

–¿Miedo? –se pregunta y vuelve a mirarlo–. A nada, Mario. ¿Y tú?

Él siente el calor seco del whisky sobre su lengua y piensa que debe quitarse el *jacket*.

–A todo. Sí, a todo. A que Rafael esté muerto o a que no lo esté y aparezca y todo vuelva a ser igual. A los años que me están pasando por arriba y están acabando conmigo y con el plazo de mis sueños. A que se muera el Flaco y me quede solo y me sienta más culpable todavía. A que el cigarro me mate a mí. A no hacer bien mi trabajo. A la soledad, mucho miedo a la soledad... A enamorarme de ti, que eres la esposa de Rafael, que vives en este mundo tan perfecto y tan limpio, y que me has gustado toda la vida –dice y mira a la *Flora*, cándida y distante, y siente que ya no puede dejar de hablar.

El día preciso que su vida cambió, Mario Conde se preguntó cómo se hacen los destinos de las gentes. Había leído unos días antes la novela de Thorton Wilder *El puente sobre el río San Luis*, y pensó que él también hubiera podido ser una de aquellas siete personas que el destino llevó a confluir sobre el viejo puente del virreinato del Perú en el momento preciso, entre millones de momentos precisos, en que sus juncos vencidos se partieron con un murmullo final. Los siete cayeron al abismo, lo obsesionaba esa imagen de siete personas volando por encima de los cóndores, y la investigación, estrictamente policiaca, con que otra persona buscaba las razones de la imposible confluencia de aquellos hombres y mujeres, que nunca antes habían coincidido en ningún lugar de la tierra, reunidos para morir sobre el puente del río San Luis. Él había entrado en las oficinas de la Facultad de Psicología para recoger su baja y sin pensar todavía en todo aquello del destino, cuando la vicedecana lo recibió y le preguntó si insistía en dejar los estudios y él dijo que sí, tenía que hacerlo; y ella le pidió que espera un momento allí, y salió, y él esperó quince minutos y entró el hombre que se presentó como el capitán Rafael Acosta, que empezó por preguntarle cuál es tu problema, muchacho, y él pensó qué había hecho para que lo interrogaran. Económico, compañero, necesito trabajar ya. ¿Y por qué no haces un esfuerzo?, le preguntó el capitán y él entendió menos todavía. Necesito trabajar, repitió, y no me gusta la carrera, la verdad, y empezaron a hablar de muchas cosas, él comenzaba a perder el miedo cuando el capitán Acosta le propuso que ingresara en la Academia, ya saldría con grados y tendría un sueldo desde el primer mes. Yo no soy militante, había dicho. No importa, sabemos quién eres tú. Nunca he sido dirigente, soy muy regado, dijo, y me encantan los Beatles, pensó, y otra vez no importaba. Nunca había pensado en ser policía ni nada de eso, ¿para qué puedo servirles yo? Eso lo aprendería después, insistió el capitán Rafael Acosta, lo que importaba era que él ingresara, después hasta podría estudiar en la universidad por la noche, esta carrera o cualquier otra que te guste más, y podía tomarse un tiempo para pensarlo, y no lo pensó más: dijo que sí. ¿Ése es el destino?, se preguntó desde entonces porque jamás imaginó que sería policía y que sería hasta un buen policía según le habían dicho, lo que hace falta es tener seso, mucho seso, le explicó un colega, y nunca lo ubicaron en la Sección de Reeducación, como pidió al terminar la academia, sino que fue a dar al Departamento de Información General, clasificando casos, *modus operandi,* características de tipos delictivos, hasta que se encerró con un viejo file en la sala de computación, leyó y releyó papeles y datos, pensó hasta que le doliera la cabeza y realizó una metáfora insólita amarrando dos cabos distantes e inconexos que andaban sueltos en un homicidio que se investigaba desde hacía cuatro años. ¿Ése es el destino? Se preguntaba ahora y recordaba con agrado los tiempos iniciales en Investigaciones, cuando pudo prescindir del uniforme y recuperar sus *jeans* y hasta dejar que le creciera la barba y el bigote después de convencer al Viejo, y sintió que salía por el mundo a repartir justicia, con toda su ilusión. Veía remotos aquellos días de euforia que cedieron paso a la rutina, sobre todo eso es ser policía, le aclararían, seso y rutina, como él le diría después a los nuevos repitiendo la consigna de Jorrín, y saber empezar todos los días, aunque uno no quisiera empezar otra vez y otra vez. Si no fuera por el destino, no hubiera descubierto aquel caso que esperaba allí sólo para que él lo resolviera, porque no le hubiera dicho que sí al capitán Acosta; porque su padre no se hubiera muerto antes de que él terminara la carrera; porque le habrían dado letras y no psicología cuando terminó el preuniversitario; porque no hubiera disfrutado tanto aquellos libros de Hemingway cuando sufrió la varicela tardía que debió darle muchos años antes, junto con todos los muchachos de la cuadra; porque hubiera querido ser todavía piloto, pues no lo habrían expulsado de la escuela militar por agredir de hecho y de palabra a un compañero que se burló sin piedad de sus deseos de volar, y así hasta el más remoto infinito, porque quizás no hubiera nacido o, el primero de los Conde, abuelito Teodoro, no hubiera sido ladrón y jamás habría recalado en Cuba. Por eso era policía y el destino lo metía en la vida de Rafael Morín y en la tuya, Tamara, una vida tan distante ya a la suya, era difícil imaginar que una vez pensaron que eran iguales. Pero la vida cambió, como todo cambia, y ya no era ni irresponsable ni loco, sólo tan complicado como siempre y sin remedio, y triste y solitario y sentimental, sin mujer ni hijos tal vez para siempre, sabiendo que su mejor amigo se podía morir y no había nada que hacer, y cargando con aquella pistola que le pesaba en la espalda y con la que había disparado una sola vez fuera del polígono, total, casi seguro no daba en el blanco, porque no podía dispararle a nadie, aunque disparó y acertó. Pero podía recordar que el día preciso que su vida cambió se había preguntado qué cosa es el destino y tuvo una sola respuesta: decir sí o decir no. Si puedes. Yo pude elegir, Tamara.

pasa a 1º

—Dame otro trago —pide entonces y la vuelve a mirar. Ella lo había escuchado mientras bebía su whisky y los ojos se le empañaban. Sirve otra vez en los dos vasos antes de decir:

—Yo también tengo miedo —y es casi un susurro salido del fondo del butacón. Ha dejado el mechón de sus angustias sobre sus ojos, como si se hubiera acostumbrado a vivir con él, a verlo antes que a nada en el mundo.

—¿A qué?

—A sentirme más vacía. A terminar estirada y hablando de la seda y el algodón, a no vivir mi vida, a creer que lo tengo todo porque me he acostumbrado a tenerlo todo y hay cosas sin las que creo que ya no puedo vivir. A todo le tengo miedo, viejo, y ni yo misma me entiendo bien, y lo mismo quisiera que Rafael estuviera aquí, que todo se mantuviera fácil y en orden, como quisiera que no apareciera nunca para intentar hacer algo yo sola, sin Rafael, sin papá, sin Mima, hasta sin mi hijo... Y eso no es nuevo, Mario, hace rato que me siento así.

—¿Quieres que te diga una cosa? Ahora me acordé de lo que te dijo la tía del gitano Sandín cuando te leyó la mano. ¿Ya sabes?

—Claro que sí lo sé, si no se me ha olvidado nunca: Vas a tenerlo todo y no vas a tener nada. ¿Es posible que desde entonces eso estuviera en mi mano, que ése fuera mi destino, como tú dices?

—No sé, porque conmigo se equivocó: me dijo que iba a viajar muy lejos y que iba a morir joven. Me confundió con el Flaco Carlos, o a lo mejor no, quizás los que nos confundimos fuimos nosotros... Tamara, ¿tú serías capaz de matar a tu marido?

Ella da un sorbo largo a su bebida y se pone de pie.

−¿Por qué tenemos que ser tan terriblemente complicados, policía triste? −le pregunta y se detiene ante él−. A ninguna mujer le han faltado nunca deseos de matar al marido, y eso tú deberías saberlo. Pero casi ninguna se decide al final. Y yo menos, soy demasiado cobarde, Mario −afirma y avanza un paso.

Él se aferra a su bebida, la protege contra su estómago, tratando de no tocar los muslos de ella. Siente que las manos le tiemblan y que respirar es un acto consciente y difícil.

−Nunca te atreviste a decirme que yo te gustaba. ¿Por qué me lo dices ahora?

−¿Desde cuándo lo sabías?

−Desde siempre. No desprecies la inteligencia de las mujeres, Mario.

Él apoya la cabeza en el respaldo de la butaca y cierra los ojos.

−Creo que me hubiera atrevido si Rafael no se me adelanta, hace diecisiete años. Después ya no pude hacerlo. Tú ni te imaginas cómo me enamoré de ti, las veces que soñé contigo, las cosas que imaginé que íbamos a hacer juntos... Pero ya nada de eso tiene sentido.

−¿Por qué estás tan seguro?

−Porque cada vez estamos más lejos, Tamara.

Ella lo desmiente, porque avanza otro paso y toca sus rodillas.

−¿Y si te digo que me gustaría acostarme contigo, ahora mismo?

−Pensaría que es otro capricho tuyo y que estás acostumbrada a tener todo lo que quieres. ¿Por qué me haces eso? −quiere saber porque no puede luchar, le duele el pecho y tiene la boca seca, el vaso se le puede resbalar de las manos húmedas.

–¿No quieres que te lo diga? ¿No era eso lo que querías que te dijera? ¿Siempre vas a tener miedo?

–Creo que sí.

–Pero nos vamos a acostar porque sé que todavía te gusto y que no me vas a decir que no.

Entonces él la mira y deja el vaso en el suelo. Siente que ella es otra mujer, se ha trasformado, está en celo y huele a eso: a mujer en celo. Y piensa que es su oportunidad de decirle que no.

–¿Y si te digo que no?

–Habrás tenido otra vez la oportunidad de hacer tu destino, decir sí o decir no. ¿Te gusta decidir, verdad? –pregunta y avanza el último paso posible, el que la ubica definitivamente entre las piernas de él. Su olor es irresistible y él sabe que sigue siendo comestible, más que nunca. Ve, debajo del pullover, la amenaza de los pezones inflamados por el frío y el deseo y seguramente tan oscuros como los labios, y se ve, a sus treinta y cuatro años, sentado en el borde del inodoro, maniobrando con saliva y sin pasión sus frustraciones más antiguas. Entonces se pone de pie en el íntimo espacio que ella le ha dejado para su decisión y mira el mechón infalible, los ojos húmedos, y sabe que debe decir que no para siempre, no puedo hacerlo, no quiero hacerlo, no puedo, no debo, que siente un absurdo vacío entre sus piernas, que es otra forma del miedo. Pero es inútil ir siempre contra el destino.

Sin tocarse caminan hacia el *hall* y suben la escalera que lleva a las habitaciones de la segunda planta. Ella va delante y abre una puerta, y penetran en una penumbra más sólida que gira alrededor de una cama perfectamente tendida con un cubrecamas marrón. Él no sabe si está o no en el cuarto de ella, sus posibilidades de pensar se han agotado y cuando ella alza el pullover por encima de su cabeza y ve al fin los senos con los que tanto ha soñado en los últimos diecisiete años, consigue pensar que en realidad son más hermosos de lo que imaginaba, que nunca hubiera podido decir que no, y que desea tanto a la mujer, como que en ese instante preciso aparezca Rafael Morín, para ver cómo se le derretía su sonrisa perenne.

Fuma y trata de contar las lágrimas de la lámpara del techo. Sabe que ha matado otra ilusión pero debe aceptar el peso de sus decisiones. La increíble Tamara, la mejor de las jimaguas, duerme ahora un sueño de amante despreocupada y sus nalgas redondas y pesadas rozan las caderas del Conde. No quiero pensar, se dice, no puedo pasarme la vida pensando, cuando suena el timbre del teléfono y ella salta en la cama.

Torpemente trata de enfundarse el largo pullover y al fin sale al corredor donde el timbre insiste. Regresa al cuarto y le dice:

–Corre, es para ti –y parece confundida y también preocupada.

Él se coloca una toalla en la cintura y sale del cuarto. Tamara lo sigue hasta el vano de la puerta y lo mira hablar.

–¿Sí, quién es? –pregunta, y luego escucha más de un minuto y sólo agrega–: Mándame el carro que voy para allá.

Cuelga el teléfono y mira a la mujer. Se acerca a ella, quiere besarla, y antes lucha contra el mechón indispensable.

–No, Rafael no ha aparecido –dice, y comienzan un beso largo y sosegado, de lenguas que se enredan sin orden, salivas que se trafican, de dientes que tropiezan y labios que empiezan a doler. Es el mejor beso que se dan y dice:

–Tengo que ir para la Central, ya encontraron a Zoila. Si tiene que ver con Rafael te llamo más tarde.

Zoila Amarán Izquierdo los observó mientras entraban en el cubículo. En sus ojos se alternaron la indiferencia y el recelo, pero Mario Conde pudo respirar su vigorosa femineidad. La piel dorada de la muchacha tenía un brillo de

146

animal saludable y lo más significativo de su cara, la boca, era impúdica y carnosa, decididamente atractiva. Apenas había cumplido los veintitrés años pero se veía segura de sí misma y el Conde presintió que no iba a ser fácil. Aquella muchacha había vivido en la calle y la conocía, se había endurecido tratando a todo tipo de gentes, y uno de sus orgullos era decir no le debo nada a nadie, porque tengo los ovarios bien puestos, como lo habría tenido que demostrar más de una vez. Le gustaba vivir bien y para hacerlo no le importaba bordear lo ilegal, porque además de ovarios tenía suficiente cerebro para no atravesar fronteras demasiado peligrosas. No, no iba a ser fácil, se advertía sólo de mirarla y comprobar, además, que era una de esas mujeres tan bellas que da deseos de comer tierra.

–Ella es Zoila Amarán Izquierdo, compañero teniente –dijo Manolo y avanzó hacia la muchacha, que permanecía sentada en el centro del cubículo–. El operativo la encontró cuando regresaba a su casa, en un taxi, y le pidió que viniera hasta la Central para entrevistarla.

–Sólo queremos hacerte unas preguntas, Zoila. No estás detenida y queremos que nos ayudes, ¿está bien? –le explicó el Conde y caminó hacia la puerta del pequeño cubículo, buscando un ángulo en el que ella debía voltearse para verlo.

–¿Por qué? –preguntó sin moverse, y también tenía una linda voz, clara, bien proyectada.

El Conde miró a Manolo y le dijo que sí con los ojos.

–¿Dónde estuviste el día 31?

–¿Tengo que contestar?

–Creo que sí, pero no estás obligada. ¿Dónde estabas, Zoila?

–Por ahí, con un amigo. Éste es un país libre y soberano, ¿no?

–¿Dónde?

–Ah, en Cienfuegos, en casa de otro amigo de él.

–¿Cómo se llaman esos amigos?

–¿Pero qué es lo que pasa, a santo de qué este lío?

–Por favor, Zoila, los nombres. Mientras más rápido terminemos más rápido te vas.

–Norberto Codina y Ambrosio, creo que Fornés, ¿está bien? ¿Ya terminamos?

–Está bien, pero todavía... ¿Y no había otro amigo, Rafael, Rafael Morín?

–Ya me preguntaron por ese hombre y dije que no sé quién es. ¿Por qué yo tengo que conocerlo?

–Es amigo tuyo, ¿no?

–Yo no lo conozco.

–¿Dónde vive tu amigo, el de Cienfuegos?

–Al doblar del teatro, no sé cómo se llama esa calle.

–¿Y seguro no te acuerdas de Rafael Morín?

–Oigan, ¿qué es esto? Miren, si quiero me quedo callada y se acabó este lío.

–Está bien, como tú quieras. Te quedas callada, pero también te puedes quedar aquí guardada, pendiente de investigación como sospechosa de secuestro y asesinato y...

–¿Pero qué es esto?

–Una investigación, Zoila, ¿me entiendes? ¿Cómo se llama el amigo que fue a Cienfuegos contigo?

–Norberto Codina, ya se lo dije.

–¿Dónde vive?

–En Línea y N.

–¿Tiene teléfono?

–Sí.

–¿Qué número?

–¿Qué van a hacer?

–Llamarlo, a ver si es verdad que estaba contigo.

–Oigan, que él es casado.

–Dime el número, nosotros somos discretos.

–Por favor, compañeros. Es el 325307.

–Llame, teniente.

El Conde caminó hacia el teléfono que estaba sobre el archivo y pidió una línea.

—Mira esta foto, Zoila —siguió Manolo y le entregó una copia de la foto circulada de Rafael Morín.

—Sí, ¿qué pasó? —preguntó, tratando de oír la conversación del Conde, que hablaba en voz muy baja.

—¿No lo conoces?

—Bueno, salí con él unas cuantas veces. Hace como tres meses de eso.

—¿Y tú no sabes cómo se llama?

—René.

—¿René?

—René Maciques, ¿por qué?

jefe de despacho de Rafael

El Conde colgó el teléfono y se acercó al buró.

—Zoila, ¿seguro que se llama así? —preguntó el teniente y la muchacha lo miró y casi intentó una sonrisa.

—Sí, seguro.

—Estaba con Norberto Codina —informó el Conde y regresó a la puerta.

—¿No ven, no ven?

—¿Dónde conociste a René?

Zoila Amarán Izquierdo hizo un gesto de incomprensión. Era evidente que no entendía nada, pero temía algo y ahora sí sonrió.

—En la calle, me dio botella.

—¿Y por qué te llamó el día 31 o a lo mejor el primero?

—¿Quién?, ¿René?

—René Maciques.

—Qué sé yo, si hace una pila de tiempo que no lo veo.

—¿Qué tiempo hace que no lo ves?

—No sé, desde octubre, por ahí.

—¿Qué sabías de él?

—Pues nada, que era casado, que viajaba al extranjero y que cuando íbamos a los hoteles siempre resolvía habitación.

—¿A qué hoteles?

—Ay, imagínese. Al Riviera, al Mar Azul, a esos hoteles.

—¿En qué te dijo que trabajaba?

–En el MINREX, ¿puede ser? O en Comercio Exterior, una cosa de esas, ¿no?

–No, yo no sé, la que sabes eres tú.

–Bueno, creo que sí, en el MINREX.

–¿Manejaba mucho dinero?

–¿Con qué usted cree que se alquila en el Riviera?

–Ten cuidado como hablas, Zoila. Respóndeme.

–Claro que manejaba dinero. Pero lo que le digo, nada más salimos unas cuantas veces.

–¿Y no lo viste más?

–No.

–¿Por qué?

–Porque se iba para el extranjero. Iba un año completo para Canadá.

–¿Cuándo fue eso?

–Por octubre, ya le dije.

–¿Te hizo algún regalo?

–Boberías.

–¿Qué son boberías?

–Un perfume, unas argollas, un vestido, cositas así.

–¿De afuera?

–Sí, de afuera.

–¿Y tenía dólares?

–Yo nunca se los vi.

–¿Cómo hacían para verse?

–Nada, él tenía siempre mucho trabajo y cuando tenía un chance me llamaba a la casa. Si yo no estaba complicada, pues él me recogía. Claro, en el carro.

–¿Qué tipo de carro?

–Fue con dos. Casi siempre con uno más nuevo, un Lada particular, y otras veces con otro Lada, creo que estatal, que tenía los cristales oscuros.

–Zoila, quiero que pienses bien lo que me vas a decir ahora, por tu bien y por el de tu amigo René Maciques. ¿De dónde podía sacar él tanto dinero?

Zoila Amarán Izquierdo ladeó la cabeza para mirar al te-

150

niente, y trataba de decir con los ojos pero qué sé yo. Entonces miró a Manolo y respondió:

–Mire, compañero, en la calle esas cosas no se preguntan. Yo no soy una puta porque no me acuesto por dinero, pero si viene uno con dinero y la invita a comer en el Laiglon, y a tomar cervezas en la piscina y descargar en un cabaret y subir a una habitación que da al Malecón, pues no se averigua nada más. Se disfruta, compañero. Las cosas están muy malas y juventud hay una sola, ¿verdad?

Claro que juventud hay una sola, pensó, porque era evidente. Una voz perezosa y caliente, y unos ojos azules de cielo sin nubes, eran lo único visible que recordaba los atributos del mítico Miki Cara de Jeva, el muchacho que impuso récord de novias para un curso en el Pre de La Víbora: veintiocho, todas con besuqueo y algunas con lances mayores. Ahora le faltaba pelo para intentar el oleaje rizado del afro y le sobraba todavía para declararse en quiebra y asumir el destino de calvo resignado. La barba era una explosión de canas tiesas y rojizas, como debió de detenerlas el último vikingo de cualquier cómic, y la cara linda de antes tenía el aspecto de galleta mal amasada: irregular, agrietada, con valles y montañas de gordura mal repartida y vejez apresurada. Se reía y mostraba la tristeza hepática de sus dientes, y si se reía mucho sus pulmones de fumador sin tregua le regalaban dos minutos de tos. Miki era una denuncia, se dijo el Conde: testificaba con su imagen que pronto tendrían cuarenta años, que ya no eran pepillos ni incansables ni dotados para estar empezando todos los días, y que había muchas razones para el cansancio y la nostalgia.

–Esto es un desastre, Conde. Mariíta se fue hace como un mes y mira cómo está esto: parece un chiquero. –Y extendió los brazos tratando de abarcar el desbordado reguero de la sala. Recogió dos vasos con varias generaciones de suciedades y apenas los cambió de lugar. Soltó cinco maldiciones para la mujer ausente y se acercó al tocadiscos. Sin pensarlo tomó el *long play* que respiraba en la superficie y lo colocó en el plato–. Oye esto y muérete: *The best of the Mamas and the Papas...* ¿Es justo que canten tan lindo esos cabrones? Con Mariíta voy para cinco divorcios y tres muchachos regados, y yo cada día más miserable, se reparten mi sueldo y no me alcanza ni para la fuma. Hablando de eso, dame un cigarro. ¿Tú crees que así alguien pueda escribir? No jodas, que a uno se le quitan las ganas de escribir y hasta de vivir, pero bueno, lo que importa al final es no rendirse, aunque a veces uno se canse y se rinda un poquito. No es fácil, Conde, no es fácil. Oye, oye... *California Dreams*, eso es de cuando yo estaba en la secundaria. ¿Qué gorrión?, ¿no? Oigo esa canción y hasta me dan ganas de casarme otra vez, te lo juro. ¿Y tú por fin estás escribiendo algo?

El Conde desalojó un pantalón y dos camisas de una butaca y al fin pudo sentarse. Siempre lo intrigó que Miki fuera, además del Cojo, el único escritor que pariera aquel taller literario del Pre, al que Miki asistía para ver qué podía ligar. Pero en algún momento el bonitillo se había entusiasmado con la literatura y se había impuesto después ser escritor y de algún modo lo había logrado. Dos libros de cuentos y una novela publicados lo calificaban como narrador prolífico, aunque en una línea que jamás habría transitado el Conde de haber tenido tiempo y talento para vencer la terquedad de las cuartillas en blanco. Miki escribía sobre la alfabetización, sobre los primeros años de la Revolución y la lucha de clases, mientras él hubiera preferido escribir una historia sobre la escualidez. Algo que fuera muy escuálido y conmovedor, porque si no había conocido muchas cosas escuálidas y a la vez conmovedoras, cada vez las necesitaba más, de una manera u otra.

–No, no estoy escribiendo.

–¿Qué te pasa?

–No sé, a veces trato, pero no me sale.

152

—Eso pasa, ¿no?

—Sí, creo que sí.

—Dame otro cigarro. Si tuviera café te brindaba, pero estoy en la fuácata. Ni para la fuma, tigre. Y por fin qué, ¿nada todavía?

—Nada, no aparece el hombre —dijo el Conde y trató de acomodarse en el butacón, a pesar del muelle que lo inyectaba constantemente.

—Cuando Carlos me contó que andabas buscando a Rafael porque se había perdido, por poco me meo de la risa. Es cómico después de todo, ¿no?

—No sé, a mí no me está haciendo mucha gracia.

Miki Cara de Jeva aplastó el cigarro en el piso y tosió un par de veces.

—Rafael y yo estábamos medio peleados hace como cinco o seis años. Tú no lo sabías, ¿eh? No, casi nadie lo sabía y la gente vieja del Pre que me encuentro por ahí siempre me pregunta por él, creen que seguimos siendo buenos socios. Y me jodía muchísimo inventar que todo estaba bien. Uno no se puede pasar la vida inventando que todo está bien... ¿Y tú no tienes ni la más puta idea de lo que puede haberle pasado a Rafael? ¿Tú crees que a lo mejor anda por ahí con una jevita y después va a aparecer haciéndose la mosquita muerta?

—No sé, pero creo que no.

—¿Qué te pasa, compadre, estás apagado? Mira, a mí me pasa una cosa rara con Rafael: a veces creo que todavía le tengo cariño, porque en una época fuimos hermanos de verdad, y otras veces le tengo un poco de lástima, un poquito nada más, y el resto ya es indiferencia, de que me importa un carajo, porque yo no me merecía que él me formara el lío ése con la verificación del Partido.

—¿Qué lío?

—No, si por eso mismo fue que le dije a Carlos que no dejaras de verme hoy. Oye, Conde, yo sé que Rafael está metido en algún rollo gordo. No sé si esto que te voy a decir te sirve de algo, a lo mejor sí, después tú me dices. Y si te lo digo es porque el policía que está metido en esto eres tú, porque si es otro ni se entera. Mira, el lío es que cuando lo estaban procesando para el Partido, Rafael dio mi nombre para que lo verificaran, y la pareja que le estaba haciendo el crecimiento vino a verme, me acuerdo de que cuando eso yo no era ya de la Juventud y me dijeron que no importaba, que si yo conocía bien a Rafael de su época de estudiante eso era lo que hacía falta. Imagínate tú, conocerlo. Entonces empezaron a preguntarme y yo a responder, y todo de lo mejor. Muchacho, como a los dos meses se apareció Rafael aquí que era un diablo: decía que le habían pospuesto la entrada al Partido por culpa mía, que yo no tenía que haber dicho que su mamá iba a la iglesia, ni que él fue a ver al padre cuando vino por la Comunidad, si el viejo estaba más jodido que un perro sin dientes y era un infeliz que siguió de plomero de mala muerte en Miami, aunque él y la madre le decían a todo el mundo que el padre era un borracho y que estaba muerto. Y lo que más lo encabronó fue que yo dije que a mí me parecía que él todavía quería al padre y que me alegraba mucho que se hubieran visto otra vez después de veinte años, porque desde que estábamos en la primaria él tenía un trauma con el lío del padre y esa jodedera de que si era gusano y se había ido. Vaya, que busqué el lado humano de la historia... Oye, ojalá estuviera Yoly aquí para contarte. Se puso como loco, gritándome que eso era una mariconá mía, que yo le tenía envidia y no sé cuántas mierdas más. Pero todavía eso no es lo más jodido, no me mires con esa cara. Lo peor es que yo fui a la oficina donde él trabajaba para hablar con la pareja que me entrevistó porque yo no entendía que nada de aquello fuera tan grave, y ellos me dijeron eso mismo, que aquello se manejó como algo más en el proceso, sin mayores consecuencias porque se había entendido que él quisiera ver a su padre, pero que le habían pospuesto la entrada en el Partido por rasgos de autosuficiencia y creo que por una bobería con el Sindicato, ni me acuerdo bien de eso, pero ellos estaban seguros de que él iba a superar todo y bla, bla, bla. Ése fue el lío.

–Me suena esa historia. Tiene su marca –dijo el Conde y se adelantó a los deseos de Miki. Le dio un cigarro y él encendió el suyo–. Pero, ¿qué tiene que ver aquello con el lío gordo de ahora?

–Tiene que ver en que yo soy un mentiroso. La verdad es que él pensó que yo había dicho en la verificación que él cogió la maleta de ropa que el padre le había traído y que fueron a la Diplotienda, y hasta que yo le compré por ciento cincuenta pesos un *jean* que le quedaba grande. Pero yo no dije nada de eso, pero fue por defenderlo, no porque yo sea un mentiroso, porque en aquella época todo eso era candela para los militantes y yo le inventé al dúo una novela sentimental...

–Coño, Miki...

–Espérate y no me eches descargas que yo no te llamé para confesarme. El problema es que Rafael vino otra vez por aquí el 31 por la tarde, como a eso de las tres, después de una pila de años. ¿Te interesa eso, verdad? No me jodas, Conde, que yo te conozco bien.

–¿Por qué vino, Miki?

–Espérate, déjame cambiar la cara del disco, que me lo regaló Rafael por el fin de año. Él sabía que yo soy cardiaco a los Mamas y a los Rollings... A mí me extrañó muchísimo verlo por aquí, pero me alegré después de todo, yo sí no soy resentido. Bueno, le pedí prestado un paquete de café a la vecina de aquí al lado y nos tomamos medio litro de ron que me quedaba, y hablamos como si no hubiera pasado nada. Hablamos mil mierdas de la secundaria, del Pre, del barrio, lo de siempre. Rafael era un tipo jodido, ¿tú sabes eso? Al final siempre fue él quien me tuvo envidia a mí, y me lo confesó ahí mismo donde tú estás sentado, me dijo que yo había hecho siempre lo que me había dado la gana y que vivía como quería, oye eso, con lo jodido que estoy y con esos tres libros publicados que me parecen pura mierda de oso, no me gusta ni abrirlos. Cuando le dije eso se rió cantidad, él siempre pensaba que yo estaba jugando.

–¿Pero qué quería, viejo, a qué coño vino Rafael?

–Vino a pedirme perdón, Conde. Quería que yo lo perdonara. ¿Sabes lo que me dijo? Me dijo que yo había sido su mejor amigo.

Mario Conde no pudo evitarlo: vio otra vez cómo Tamara se desnudaba y sintió que se hundía en un pantano irreversible y mortal.

–¿Era un cínico o un comemierda?

Miki repitió la operación de aplastar la colilla en el piso, pero se esmeró en destruirla y después de destrozarla siguió moliéndola con el pie.

–¿Por qué hablas así, Conde? Tú sabes que tú también eres un jodido, ¿verdad? Por eso nunca vas a ser ni un escritor mediocre como yo, ni un oportunista elegante como Rafael, ni siquiera una buena persona como el pobre Carlos. No vas a ser nada, Conde, porque quieres juzgar a todo el mundo y no te juzgas nunca a ti mismo.

–Estás hablando mierda, Miki.

–No estoy hablando ninguna mierda y tú lo sabes. Te tienes miedo a ti mismo y no te asumes. ¿Por qué no eres policía de verdad?, ¿eh? Estás a medio camino de todo. Eres el típico representante de nuestra generación escondida, como me decía un profesor de filosofía en la universidad. Me decía que éramos una generación sin cara, sin lugar y sin cojones. Que no se sabía dónde estábamos ni qué queríamos y preferíamos entonces escondernos. Yo soy un escritor de mierda, que no me busco líos con lo que escribo, y lo sé. Pero tú, ¿qué eres tú?

–Uno que se caga en todo lo que tú dices.

Miki sonrió y estiró la mano. El Conde le entregó el último cigarro de la cajetilla y la estrujó hasta hacerla una pelota. Entonces la lanzó por la ventana.

–¿Verdad que es bueno el *long-play* ese? –preguntó el escritor, y disfrutó del humo del cigarro.

—Oye, Miki —preguntó el teniente mirando a los ojos a su antiguo compañero de estudios—, ¿lo de tu récord en el Pre también era mentira?

Nunca oyó la bala, y en el primer momento pensó, se me abrió la cintura, pero apenas fue una idea, porque perdió el equilibrio y cuando cayó al suelo ya estaba inconsciente, y sólo recobró la lucidez dos horas más tarde, cuando aprendió qué cosa era el dolor, mientras volaba en un helicóptero hacia Luanda, con un suero en la vena del brazo y el médico le dijo: No te muevas, estamos llegando, pero no hacía falta la orden, pues no podía mover ninguna parte del cuerpo, y el dolor era tan incisivo que lo venció, y su próximo recuerdo es posterior a la primera operación de urgencia que le hicieron en el Hospital Militar de Luanda.

Después que oyó aquella historia, el Conde se la repitió tantas veces que había llegado a montarla como una película y podía visualizar cada detalle de la secuencia: el modo en que cayó, de boca, sobre la tierra arenosa, caliente, con un remoto olor a pescado seco; el ruido del helicóptero y el rostro pálido del médico, muy joven, mientras decía: No te muevas, ya estamos llegando 0187, y veía también el interior del aparato, debía de sentir frío, y recordaba una nube fugaz, en la distancia, impolutamente blanca.

Después que lo volvieron a operar en La Habana, el Flaco le contó la historia de su único combate contra un enemigo al que ni siquiera había visto. Josefina lo cuidaba por el día, y el Conde, Pancho, el Conejo y Andrés se alternaban en las noches, y conversaban hasta quedarse dormidos y hasta que Mario Conde se convenció de que aquélla había sido su guerra, aunque nunca tuvo un fusil en sus manos y la cara del enemigo era evidente: el Flaco en una cama. Ya sabía que era improbable que su amigo volviera a caminar, y la relación limpia de antes, despreocupada y alegre, se manchó con un sentimiento de culpa que el Conde jamás pudo exorcizar.

–¿Pero por qué tienes que ponerte así, salvaje?

–¿Y cómo quieres que esté después de lo que hicieron los mamalones estos? No tienen cojones, tú. Ya cuando perdieron el sábado me imaginé que esto venía, porque el juego parecía que estaba por ellos pero no podían hacer carreras y dejaban a todo el mundo en bases, y con un par de carreritas los Vegueros les ganaron el juego. Y ya lo de hoy es demasiado, alégrate de no haberlo visto: batean quince *hits* en el primer juego, ganan nueve por una, y en el segundo, que era el que había que ganar de verdad, les meten nueve ceros. Coño, chico, ¿eso es justo con uno que se pasa la vida esperando que estos descaraos ganen un campeonato y que siempre se abren de patas como unas fleteritas cuando hay que ganar de verdad? Pero eso me pasa por berraco, si yo no tengo que ver más pelota ni un carajo...

–¿Entonces no quieres ron?, ¿verdad?

–Estate tranquilo, Conde, estate tranquilo. Dame acá –y aceptó, como si se tratara de un sacrificio, el vaso que el Conde había puesto junto al cenicero.

–Oye, ¿y eso que te dio por comprar ron?

–Oye, Conde, mira que estoy embalao. O te tomas el ron o te vas pal carajo y como si no te hubiera visto, tú.

–Me tomo el ron, pero cambiamos el tema, que yo no soy el *manager* del equipo, ¿está bien?

–Está bien, está bien.

El Flaco se sirvió otro trago de ron y parecía haber decretado la tregua. Su respiración profunda volvía a ser normal.

–¿Cómo va lo de Rafael, tú?

–Empieza a mejorar. Tenemos una buena pista.

–¿Y viste a Miki?

–Anjá. Ahora vengo de allá. Fue una cosa rara, más parecía que necesitara un cura que un policía.

–¿Y le diste la absolución?

–Lo mandé para el infierno con sus tres libros. Por mentiroso y por mal escritor. Échame un poco de ron aquí, anda.

–¿Y cuál es la pista?

–Que Rafael manejaba bastante dinero y a lo mejor tenía problemas con las finanzas de la Empresa. ¿Tú sabes lo que hacía el muy cabrón cuando ligaba alguna chiquita por ahí? Le decía que se llamaba como su jefe de despacho, mira qué clase de lámpara es el socio.

–Eso lo hace cualquiera, tú –dijo el Flaco y bebió con ansiedad. El Conde lo imitó, y apenas pensó que estaba tomando un buen ron–. ¿Ya comiste, tú?

–No, no tengo ganas. Déjame darme unos cuantos palos de ron y me voy a dormir.

–¿Viste a la jimagua hoy?

–Sí, por el mediodía. Nada nuevo. Me tomé dos whiskys con ella...

–¡Qué mala vida la tuya, eh!

El Conde prefirió otro trago de ron a empezar una nueva discusión con el Flaco. Eso es lo que quiere ahora este cabrón, está a mil por lo de la pelota, se dijo, y se quitó los zapatos, maniobrando sólo con los pies. Empezaba a sentirse cómodo en aquella habitación, tirado en una butaca, Jose veía su televisor en la sala y de pronto recordó a The Mamas and The Papas y sintió deseos de oír música.

–Voy a poner algo –dijo y caminó hasta el mueble donde descansaba la grabadora. Abrió una gaveta y estudió los casetes numerados y ordenados por el Flaco. Beatles completos; casi todo Chicago y Blood, Sweat and Tears; varias cosas de Serrat, Silvio y Pablo Milanés; y un casete de Patxy Andión, selecciones de Los Brincos, Juan y Junior, Fórmula V, Steve Wonder y Rubén Blades. Qué mezcolanza de gustos, me cago en él, y escogió el casete del disco en inglés de Rubén Blades que él mismo le había regalado al Flaco. Puso a funcionar la grabadora, se dio otro trago de los considerados generosos y sirvió más ron en su vaso y en el del

Flaco. Ya no le dolía la espalda ni la nalga torturada por la butaca de Miki.

Le gustaba aquel disco y sabía que al Flaco también, y se sintieron morbosamente despreocupados cantando la balada *The Letter*, la carta que un amigo le escribe a otro que sabe que va a morir, y bebieron otra vez con sed de peregrinos. Empezaba a vislumbrarse el fondo de la botella y el Flaco movió la silla de ruedas hasta el escaparate y exhibió el medio litro que había quedado del día anterior y sintieron que sí, que era bueno tener otro medio litro de ron, que resistirían y que querían todo aquel alcohol.

–¿Está rico este ron?, ¿verdad? –preguntó el Flaco y sonrió.

–Ya estás hablando la misma mierda que todos los borrachos.

–¿Pero qué dije yo?

–Nada, que si está bueno este ron y esas boberías. Claro que está bueno, salvaje.

–¿Y eso es cosa de borrachos? Ahorita no se puede hablar en esta casa...

Protestó y volvió a beber, como si necesitara aclararse la garganta. Mario lo miró, lo vio tan gordo y tan distinto, no sabía cuánto tiempo más podría contar con el Flaco, y los residuos de todas sus nostalgias y fracasos le empezaron a subir a la mente, mientras trataba de imaginarse a Carlos de pie, flaco y caminando, y su cerebro se negaba a remitir aquella imagen amable. Entonces no pudo más:

–¿Qué tiempo hace que no te pasa algo que te dé vergüenza, Flaco, pero vergüenza de verdad?

–Oye, tú –sonrió el Flaco y observó su trago a trasluz–, así que el curda soy yo, ¿no? Y los que empiezan a preguntar esas cosas, ¿qué son, cosmonautas?

–Chico, en serio, en serio.

–No sé bestia, yo no ando apuntando eso. Vivir así –y señaló sus piernas pero sonrió–, vivir así ya es una vergüenza, pero qué tú quieres que le haga.

El Conde lo observó y asintió, claro que era una vergüenza, pero ya sabía cómo mejorar las cosas.

–¿De qué te avergüenzas tú más en la vida?

–Oye, ¿qué tú quieres? A ver, ¿de cuáles te avergüenzas tú?

–Ah, yo... Deja ver. De cuando estaba tratando de aprender a manejar y entré en una gasolinera y corté mal y tumbé un tanque de cincuenta y cinco galones. Los jodedores que había allí me aplaudieron y todo.

–¿De esa mierda?

–Pues cada vez que me acuerdo me da una pena del carajo... No sé por qué. Igual me pasa cuando me acuerdo del día que Eduardo el Loco le dio el botazo al director del campamento y tuve miedo de cagarme en la madre de Rafael.

–Sí, sí, me acuerdo de eso... Mira, a mí me mata cada vez que una enfermera me la tiene que coger para que mee en el pato.

–Y a mí el día que me agaché en la universidad y se me rompió el pantalón y tenía un calzoncillo con dos boquetes así...

–Y yo, y yo, aquel día que íbamos a comer a Pinar del Río, Ernestico, tú y yo, cuando estábamos recogiendo tabaco, y digo, bueno, me voy a poner mi calzoncillo limpio que uno no sabe si se le puede pegar una guajirita y resulta que lo había guardado en la maleta con el culo sucio.

–¿Y todavía eso te da pena? Coño, mira, a mí me jode muchísimo cuando me acuerdo de aquella asamblea en segundo año de la carrera, que querían botar a uno del aula porque otro lo acusó de ser maricón, y yo no me paré a defenderlo porque tenía miedo que me sacaran lo de la venezolana que andaba conmigo cuando aquello, te acuerdas, Marieta, poco culo y mucha teta.

–Oye, sí, dame más... Muchacho, un día vino a inyectarme una enfermera del policlínico, ya era tardísimo, y yo no la sentí venir y me agarró con el rabo a mil con aquella revista que me prestó el Peyi.

–Ésa es terrible –y para completar los tragos tienen que acudir a la otra botella–. Igual que el día que me fui a agarrar del tubo de la guagua y el chófer metió un frenazo y le agarré la teta a aquella mujer y me dio tremendo bateo, de hijoeputa palante, y la gente gritándome, jamonero, jamonero...

–Coño, tú, aquel día en la universidad que por el Comité de Base me designaron a mí y a otra muchacha para convencer a la gente de que no vinieran tan peludos a la escuela, yo haciendo eso, total, no había ningún reglamento que dijera eso ni nada. Qué mierda, para las cosas que uno se presta.

–Espérate, espérate, tengo una peor todavía, salvaje, el día que hablé así con cantaíto y esa vaina, señor, para que se creyeran que yo era venezolano y poder entrar en el hotel Capri con Marieta. Increíble, se me cae la cara de vergüenza...

–Oye, yo no quisiera ni tener que acordarme del día, sí, echa más ron, el día que el negro Sansón me robó la lata de leche condensada en el campo y yo sabía que había sido él, y me hice el loco porque si no tenía que fajarme con él.

–Qué mierda, qué mierda, todo es una mierda... Y lo que me pasó a mí hoy, no, Flaco, me muero de vergüenza, me muero de ron, me muero –y cerró los ojos para preservar los restos maltrechos de su lucidez y no morirse otra vez de vergüenza y confesar, Flaco, que Tamara me invitó a templar, porque, claro, tenía que salir de ella, porque yo me cagaba de miedo, y subimos y sí, tiene las tetas que nos imaginamos, y cuando nos acostamos, nada, nada de nada, y después cogió un impulsito y me vine así, asere, casi sin empezar y ella diciéndome, no importa, eso es así, no importa–. ¿Cojones, Flaco, a uno no le pasan cosas como para suicidarse de vergüenza? Dame acá la botella de ron, anda, Flaco, anda.

162

Cada mañana parecía la alborada escogida por el Armagedón. El fin del mundo se iba a anunciar con el sonido apocalíptico y agudo de aquella campana que le entraba a uno por los oídos, y hasta el Conejo se tenía que despertar. El director del campamento gozaba dando campanazos por todo el albergue, y de contra gritaba De pie, arriba, de pieeeee, y aunque estuviéramos de pie o parados de cabeza en una sola mano, él seguía con la campana dale y dale con el otro hierro, albergue arriba y albergue abajo, hasta ese día que salió una bota justiciera y cubierta de fango duro, voló en la oscuridad y le reventó la nariz al director del campamento. Cayó sentado y la campana se le fue de las manos, y los que no habían visto lo del botazo se preguntaron, aliviados y contentos, por qué habrá parado.

A los quince minutos todos estábamos formados en el descampado que separaba el comedor del albergue. Las ocho brigadas, cinco de once y tres de trece grado, frente a la plana mayor del campamento. Faltaba más de una hora para que amaneciera, había un frío que pelaba y sentíamos el rocío que bajaba, y ya todos sabíamos que nos esperaba algo malo. Cuando pasó Miki Cara de Jeva, uno de los jefes de brigada de trece grado, iba diciendo bajito: El que habla se muere.... El director del campamento se apretaba la nariz con una toalla y casi pude ver los puñalitos de odio que le salían por los ojos. Pancho, que estaba detrás de mí, se había envuelto en una frazada, a él también lo obligaron a salir y respiraba como un fuelle mal engrasado, y cuando lo oía yo también sentía que el aire me iba a faltar.

El secretario de la escuela habló: se había cometido una indisciplina gravísima, que le iba a costar la expulsión al culpable, sin apelaciones ni atenuantes, y que si era cívico que saliera al frente. Silencio. Que cómo era posible ese acto de indisciplina en un campamento de estudiantes de preuniversitario, esto no era una granja de reeducación de presidiarios y una persona así era como una papa podrida en un saco de papas buenas: corrompía y pudría a las demás, era el ejemplo de siempre, con papas a falta de manzanas. El Conejo me miró, empezaba a despertarse. Silencio. Silencio. ¿Y nadie se atreve a denunciar al indisciplinado que afecta el prestigio de todo un colectivo que ya no va a ganar la emulación después de tanto esfuerzo cotidiano en los campos de caña? Silencio. Silencio. Silencio. El Flaco levantó las cejas, sabía lo que venía. Pues bien, si el culpable no sale y si ninguno tiene el civismo de denunciarlo, pues pagarán todos hasta que se sepa quién fue, pues esto no se puede quedar así... Todo el silencio del mundo siguió al discurso del secretario, y el olor del café que ya estaban colando en la cocina se convirtió en la primera y más refinada de las torturas que sufriríamos, con aquel frío y Pancho que seguía sin poder respirar.

Entonces habló el oráculo de Delfos: Yo estoy aquí como estudiante, dijo Rafael, como compañero y representante de ustedes escogido por la masa, y sé, como ustedes, que se ha cometido una indisciplina muy grave, que puede ser hasta llevada a los tribunales como agresión, Oye eso, dijo el Conejo, ... y que va a hacer que paguemos justos por pecadores, tampoco podía faltarle su repunte bíblico, y nos afecta muchísimo en la emulación intercampamentos, cuando ya casi teníamos seguro el primer lugar provincial. ¿Eso es justo por la indisciplina de uno? ¿Que la labor de ciento doce compañeros, sí, ciento doce, porque ya no cuento a ese uno indisciplinado, se venga abajo así? Ustedes me conocen, compañeros, aquí hay gentes que llevan tres años conmigo, ustedes me eligieron presidente de la FEEM y yo soy tan estudiante como ustedes, pero no puedo aprobar cosas como ésa, que afectan el prestigio del estudiantado cubano revolucionario y obligan a la dirección de la escuela a tomar medidas disciplinarias contra todos. Más silencio. Y les pregunto, ya que están pensando en la hombría y esas cosas: ¿es de hombres tirar una bota en la oscuridad a la máxima autoridad del campamento? Y más todavía: ¿es de hombres esconderse en la multitud y no dar la cara, sabiendo que todos seremos perjudicados? Díganme, compañeros, díganme algo, pidió y yo grité: ¡Tu madre, maricón!, bien alto, para que todos lo oyeran que me cagaba en su madre, sólo que las palabras no me llegaron a la boca porque tuve miedo de cagarme allí en la madre de Rafael Morín, con aquel frío, Pancho con asma, Miki Cara de Jeva caminando por las filas y diciendo, Se muere, el olor a café que me mataba a mí y el director del campamento apretándose la nariz con una toalla por la clase de botazo que le habían dado.

Cuando entró en la Central, el Conde se descubrió añorando la paz de los domingos. Apenas eran las ocho y cinco minutos, pero era lunes y todos los lunes parecía que se iba a acabar el mundo y la Central se preparaba para una evacuación de guerra atómica: la gente no podía esperar el elevador y corría por las escaleras, no había sitio en el parqueo y los saludos solían ser un Y qué, fugaz, ahorita te veo, o un Buenos días, apresurado; y maltratado por los últimos resabios del dolor de cabeza y la mala noche, el Conde prefirió responder levantando sólo la mano y esperó pacientemente en la cola del elevador. Sabía que dentro de media hora se sentiría mucho mejor, pero las duralginas necesitaban su tiempo para actuar, aunque no se recriminaba por no haberlas tomado la noche anterior, se sentía tan limpio y li-

165

berado después de hablar con el Flaco que hasta olvidó que nunca le había contado lo sucedido con Tamara y también que debía poner en hora el despertador. Otro capítulo de la pesadilla en que Rafael Morín lo perseguía para meterlo preso le abrió los ojos a las siete en punto de la mañana y apenas un par de veces sintió deseos de morirse: cuando se levantó de la cama y desató el dolor de cabeza, y cuando, sentado en el inodoro, tuvo conciencia de la larga pesadilla que había sufrido toda la noche y la terrible sensación de ser perseguido que aun flotaba en su cerebro. Fue entonces cuando sin pensarlo empezó a cantar: «Usted es la culpable, de todas mis angustias, de todos mis quebrantos...», sin lograr saber por qué había escogido precisamente aquel horrible bolero. Seguramente era que estaba enamorado.

El elevador se paró en su piso y el Conde miró el reloj de pared: llegaba diez minutos tarde y no tenía intenciones ni ánimos para inventar un cuento. Abrió la puerta del cubículo y la sonrisa de Patricia Wong fue una bendición.

–Buenos días, amiguitos –les dijo. Patricia se levantó para saludarlo con el beso de siempre y Manolo lo miró como distante, sin abrir la boca–. Qué rico hueles, China –le dijo a su compañera, y se detuvo un instante para mirar como siempre miraba a aquella mujerona, lograda entre una negra y un chino. Casi seis pies y ciento ochenta libras repartidas con esmero y buenas intenciones: tenía unos senos pequeños y seguramente muy duros, y unas caderas que parecían el mar Pacífico, con aquellas nalgas que inevitablemente le provocaban el deseo de tocarlas o subirse sobre ellas y saltar, como en una cama elástica, para comprobar si aquel prodigio de culo era posible.

–¿Cómo estás, Mayo? –le preguntó ella, y el Conde sonrió por primera vez en el día con aquel Mayo que era de uso exclusivo de Patricia Wong. Ella, además, le mejoraba el dolor de cabeza con sus potecitos de pomada china y le despertaba las supersticiones más escondidas y nunca confesadas: era como un amuleto de la buena suerte. En tres oca-

166

siones la teniente Patricia Wong, investigadora de la Dirección de Delito Económico, le había puesto en las manos la solución de casos que parecían esfumarse en la inocencia del mundo.

–Esperando que le digas a tu padre que me invite a comer otro pato agridulce.

–Si tú ves lo que hizo ayer –empezó a decir y se sentó, acomodando con dificultad sus caderas entre los brazos de la butaca. Entonces cruzó sus piernas de corredor de fondo y el Conde vio los ojos de Manolo a punto de perderse tras el tabique nasal–. Preparó unas codornices rellenas con vegetales y las cocinó con jugo de albahaca...

–Espérate, espérate, ¿cómo se come eso? ¿Con qué las rellenó?

–Mira, machacó primero la albahaca con un poquito de aceite de coco y luego las puso a hervir. Entonces metió la codorniz que ya estaba adobada y dorada en manteca de puerco y la había rellenado con almendras, ajonjolí y como cinco tipos de hierbas, todas crudas: frijolitos chinos, cebollinos, acelga, perejil y no sé qué más, y al final roció las codornices con canela y nuez moscada.

–¿Y ya, se puede comer? –preguntó el Conde en el clímax de su entusiasmo matinal.

–Pero eso debe de saber a rayo, ¿no? –intervino Manolo y el Conde lo miró. Pensó decirle alguna barbaridad, pero antes trató de concebir la mezcla imposible de aquellos sabores rotundos y primarios que sólo podía combinar un hombre de la cultura del viejo Juan Wong, y decidió que Manolo podía tener razón, pero no se dio por vencido.

–No le hagas caso al niño, China, la incultura lo mata. Pero ya ustedes no me invitan a nada.

–Si tú ni me llamas, Mayo. Fíjate que mandaste a Manolo a que me citara para este trabajo.

–Olvídate, olvídate, que eso no se va a repetir –y miró al sargento, que acababa de encender un cigarro a esa hora de la mañana–. ¿Y a éste qué le pasa?

Manolo chasqueó la lengua, quería decir, «No me jodas», pero necesitaba hablar.

–Na, tremendo lío con Vilma anoche. ¿Tú sabes lo que dice? Que yo inventé lo del trabajo ayer para irme por ahí a tomar con una mujer. –Y miró a Patricia–. Por culpa de éste.

–Manolo, deja esa descarga, ¿eh? –le pidió el Conde y observó el file abierto sobre la mesa–. Tú estás muy huevón para que andes diciendo que yo te obligo a nada... ¿Ya le explicaste a Patricia lo que queremos?

Manolo apenas asintió.

–Ya me lo dijo, Mayo –terció Patricia–. Mira, la verdad es que no confío mucho en que los papeles revelen algo importante. Si Rafael Morín estaba en alguna maraña y es un hombre tan eficaz como dicen, debe haber guardado bien la ropa antes de bañarse. De todas maneras algo se puede hacer, ¿no?

–¿Ya tienes tu equipo?

–Sí, van dos especialistas conmigo. Y ustedes dos, ¿no?

El Conde miró a Patricia y luego a Manolo. Notó que su dolor de cabeza había desaparecido, pero se tocó la frente y dijo:

–Mira, China, llévate a Manolo, porque yo tengo que quedarme un rato aquí haciendo otras cosas... Tengo que ver los informes que han llegado...

–No hay nada –advirtió el sargento.

–¿Ya viste todo?

–Nada de Guardafronteras, ni de las provincias, lo de Zoilita es cierto paso por paso y a Maciques quedamos en entrevistarlo en la Empresa.

–Bueno, no importa –trató de escaparse el Conde. Los números y él se habían peleado hacía muchísimo tiempo y evitaba en lo posible aquel tipo de rutina–. Yo no les voy a ser muy útil allá, ¿verdad?, y quiero ver al Viejo. Lo que hago es que voy para allá a eso de las diez, ¿anjá?

–Anjá, anjá –lo imitó Manolo y levantó los hombros.

Patricia sonrió y sus ojos rasgados se perdieron en su cara. ¿Podrá ver algo cuando se ríe?

–Ahorita nos vemos –dijo Patricia, y agarró a Manolo por un brazo para sacarlo del cubículo.

–Oye, China, un momentico –le pidió el Conde, y entonces le susurró al oído–. ¿A qué sabía la codorniz de ayer?

–Lo que dice el niño –le devolvió el susurro–. A rayo. Pero el viejo se las comió todas.

–Menos mal –y le sonrió a Manolo mientras le decía adiós con la mano.

–Los negocios de mucho dinero son como las mujeres celosas: no se les puede dar motivos de quejas –dijo René Maciques, y el Conde miró a Manolo, la lección le estaba saliendo gratis y él se había equivocado: René Maciques apenas tenía cuarenta años y no los cincuenta que había imaginado, y tampoco parecía un bibliotecario, sino un animador de televisión que quisiera convencer con la voz y con las manos, y que constantemente tratara de peinarse las cejas superpobladas con el movimiento de los dedos índice y pulgar sobre la frente. Vestía una guayabera tan blanca que parecía esmaltada, con ribetes bordados de un blanco todavía más brillante, y sonreía con limpia facilidad. En uno de sus bolsillos asomaban tres bolígrafos dorados y el Conde pensó que solamente alguien muy comemierda intentaría demostrar sus posibilidades de acuerdo a la cantidad de bolígrafos portados–. Si uno llega a tener esos negocios en las manos, entonces debe hacerse confiable, parecer tan satisfecho como si fuera a cerrar el trato, derrochar tranquilidad y convencimiento. Lo dicho, igual que una mujer celosa: porque al mismo tiempo debe sugerir, pero sin exageraciones, que no se muere por firmar, que uno sabe que hay cosas mejores, aunque sepa que es inmejorable. Los negocios son una selva donde todos los animales son peligrosos y no basta con que uno tenga la escopeta en la mano. –Y el Conde pensó, metafórico el hombre, ¿no?–. Y para lograr eso no conozco a nadie más hábil que el compañero Rafael. Yo tuve la ocasión de trabajar mucho con él aquí en Cuba y también en algunas transacciones en el extranjero, negocios de esos que meten miedo, y se comportaba como un artista, vendía caro y bien, y compraba siempre por debajo de la oferta, y compradores y vendedores quedaban tranquilos y convencidos aunque supieran a la larga que Rafael los había envuelto. Y lo mejor: nunca perdía un cliente.

–¿Y por qué él mismo se dedicaba a cerrar esos tratos si tenía especialistas en distintas áreas? –preguntó Mario Conde en el momento de los aplausos para aquel discurso de un Maciques que resultaba ser un pico de oro inesperado.

–Porque se realizaba haciéndolos y sabía que lo hacía mejor. Cada zona comercial de la Empresa trabaja lo suyo, ya sea por renglones, ya sea por áreas geográficas, ¿me entiende?, pero si el negocio era muy importante o amenazaba trabarse por algún lado, entonces Rafael asesoraba a los especialistas, movía los contactos comerciales hechos a través de los años y entonces salía al ruedo.

¿También era torero?, quiso preguntar el Conde, porque adivinó que Maciques podía ser duro de pelar y no daba tregua con aquella palabrería obsoleta pero irrefutable. Bajó la vista hacia el bloc donde había escrito NEGOCIOS DE MUCHO DINERO, y se dio un instante para pensar: ¿era Rafael Morín todo lo que todos decían? Aunque, a cierta distancia, había visto el ascenso social y profesional del hombre que ahora no aparecía: era un salto de acróbata entrenado y genial, de los que se lanzan impávidos al vacío, porque antes han tejido una malla protectora que les avisa, arriba, sólo tienes que intentarlo ahora y ganar, yo te cuido. Un buen braguetazo había resuelto parte del problema: Tamara, y con ella su padre, y los amigos de su padre, debían de haber mejorado algo el camino, pero en honor a la justicia debía reconocer que lo demás se lo debía a sí mismo, no había dudas. Cuando Rafael Morín hablaba desde el micrófono del Pre, veinte años atrás, en su mente ya estaba marcada la idea de llegar, de atravesar todas las etapas hasta la cumbre, y estaba preparándose para hacerlo. Entonces las ambiciones solían ser rudimentarias y abstractas, pero las de Rafael ya tenían siluetas, y por eso se enganchó al carro más veloz y se dispuso a ganar todos los diplomas, todos los reconocimientos, todas las felicitaciones y a ser perfecto, inmaculado, sacrificado y notable, y conseguir de paso las amistades que alguna vez podrían serle útiles, sin perder jamás el aliento y la sonrisa. Y en su trabajo demostró ser capaz y también estar dispuesto a cualquier sacrificio para ahorrarse después algunos pasos en la escalera que llevaba al cielo, repartiendo simpatía, confianza, creándose la imagen de siempre dispuesto y aportando una imprescindible dosis de volubilidad que lo señalaban como hombre útil, dúctil, conveniente, todo a la vez, que aceptaba y cumplía cualquier encomienda y ya estaba dispuesto a emprender la siguiente. El Conde conocía esas biografías a favor del viento e imaginaba la sonrisa infalible y segura con que le hablaba a Fernández-Lorea, el ministro, de lo bien que se iban a cumplir las cosas a partir de las últimas orientaciones que había bajado, compañero ministro. Rafael Morín jamás habría discutido con un superior, sólo eran intercambios de opiniones nunca se habría negado a cumplir una directiva absurda, sólo hacía críticas constructivas y por los canales correspondientes; jamás había saltado sin comprobar la seguridad de la malla que lo acogería amorosa y maternal en caso de una imprevisible caída. Entonces, ¿dónde se había equivocado?

–¿Y de dónde sacaba dinero para los regalos que hacía? –preguntó el Conde cuando al fin pudo leer la única anotación de su bloc y se sorprendió de la rapidez con que respondía René Maciques.

–Me imagino que de lo que ahorraba de sus dietas.

–¿Y eso daba para los equipos que tenía en su casa, para comprarle Chanel N.° 5 a la madre, para los obsequios mayores y menores que le hacía a sus subordinados y hasta para decir que se llamaba René Maciques y alquilar una habitación en el Riviera y comer en el Liaglon con una pepilla de veintitrés años? ¿Está seguro, Maciques? ¿Sabía que utilizaba su nombre con los ligues que hacía o nunca se lo contó, así en confianza?

René Maciques se levantó y caminó hacia el aire acondicionado que estaba empotrado en la pared. Maniobró las teclas del aparato y luego acomodó la cortina que se había arrugado en un ángulo de la oficina. Tal vez sentía frío. Esa misma noche, mientras se preguntaba por el destino último de Rafael Morín, el teniente Mario Conde recordaría esta escena como si la hubiera vivido diez, quince años antes, o como si no hubiera querido vivirla nunca, porque Maciques regresó a su butaca y miró a los policías y ya no parecía el animador de la televisión, sino el tímido bibliotecario que imaginara el Conde, cuando dijo:

–Sencillamente me niego a creer eso, compañeros.

–Eso es problema suyo, Maciques, pero yo no tengo por qué mentirle. ¿Y los regalos?

–Ya le dije, sería de lo que ahorraba de sus dietas.

–¿Y daba para tanto?

–No sé, compañeros, no sé, eso habría que preguntárselo a Rafael Morín.

–Oiga, Maciques –dijo el Conde y se puso de pie–, ¿también tendríamos que preguntarle a Rafael Morín qué vino usted a buscar aquí el día 31 por el mediodía?

Pero René Maciques sonrió. Estaba otra vez ante las cámaras, acariciándose las cejas, cuando dijo:

–¡Qué casualidad! Vine a esto mismo –y señaló el aire acondicionado–. Me acordé de que lo había dejado encendido y vine a apagarlo.

El Conde también sonrió y guardó el bloc en el bolsillo. Rogaba porque Patricia encontrara algo que le permitiera moler a René Maciques.

La única vez que Mario Conde había disparado contra un hombre aprendió lo fácil que era matar: apuntas al pecho y dejas de pensar cuando aprietas el gatillo, y la descarga apenas te permite ver el momento en que la persona recibe la bala, como una pedrada que lo empuja hacia atrás, y luego se retuerce en el suelo, mordido por el dolor, hasta morirse, o no. Aquel día el Conde estaba fuera de servicio, y durante meses trató, como en todas las cosas de su vida, de encontrar el origen de la madeja de acontecimientos que lo había parado frente al hombre, con la pistola en la mano, y lo habían obligado a disparar. Hacía dos años que lo habían trasladado del Departamento de Información General al de Investigaciones, y conoció a Haydée durante la encuesta de un robo con fuerza realizado en la oficina donde trabajaba la muchacha. Conversó un par de veces con ella y comprendió que el futuro de su matrimonio con Martiza estaba devastado: Haydée se le metió en la vida como una obsesión y el Conde creyó que iba a volverse loco. La furia incontenible de aquel amor que se concretaba todos los días en posadas, apartamentos prestados y maniguas propicias, tenía una violencia animal y una variedad incontable de placeres inexplorados. El Conde se enamoró sin remedios, y cometió los desvaríos sexuales más satisfactorios y extravagantes de su existencia. Hacían el amor una y otra vez, no se secaban nunca y cuando el Conde estaba exhausto y feliz, Haydée podía sacarle un poco más: bastaba oírla orinar con aquel chorro ambarino y potente o sentir la punta imantada de su lengua caminar por sus muslos hasta enroscársele en el miembro, para que el Conde pudiera empezar otra vez. Como ninguna mujer, Haydée le provocaba sentirse deseado y masculino, y en cada encuentro jugaban al amor con artes de descubridores y potencia de enclaustrados.

Si el Conde no se hubiera enamorado de aquella mujer de apariencia leve y mirada cándida, que se transformaba cuando sentía la proximidad del sexo, nunca habría estado, ansioso y feliz, en aquella esquina de la calle Infanta, a media cuadra de la oficina donde trabajaba Haydée hasta las cinco y media de la tarde. Si aquella tarde Haydée, con la prisa del delirio que la esperaba, no se hubiera equivocado en sumar que seis y ocho son catorce y no veinticuatro, como puso en el balance imposible, ella hubiera salido a las cinco y treinta y un minutos, y no a las y cuarenta y dos, cuando la algarabía de la calle y la explosión del disparo la levantaron del buró con un presentimiento punzante.

El Conde había encendido el tercer cigarro de su desesperación y no oyó los gritos. Pensaba en lo que sucedería esa tarde en el apartamento del amigo de un amigo que pasaba un curso de dos meses en Moscú, y que se había convertido en el refugio transitorio de su pasión todavía clandestina. Imaginaba a Haydée, desnuda y sudorosa, trabajando sobre los rincones más sagrados de su anatomía temblorosa, y sólo entonces vio al hombre ensangrentado que corría hacia él, la camisa verde se le oscurecía en el abdomen y parecía a punto de tirarse al suelo para pedir perdón por todos sus pecados, pero sabía que perdonarlo no era la intención del otro hombre que, cojeando con la pierna izquierda y con la boca partida, también corría hacia él, pero con un cuchillo en la mano. Durante mucho tiempo el Conde pensó que, de haber estado de uniforme, tal vez hubiera podido detener la carrera del perseguidor al que nadie se acercaba, pero cuando soltó el cigarro y gritó: «Párate ya, coño, párate que soy policía», el hombre mejoró su rumbo, levantó el cuchillo sobre su cabeza y puso en el objetivo de su odio al intruso que se le interponía y le gritaba. Lo más extraño es que el Conde concibió siempre la escena en tercera persona, ajena a la perspectiva de sus ojos, y vio cuando el que gritaba daba dos pasos hacia atrás, se metía la mano en la cintura y, ya sin poder hablar, le disparaba al hombre que a menos de un metro de él mantenía el cuchillo sobre su cabeza. Lo vio caer hacia atrás, en un medio giro que parecía ensayado, el cuchillo se le escapó de las manos y entonces empezó a retorcerse de dolor.

La bala lo tocó a la altura del hombro y apenas le astilló la clavícula. Aquella única vez que Mario Conde había disparado contra un hombre, todo terminó con una operación menor y un juicio donde testificó contra el agresor, curado hacía tiempo y arrepentido por la violencia que le despertaba el alcohol. Pero el Conde vivió varios meses con la duda de si había tirado al hombro o al pecho de su atacante, y se juró que nunca sacaría la pistola fuera del polígono de tiro, aunque tuviera que fajarse a mano limpia con el hombre del cuchillo. Sin embargo, René Maciques lo hubiera hecho abjurar de su más solemne promesa. Por mi madre que sí.

–Don Alfonso, vamos para la Central –dijo, y subió la ventanilla del auto. El chófer lo miró y supo que no debía preguntar.

La China Patricia y su equipo en un mar de nóminas, contratos, órdenes de servicio, compra, traslado, venta, memorandums, hago constar, cheques controlados y actas de acuerdos y desacuerdos que siguen diciendo que todo bien, impecable, insólitamente correcto; Zaida en otro mar, de lágrimas, que sí, que en realidad la relación de Rafael y ella no era de jefe y secretaria, que seguía más allá de la Empresa, pero que eso no era ningún delito, porque, además, Rafael jamás se le insinuó, nunca le dijo nada en ese sentido, nunca, nunca, y jurando que sí, que Rafael la llevó a su casa el día 30 y luego no volvió a saber de él, Manolo presionaba y ella lloraba, mi hijo Alfredito lo quería muchísimo y él se bajó del carro y fue a felicitarlo por el fin de año; Maciques, que había cosas que él no sabía, era un jefe de despacho, eso deben preguntárselo al subdirector económico, regresa el día 10 de Canadá, y que no lo creía, otra vez; y el Viejo, que miraba la ceniza de su Davidoff, tendría que hablar con su yerno porque no le aguantaba una más, se llevó al niño y apareció como a las once y media de la noche y con tragos arriba, hasta le había subido la presión con todo ese lío, pero le exigía una solución del caso ya, para hoy mismo, Mario, en tres días llegan unos compradores japoneses que habían abierto un negocio importante con Rafael Morín para la adquisición de derivados de la caña, que daría millones de dólares, Morín había trabajado varias veces con ellos y el ministro quería tener una respuesta, y le preguntaba, Mario, ¿necesitas ayuda?, habían pasado dos días y él seguía con las manos vacías.

El Conde levantó la mirada y vio la fría claridad de ese lunes cinco de enero y pensó que aquella noche tendría la temperatura ideal para esperar hasta las doce, y sólo entonces poner en un rincón de la sala tres manojos de hierba fina y tres pozuelos de agua endulzada con miel, para los camellos, y una carta común dirigida a Melchor, Gaspar y Baltasar, cuando sonó el timbre del teléfono y abandonó de mala gana la idea de la carta a los Reyes Magos.

–¿Sí? –dice sentándose a medias sobre el buró y con los ojos puestos en la copa de los laureles.

–¿Mario? Soy yo, Tamara.

–Ah, eres tú, ¿cómo estás?

–Anoche me quedé esperando tu llamada.

–Sí, es que me compliqué. Salí de aquí tardísimo.

–Ya yo te había llamado por la mañana, como a las nueve y media.

–Ah, no me lo dijeron.

–Es que no dejé el recado. ¿Por qué te llamaron ayer?

–Pura rutina. La tal Zoila es amiga de René Maciques y ni siquiera conoce personalmente a Rafael. Lo investigamos bien.

–¿Y entonces nada de Rafael? –Y él quisiera tener una sola certeza de la intención de la pregunta. Casi prefiere saber que Tamara está desesperada por lo de su marido, piensa también que técnicamente ella sigue siendo la primera sospechosa, cuando agrega–: Esta incertidumbre me mata.

–Y a mí también. Ya estoy cansado.

–¿De qué?

Y él piensa un instante, porque no se quiere equivocar.

–De ser el policía particular de Rafael.

–¿Y ya fuiste a la Empresa?

–Allá estaba ahorita. Allá dejé a los especialistas de Delito Económico.

–¿Delito Económico? Mario, ¿y de verdad tú crees que Rafael esté metido en algo de eso?

–¿Qué crees tú, Tamara? ¿Tú crees que ahorrando de sus dietas él te podía comprar todo lo que te compraba?

Del otro lado de la línea se hace un silencio denso y prolongado y ella al fin dice:

–No sé, Mario, la verdad es que no sé. Pero la verdad es también que no me imagino a Rafael en eso. Él –titubea–, él no es una mala persona.

–Eso me han dicho –apenas susurra él y se pasa la mano por la frente para secarse un sudor inesperado.

–¿Qué dijiste?

–Dije que yo también lo creo.

Y regresa el silencio.

–Mario –dice ella entonces–, no me importa lo que pasó ayer, eso...

–Pero a mí sí, Tamara.

–Ay, no me entiendes –protesta ella, se siente forzada a la confesión y él lo hace todo más difícil–. ¿Por qué tú crees que te estoy llamando? Mario, quiero verte otra vez, de verdad.

–Esto no tiene sentido, Tamara. Nos vemos y después qué.

–Después no sé. ¿De verdad no puedes evitar pensarlo todo mil veces?

–De verdad no puedo –admite él, y presiente que le regresará el dolor de cabeza.

–¿No vas a venir?

Mario Conde cierra los ojos y la ve, desnuda y ansiosa, abierta y expectante en la cama.

–Creo que sí. Cuando sepa qué pasó con Rafael –dice y cuelga y siente cómo el dolor nace detrás de sus ojos, es una mancha de aceite que se extiende por su frente y crece, pero con el dolor viene la idea, cuando sepa qué pasó con Rafael, y el teniente Mario Conde se recrimina, comemierda, por qué no empezaste por ahí.

–¿Vienes a morir en mis manos? –le preguntó el capitán Contreras, y su sonrisa de gordo satisfecho y sin remordimientos retumbó en las paredes de la habitación. Con una velocidad insólita para su paquidérmica humanidad abandonó la silla, que crujió aliviada, y avanzó hasta el teniente para estrecharle la mano–. Mi amigo el Conde. La vida es así, pariente, hoy por mí y mañana gracias a mí, aunque haya gente que les dé su asquito lo que nosotros hacemos, ¿no es verdad? Claro, a nadie le gusta jugar con mierda, pero alguien tiene que hacerlo y al final vienen a contar conmigo, no tú, que eres mi socio, aunque no has querido trabajar conmigo, pero uno se entera de todito en esta vida. –Y volvió a reírse, dejando que su barriga, sus tetas, su papada y sus cachetes bailaran con alegría. Se reía con facilidad, con mucha facilidad, tanta, que el Conde siempre pensó que para el Gordo Contreras tal vez fuera demasiado fácil reírse–. A ver, déjame ver.
El teniente le entregó entonces la fotografía. El capitán Jesús Contreras la observó unos minutos y el Conde trató de imaginarse cómo funcionaba el atestado archivo de su cerebro. Lo que una vez pasaba por los ojos del Gordo Contreras quedaba registrado en su memoria con los más recónditos pelos y señales. Ése era su mayor orgullo, y el segundo siempre fue saberse útil y casi imprescindible, porque el Gordo se ocupaba directamente del tráfico de divisas y nadie diría jamás que le faltaba trabajo. Su equipo, los Gorditos de Contreras, se había propuesto ser la pesadilla cotidiana de los jinetes y vendedores de dólares de La Ha-

bana, y en los últimos meses mantenía un récord envidiable de jinetes desmontados.

–No es del negocio –concluyó, sin dejar de mirar la fotografía–. ¿Qué dice la computadora?

–Nada, limpio como el culo de un niño recién bañado.

–Lo sabía. ¿Y qué quieres exactamente?

–Que me verifiques con tus informantes y con algunos de los que están a la sombra si lo conocen de haber vendido dólares alguna vez. Manejaba mucho dinero cubano y pienso que lo sacaba de ahí. También quiero que me investigues a otro del que ahorita te mando la fotografía.

–¿Cómo se llaman?

–Éste, Rafael Morín, y el otro, René Maciques, pero no te guíes por los nombres, trabaja con las caras.

–Oye, oye, Conde, ¿pero éste no es el pincho que desapareció?

–Mucho gusto, Gordo.

–¿Y tú te volviste loco? Oye, no me quieras meter en candela que este hombre tiene vara alta... Hay un ministro que llama al Viejo y todo. ¿Tú sabes de cajón si ha estado metido en el lío de los fulas? –preguntó Contreras y dejó la fotografía sobre el buró, como si se hubiera calentado sin previo aviso.

–Mierda es lo que sé, Gordo. Es una corazonada, más bien un dolor de cabeza. De algún lado sacaba mucho dinero, Gordo, y no era un bisnero.

–A lo mejor, a lo mejor sí. Pero estás revolviendo mierda, Conde, y la mierda salpica –dijo el Gordo y regresó a su maltratada silla–. Bueno, ¿para cuándo?

–Me hace falta para ayer. El Viejo está cabrón porque llevo tres días en esto. Está a punto de pedir sangre y sospecho que le gustaría la mía. Ayúdame, Gordo.

Entonces el capitán Contreras volvió a reír. Al Conde también le asombraba que todo le diera gracia, porque en realidad el Gordo era el policía más duro que había conocido, sin duda el mejor en su especialidad, aunque tras su rostro de obeso feliz escondía casi trescientas libras de complejos. Su inseparable olor a cebo quemado y el final precipitado de sus dos intentos de matrimonio eran un estigma demasiado grueso para él. Pero se defendía con su risa y el convencimiento de que había nacido para policía y era un buen policía.

–Está bien, está bien, por ser a ti... Mándame la otra foto y déjame dicho dónde te puedo localizar si aparece algo.

El Conde extendió su mano sobre el buró del capitán Contreras, dispuesto a sufrir sin un lamento el apretón de aquella mano capaz de ahorcar un caballo.

–Y gracias, Gordo.

Abandonó la oficina envuelto en las carcajadas de Contreras y subió hacia el despacho del Viejo. Maruchi mecanografiaba algo y el Conde se maravilló de que pudiera hablar, mirarlo incluso, sin dejar de teclear.

–Llegaste tarde, marqués. Digo, Conde. El mayor salió ahorita mismo –le anunció la muchacha–. Fue a una reunión en la Dirección Política.

–Anjá, creo que es mejor –dijo el teniente, que prefería no enfrentarse todavía con el mayor Rangel–. Me hace falta que le digas que me espere hasta las cinco y media que creo que hoy le entrego este caso. ¿Está bien?

–No hay problemas, teniente.

–Oye, para un minuto –le pidió, y la secretaria detuvo su trabajo y lo miró resignada–. Regálame dos duralginas ahí, anda.

–¿Qué hay de nuevo? –preguntó el Conde y sonrió.

Manolo, Patricia y las especialistas de Delito Económico lo miraron sorprendidos. Hacía sólo una hora que había abandonado la Empresa diciendo que regresaba por la tarde y ahora aparecía pidiendo noticias. El teniente hizo un espacio en el buró de aquella oficina de la subdirección económica que les habían prestado para la investigación y se sentó, dejando descansar apenas media nalga.

180

–No aparece nada, Mayo –dijo Patricia, y cerró el file con el rótulo ÓRDENES DE SERVICIO–. Te advertí que esto no iba a ser fácil.

–Lo que yo no entiendo es para qué carajos hacen falta tantos papeles –protestó Manolo y abrió los brazos, como si tratara de abarcar la inmensidad de la oficina, tomada por la papelería que conformaba la memoria diaria de la Empresa–. Y eso que nada más es del 88. En cualquier momento hay que inventar una empresa para los papeles de esta empresa.

–Pero imagínate, Mayo, con todos estos controles y con los arqueos y auditorías, y hay más robo, malversación y desvío de recursos de lo que nadie se pueda imaginar. Sin papeles no habría quien aguantara esto.

–¿Y ahí está todo lo que tiene que ver con los viajes de Rafael al extranjero y los negocios que hacía aquí? –preguntó el Conde y desistió de la idea de encender un cigarro.

–Están los contratos, los cheques y la deducción de costos. Y, claro, los desgloses en cada caso –dijo Patricia Wong indicando dos montañas de papeles–. Había que empezar por el principio.

–¿Y cuánto tiempo hace falta para enderezar todo esto, China?

La teniente volvió a reír, con aquella risa de resignación asiática que le cerraba los ojos. Seguro que no ve, no puede ver.

–Por lo menos dos días, Mayo.

–¡No, China! –gritó el Conde y miró a Manolo. El sargento le rogaba con los ojos sácame de aquí, viejo, y parecía más flaco y más desvalido que nunca.

–Yo no soy Chan-Li-Po. Esto es así –protestó Patricia y cruzó sus piernas monumentales.

–Bueno, vamos a hacer dos cosas, China. Que con cualquier pretexto me consigan el expediente de Maciques, porque me hace falta una foto de él. Y lo otro es que priorices, mira eso, priorices, ya estoy hablando así, bueno, que le metas mano a todas las asignaciones y liquidaciones de dietas de Rafael, Maciques y el subdirector económico que ahora está en Canadá. Busca también por gastos de representación, en Cuba y en el extranjero, y tírale un vistazo a las regalías declaradas como resultado de buenos contratos. Estoy seguro de que no va a aparecer nada importante, pero necesito saber. Sobre todo insiste por dos vías, China: lo que hacía Rafael en España, que era el país adonde más iba, y chequea todos los negocios que hizo, desde que empezó a dirigir la Empresa, con la firma japonesa... –y extrajo entonces el bloc del bolsillo posterior de su pantalón y leyó–, la Mitachi, porque esos chinos llegan a Cuba dentro de unos días y puede haber algo con ellos.

–Está muy bien todo eso, pero no les digas chinos, ¿quieres? –protestó la teniente, y el Conde recordó que en los últimos tiempos Patricia atravesaba un repunte de melancolía asiática y hasta se había inscrito en la Sociedad China de Cuba por su condición de descendiente directo.

–Total, Patricia, es más o menos lo mismo.

–Ah, Mayo, no seas pesado. Vaya, díselo a mi padre a ver si te invita a comer otra vez.

–Deja eso, deja eso, que no es para tanto.

–Se ve que estás contento, ¿eh? Seguro que tienes algo en la mano.

–Ojalá, Patricia... Pero lo único que tengo es un prejuicio viejísimo y lo que tú me puedas dar ahora. Ayúdame. Mira, son las once y media. Lo que te pedí me lo puedes dar para las dos de la tarde...

–Las cuatro, antes no.

–Ni pa ti ni pa mí: a las tres estoy aquí. Ahora préstame al niño.

Patricia miró a Manolo y leyó la súplica en aquellos ojos que bizquearon sin remedio.

–Está bien, para lo que sabe de economía y contabilidad...

–Gracias por el elogio, teniente –le dijo Manolo, que ya

se estaba acomodando la pistola en el cinturón y alisando la camisa para hacer menos evidente la presencia del arma.

–Bueno, a las tres.

–Sí, pero acaba de irte, Mayo, porque si sigues aquí no termino ni a las cinco. Rebeca –ordenó entonces a una de sus especialistas–, consíguele la foto al teniente. Que te aproveche, Manolo.

Después de diez años en el oficio, Mario Conde había aprendido que la rutina no existe porque falte la imaginación. Pero Manolo era todavía demasiado joven y prefería resolverlo todo con un par de interrogatorios, una pista tanteada hasta hallar la otra punta de la madeja y, si acaso, pensar un rato y forzar las situaciones hasta hacerlas reventar. El éxito lo había abrazado demasiadas veces en su corta carrera, y el Conde, sin compartir muchas de sus teorías, respetaba a aquel muchacho flaco y desgarbado. Pero el teniente imponía muchas veces la rutina policial, tratando de encontrar la inevitable cuarta pata del gato. Mucha rutina y aquellas ideas que a veces le venían de una inconsciencia remota sin haber sido solicitadas eran sus dos armas de trabajo preferidas. La tercera siempre fue conocer a la gente: si sabes cómo es alguien, sabes qué puede hacer y qué no debería hacer nunca, le decía a Manolo, porque a veces la gente hace precisamente eso, lo que no debería hacer, y le decía también que «mientras sea policía no voy a poder dejar de fumar, ni a dejar de pensar que algún día escribiré una novela muy escuálida, muy romántica y muy dulce, y también voy a seguir trabajando la rutina de la investigación. Cuando ya no sea policía y escriba mi novela, me gustaría trabajar con locos, porque me encantan los locos».

Por pura rutina y por comprobar si aún le faltaba por conocer algo del carácter de Rafael Morín, el Conde decidió entrevistar a Salvador González, el secretario del Partido, un cuadro profesional de la organización enviado por el municipio apenas tres meses antes.

–No sé hasta qué punto pueda serles útil –admitió Salvador y rechazó el cigarro que le ofrecía el teniente. En cambio cargó una pipa y aceptó el fósforo encendido. Era un hombre que sobrepasaba los cincuenta años y parecía simple y abrumado–. Apenas conocí al compañero Morín, y de él, como militante y como persona, sólo tengo impresiones, y no me gusta ser impresionista.

–Dígame una de esas impresiones –pidió el teniente.

–Bueno, en la Asamblea de Balance estuvo muy bien, la verdad. Su informe es de los mejores que he oído. Creo que es un hombre que ha interpretado el espíritu de estos tiempos y pidió exigencia y calidad en el trabajo, porque ésta es una Empresa importante para el desarrollo del país. Y se autocriticó por su modo de dirigir demasiado centralizado y pidió ayuda a los compañeros para una necesaria repartición de responsabilidades y tareas.

–Dígame otra.

El secretario general sonrió.

–¿Aunque sólo sea una impresión?

–Anjá.

–Bueno, si usted insiste. Pero fíjese, es una impresión... Usted sabe lo que significa viajar para cualquiera, y no sólo en esta Empresa, sino en el país. El que viaja se siente distinto, escogido, es como si rompiera la barrera del sonido... Mi impresión es que el compañero Morín jugaba a ganarse simpatías con eso de los viajes. Es una impresión que saco de lo que he visto y de lo que hablamos.

–¿Qué hablaron?, ¿qué vio?

–Nada, preparando la Asamblea de Balance me preguntó si me gustaría viajar.

–¿Y qué pasó?

–Le conté que, cuando era muchacho, leí un muñequito del Pato Donald en el que el pato se va con los tres sobrinos a buscar oro a Alaska, y estuve mucho tiempo muerto de envidia con aquellos paticos que tenían un tío que los llevaba a Alaska. Después crecí y nunca fui a Alaska ni a ningún otro lugar y, perdóneme la frase, decidí que Alaska ya se podía ir a templar.

–¿Y no tiene más impresiones?

–Prefiero no decirlas, ¿sabe?

–¿Por qué?

–Porque yo no soy ahora un obrero común, ni siquiera un militante común. Soy el secretario general de esta Empresa y mis impresiones pueden ser asumidas por mi posición actual y no por mi persona.

–¿Y si yo hago el deslinde? ¿Y si por un momento usted también se olvida de su cargo?

–Eso es muy difícil para los dos, teniente, pero como usted es tan insistente, le voy a decir algo y ojalá no cometa un error con esto –dijo, y abrió una pausa que se fue alargando mientras descargaba la pipa contra un cenicero. No quisiera decirlo, pensó el Conde, pero no se desesperó–. Dicen que hombre precavido vale por dos, y Rafael Morín siempre me pareció un precavido por excelencia. Pero de los dos hombres que salen de un precavido, siempre hay uno que lo es menos: ése es el que está perdido ahora.

–¿Por qué piensa eso?

–Porque estoy casi seguro de que esa compañera de ustedes, la mulata achinada, va a encontrar algo. Eso se respira en el ambiente. Por supuesto, esto es una impresión y me puedo equivocar, ¿verdad? Yo mismo me he equivocado con otros compañeros. Ojalá me equivoque otra vez, porque de lo contrario no me habré equivocado sólo como persona, ¿me entiende?

–¿Pura rutina, no?

–Me cago en su estampa –dijo Manolo y se recostó en el maletero del auto. Eran poco más de las doce y el sol rotundo del mediodía intentaba despejar el frío, y era agradable recibir su calor, incluso era posible quitarse el *jacket* y ponerse los espejuelos oscuros y tener deseos de decir–: Vamos a trabajar otra vez a Maciques, Conde, pero no aquí, allá en la Central. Anda.

El Conde frotó los espejuelos en el dobladillo de su camisa, los miró a trasluz y los devolvió al bolsillo. Se desabotonó los puños de la camisa y subió las mangas dos, tres vueltas, asimétricas y abultadas, hasta la altura de los codos.

–Vamos a esperar. Todavía son las doce y la China me dijo que a las tres, y el Gordo habrá empezado hace un ratico. Creo que nos merecemos almorzar, ¿no?, porque hoy sí no sé a qué hora vamos a terminar.

Manolo se acarició el estómago y se frotó las manos. El empeño del sol era insuficiente porque del mar subía una brisa compacta, perfumada y persistente, capaz de arrastrar el tímido calor del ambiente.

–¿Tú crees que me dé tiempo ahora de ir a casa de Vilma? –preguntó entonces, sin mirar a su compañero.

–¿Pero por fin te botó o no te botó?

–No, chico, es que es celosa como una perra.

–O como los negocios con mucho dinero.

–Más o menos.

–Pero te gusta, ¿verdad?

Manolo trató de patear una chapa de botella aplastada por los carros y volvió a frotarse las manos.

–Creo que sí, compadre. Esa mujer acaba conmigo en la cama.

–Ten cuidado, niño –le dijo el Conde y sonrió–. Yo tuve una así y por poco me mata. Lo peor es que después ninguna te viene bien. Pero el que por su gusto muere... Dale, vamos, déjame en casa del Flaco y me recoges a las dos, dos y cuarto. ¿Te da tiempo?

–¿Para qué tú crees que soy mejor que Fangio? –preguntó, y ya abría la portezuela del carro.

El Conde prefirió no darle conversación en el camino. Andar a ochenta kilómetros por La Habana le parecía un desvarío lamentable, y decidió que era mejor que Manolo se preocupara sólo por el timón y por el amor frenético de Vilma, y así tal vez llegaban vivos. Lo peor de aquella carrera era que él tampoco podía pensar, aunque al final se alegró: ya no había mucho que pensar, sólo esperar, y quizás después empezar a estrujarse el cerebro otra vez.

–A las dos aquí –le recalcó a Manolo cuando se bajó frente a la casa del Flaco, y estuvo a punto de persignarse al ver del modo en que doblaba en la esquina. Dos tetas siempre jalan más que una carreta, pensó mientras atravesaba el brevísimo jardín de la casa, que Josefina mantenía tan pulcro como todo lo que estuviera al alcance de sus manos y su potestad. Las rosas, los girasoles, los mantos rojos, la picuala y la antiquísima estructura de los palitos chinos combinaban sus colores y olores sobre una tierra limpia y oscura donde era pecado mortal tirar una colilla, incluso si la lanzaba el Flaco Carlos. La puerta de la casa estaba tan abierta como siempre, y al entrar descubrió el perfume de un mojo esencial: en una sartén se debatían el zumo de naranjas agrias, los ajos desvestidos, la cebolla, la pimienta y el aceite de oliva, que bañarían las viandas que ese día Josefina le regalaría al hijo cuyos contados placeres cultivaba con más esmero que el jardín. Desde que el Flaco regresó inválido para siempre, aquella mujer que aún no había perdido el candor de su sonrisa se dedicó a vivir para su hijo con una resignación alegre y monacal que ya duraba nueve años, y el acto de alimentarlo cada día era tal vez el ritual más completo en que se expresaba el dolor de su cariño. El Flaco se había negado a acatar los consejos del médico que le advertía los peligros de su gordura, asimiló que su muerte era una posposición de plazo breve y quiso vivir con la plenitud que siempre lo distinguió. Si vamos a tomar, pues tomamos; si vamos a comer, comemos, decía, y Josefina lo complacía más allá de sus posibilidades.

–Pon otro cubierto –le dijo el Conde al entrar en la cocina, besó la frente sudada de la mujer y preparó la suya para el beso devuelto que, sin embargo, ella no llegó a darle porque el teniente sintió un ataque de amor y tristeza que lo obligó a abrazarla con fuerza de estrangulador y a decirle–: Cómo te quiero, Jose –antes de soltarla y caminar hacia la meseta donde estaba el termo del café, y evitar la salida de unas lágrimas que sabía inminentes.

–¿Qué tú haces aquí, Condesito, ya terminaste el trabajo?

–Ojalá, Jose –le respondió mientras bebía el café–, pero a lo que vine fue a comerme esa yuca con mojo.

–Oye, muchacho –dijo ella y abandonó por un instante los preparativos de la comida–. ¿En qué lío tú andas metido?

–Ni te lo imaginas, vieja, una de las cagazones mías.

–¿Con la muchacha que fue compañera de ustedes?

–Oye, oye, ¿qué te dijo la bestia de tu hijo?

–No te hagas el loco, que a media cuadra se oían los gritos de ustedes ayer.

El Conde levantó los hombros y sonrió. ¿Por fin qué habría dicho?

–Oye, ¿y por qué tú andas tan elegante? –le preguntó, mirándola de pies a cabeza.

–¿Elegante yo? Mira eso, tú ni te imaginas qué cosa soy yo cuando de verdad me pongo elegante... Nada, que llegué ahorita mismo del médico y no tuve tiempo para cambiarme.

–¿Y qué te pasa, Jose? –le preguntó y se inclinó para verle la cara, vuelta hacia el fogón.

–No sé, mijo. Es un dolor viejo, pero que se me está haciendo insoportable. Empieza como una ardentía aquí, debajo del estómago, y hay veces que me duele como si me hubieran enterrado un cuchillo.

–¿Y qué dijo el médico?

–Como decirme, todavía nada. Me mandó a hacerme análisis, una placa y esa prueba de tragarse la manguera.

–¿Pero no te dijo nada, nada más que eso?

–¿Qué más quieres, Condesito?

–No sé. Pero no me habías dicho nada. Yo hubiera hablado con Andrés, el que estudió con nosotros. Es tremendo médico.

–Pero no te preocupes, este médico también es bueno.

–Cómo no me voy a preocupar, vieja, si tú nunca chistas. Oye, mañana estoy hablando con Andrés para el lío de esas pruebas y que el Flaco llame...

Josefina dejó la cazuela y miró al amigo de su hijo.

–Que él no llame a nadie. No le digas nada, ¿quieres?

Entonces el Conde necesitó servirse otra dosis de café y encender otro cigarro, para no abrazar a Josefina y decirle que tenía mucho miedo.

–No te preocupes. Yo soy el que llama. ¿Huele bien ese sancocho, no? –Y salió de la cocina.

La ruta de los recuerdos de Mario Conde siempre terminaba en la melancolía. Cuando atravesó la barrera de los treinta años y su relación con Haydée se agotó con los estertores del desenfreno de sus combates sexuales, descubrió que le gustaba recordar con la esperanza de mejorar su vida, y trataba a su destino como un ser vivo y culpable, al que se le podían lanzar reproches y recriminaciones, insatisfacciones y dudas. Su propio trabajo sufría de aquellos juicios, y aunque sabía que no era duro, ni especialmente sagaz, ni siquiera un modelo de conducta, y que sin embargo algunos de sus compañeros lo consideraban un buen policía, pensaba que en otra profesión hubiera sido más útil, pero entonces convertía sus lamentaciones en una estudiada eficacia que le reportaba un prestigio que él mismo asumía como un fraude insoluble y jamás explicable. Y el retorno de Tamara venía a complicarle ahora aquella pesada tranquilidad, conseguida después del engaño de Haydée, a base de noches de béisbol, tragos, música de nostalgia y platos desbordados, mientras conversaba con el Flaco, y deseando a la vez que aquello fuera mentira, que el Flaco otra vez fuera flaco, que nunca se iba a morir y no se parecía a la bola de carne y grasa que, sin camisa, trataba ahora de absorber el sol del mediodía en el patio de la casa. El Conde vio las roscas que se sobreponían en su estómago y aquellos puntitos rojos que le cubrían la espalda, el cuello y el pecho, como picaduras de insectos voraces.

–¿En qué piensas, bestia? –le dijo mientras le alborotaba el pelo.

–En nada, salvaje. Estaba pensando en todo el lío de Rafael y de pronto me quedé así, con la mente en blanco –respondió su amigo y miró el reloj–. ¿A qué hora vienen a buscarte?

–Ya me voy. Manolo debe de estar al caer. Si no pudiera venir esta noche te llamo y te digo lo que hay.

–Pero no pienses mucho, te va a caer mal el almuerzo.

–¿Qué remedio, Flaco?

–No, mi socio. Sácate un poco de mierda de la cabeza porque lo que está jodido no se va a arreglar porque te pases el día pensando. Esto, y todo, es igual que la pelota: para ganar hay que tener timbales, tú. Y a nosotros nos roncan, hasta cuando estamos despiertos. Por eso por poco les ganamos entre tú y yo aquel juego a las tiñosas flacas del Pre de La Habana, ¿te acuerdas?

–Como si fuera hoy –dijo, y se paró dispuesto a batear y entonces hizo un *swing*. Los dos vieron cómo la pelota volaba hasta chocar con la cerca, debajo de la pizarra, allá en la última soledad del *centerfield*.

–*Surprise!* –exclamó la teniente Patricia Wong, se le perdieron los ojos porque se reía, y movía en la mano derecha las planillas presilladas de las que parecía emanar toda su alegría. El Conde sintió en su pecho que el alborozo de la China era como una transfusión: le entraba al cuerpo por vía directa y empezaba a inundarlo, con una carrera que lo agitaba y hacía latir su corazón.

–¿Lo cogimos? –preguntó, buscando un cigarro en el bolsillo del *jacket*, y casi gritó cuando vio el rostro otra vez sin ojos de su compañera que se movía afirmativamente.

–Por fin hay algo, coño –resopló Manolo e interceptó en el aire el cigarro que el Conde se llevaba a los labios. El teniente, que odiaba aquel chiste esporádico pero recurrente de su compañero, olvidó los insultos habituales y prefirió arrastrar una silla hasta ubicarla junto a la teniente Patricia Wong.

–Habla, China, ¿cómo es la cosa?

–Lo que tú dijiste, Mayo, lo que tú dijiste, pero más complicado todavía. Mira, aquí debe de estar el origen de todo y eso que nos faltan por revisar una pila de papeles, una pila –insistió, y empezó a buscar algo en las planillas–. Pero esto quema, Mayo, aquí. En el último semestre del 88, que es lo que hemos visto, Rafael Morín hizo dos viajes a España y uno a Japón. Tiene más horas de vuelo que un cosmonauta... Mira, el de Japón fue para un negocio con la Mitachi, pero después te hablo de eso.

–Dale, dale –le exigió el Conde.

–Oye esto, los viajes eran por dieciséis y dieciocho días los dos de España, y por nueve el de Japón, y en cada caso debía cerrar cuatro contratos, menos en el primero a España, ahí eran nada más que tres. Como gastos de representación, que nunca me imaginé que fuera tanto, son una pila de dólares, después te saco la cuenta, hay una circular que los proporciona con los contactos comerciales que se vayan a realizar, pero oye esto, él siempre se asignaba el doble, como si fuera a trabajar más o a estar más tiempo. Eso es terrible, pero lo inexplicable es lo de las dietas, Mayo. No están los modelos que debió llenar para esos tres viajes que te dije, y sin embargo lo más increíble es que aparezca una dieta para un viaje a Panamá que se suspendió y no la liquidó. No me lo explico, porque cualquier auditor lo podía descubrir.

–Sí, eso está raro, ¿pero hay más?, ¿no? –preguntó el teniente cuando Patricia depositó las hojas sobre el buró. Su alegría empezaba a desaparecer, aquella chapucería no llevaba el sello de Morín.

–Hay, Mayo, estate quieto. Déjame terminar.

–Arriba, China, demuestra que eres mejor que Chan-Li-Po.

–Voy. Mira, ésta es la mecha de la verdadera bomba: la Empresa de Importaciones y Exportaciones tiene una cuenta en el Banco Bilbao Vizcaya a nombre de una sociedad anónima registrada en un apartado postal de Panamá y que se supone tiene una filial en Cuba. Es algo así como una corporación y se llama Rosal, y parece que fue hecha para evadir el bloqueo americano. La cuenta de Rosal se puede manejar con tres firmas: la del viceministro Fernández-Lorea, la del amigo Maciques y, por supuesto, la de Rafael Morín, pero siempre tiene que haber dos de estas tres firmas... ¿Me entiendes?

–Hago mi mejor y más sincero esfuerzo.

–Pues agárrate ahora, macho: si los papeles que hay aquí no me engañan, porque hay otros que no aparecen donde debían estar y no quiero pensar mal, si no me engañan, se hizo una extracción grande en diciembre que no se casa con ningún negocio cerrado en esos días.

–¿Y quién la hizo?

–No seas ingenuo, Mayo, eso nada más lo sabe el Banco.

–Soy ingenuo... Asómbrame entonces: ¿cuánto es grande, Patricia? –preguntó, dispuesto a oír la cifra.

–Unos cuantos miles. Más de cien, más de doscientos, más de...

–Cojones –exclamó Manolo, que empezó a buscar otro cigarro–. ¿Y para qué quería eso?

–Aguanta ahí, Manolo, que si yo fuera adivina no estaría aquí comiendo polvo y papeles.

–Deja eso, China, por favor, sigue... –le suplicó el Conde, en su mente estaba la imagen de Tamara, el discurso de Rafael el primer día de clases, la campana que sonaba el director del campamento, el solar de Diez de Octubre, la sonrisa infalible y segura del hombre que ahora no aparecía, y se reía, se reía.

–Yo creo que todo tiene que ver con la Mitachi. Mayo, los japoneses no venían hasta febrero y antes Rafael iba a estar en Barcelona, para una compra con una sociedad anónima española que todavía no lo he comprobado, pero me la juego, que tiene capital japonés. Y si es así, me la juego dos veces, es capital de la Mitachi.

–Espérate, China, espérate, háblame en cubano.

–Contra, Mayo, qué bruto te me estás poniendo –protestó Patricia, pero la sonrisa le tragó los ojos–. Más claro ni el agua: Rafael Morín debía de estar haciendo negocios con la Mitachi como si fuera un particular y estaba girando con el dinero de la Empresa o, mejor, con el de Rosal. ¿Ahora si me copias?

–De bala –dijo Manolo, en el colmo del asombro y trató de sonreír.

–¿Y tú dices que faltan papeles, China?

–Faltan papeles.

–¿Estarán en otros archivos?

–Pudiera ser, Mayo, pero no lo creo. Si fuera uno solo...

–¿Entonces los sacaron de ahí?

–Pudiera ser, pero lo más raro es que no los sacaran todos, hasta los de las dietas que el mismo Morín podía falsificar.

–¿Sobran unos y faltan otros?

–Más o menos, Mayo.

–China, yo sé por qué sobran unos y creo que sé dónde están los que faltan.

Habla Manolo

Cuando el mayor Rangel me dijo, Aquí puedes venir sin uniforme, debes trabajar sin uniforme, y lo vi a él con aquella chaqueta verde olivo, con los grados bordados en la charretera y en el cuello, y lucía tan impresionante, que pensé esto es una broma, y que podía renunciar ahí mismo, porque casi era como si dejara de ser policía ahora que iba a ser de verdad policía. La primera vez que salí a la calle con el uniforme, después que pasé la academia, sentí mitad vergüenza, la gente me miraba, y mitad que era alguien, el traje se me pegaba al cuerpo y me hacía más completo, distinto a los demás, y que la gente iba a mirarme siempre, aunque no quisiera, porque ya no era igual a los demás, y aquello me gustaba y no me gustaba, algo rarísimo. De chiquito yo me pasaba la vida disfrazado; como era tan flaco, nunca me dio como otros muchachos porque iba a ser policía, general o cosmonauta, pero me vestía una temporada de El Zorro, otra de Robin Hood y otra de pirata con parche en el ojo, y a lo mejor es que debería haber sido actor y no policía. Pero fui policía, y la verdad es que creo que desde el principio me encantó lo del uniforme, la verdad, y creo que de lo más serio, estaba jugando a ser policía, hasta que llegué en el patrullero de la Academia a aquella covacha de El Moro. Cuando nos bajamos del carro había muchísima gente, me imagino que el barrio completo, y todo el mundo nos miraba, yo me arreglé la gorra, que no era nueva ni era mía, me acomodé el pantalón y me puse los espejuelos oscuros, tenía público y yo era importante, ¿no? Ya a la mujer que tenía el ataque se la habían llevado para el hospital, había un silencio del carajo, porque llegamos nosotros, tú sabes, y un negro viejo, canoso, así que era viejísimo y era el presidente del Comité de la cuadra, nos dijo: Por aquí, compañeros, y entramos en la casita –tenía el techo de zinc y las paredes una parte de ladrillo sin repellar, otra de cartón tabla y otra también de zinc–, y nada más entrar te sentías como un pan crudo en la punta de la paleta cuando te meten en el horno, y no te explicas cómo hay gentes que todavía puedan vivir así, y estaba allí en una camita y casi me desmayo, no me gusta ni contarlo, porque me acuerdo y lo veo como si lo estuviera viendo ahora mismo, y hasta siento el calor del horno: toda la sábana estaba llena de sangre, había sangre en el piso, en la pared, y ella seguía acurrucada y sin moverse, porque estaba muerta; el padrastro la había matado tratando de violarla, y después supe que nada más tenía siete años, y yo me cagué en la hora en que me metí a policía, porque yo de verdad creía que esas cosas así no podían pasar, y cuando uno es policía aprende que sí pasan, ésas y otras peores, y que ése es el trabajo de uno, y entonces empiezas a dudar si debes hacer todo lo que te enseñan en la academia o si coger la pistola y meterle seis tiros ahí mismo al que hizo una cosa así. Por poco hasta pido la baja, pero no, me quedé, y después me mandaron para la Central y el mayor me dijo eso: debes venir sin uniforme y vas a trabajar con el Conde, y creo que cada vez me gusta más ser policía. ¿Tú no me entiendes, verdad? Aunque ya salga a la calle sin el traje y la gente no sepa quién soy yo, ya no me importa, y tú me has ayudado a que no me importe, pero más que tú me ayudan las gentes como Rafael Morín. Vaya tipo, ¿no? A santo de qué alguien puede jugar con lo que es mío y es tuyo y es de aquel viejo que está vendiendo periódicos y de esa mujer que va a cruzar la calle y que a lo mejor se muere de vieja sin saber lo que es tener un carro, una casa bonita, pasear por Barcelona o echarse un perfume de cien dólares, y a lo mejor ahora mismo va a meterse tres horas haciendo cola para coger una jaba de papas, Conde. ¿A santo de qué?

–¿Ustedes? ¿Cómo estás, Mario? Pase, sargento –dice ella y sonríe, confundida, el Conde la besa en la mejilla como en los viejos tiempos y Manolo le da la mano, responden los saludos y caminan hacia la sala–. ¿Pasó algo, Mario? –pregunta al fin.

–Pasan cosas, Tamara. Faltan unos papeles en la Empresa y esos papeles pueden acusar a Rafael.

Ella se olvida del mechón imbatible de su pelo y se frota las manos. De pronto se hace pequeña y parece indefensa y confundida.

–¿De qué?

–De robo, Tamara. Por eso vinimos.

–Pero, ¿qué robó, Mario?

–Dinero, mucho dinero.

–Ay, mi madre –exclama ella y sus ojos se saturan de humedad; y el Conde piensa que ahora sí puede llorar. Es su marido, ¿no? Es el padre de su hijo, ¿no? Su novio del Pre, ¿no?

–Quiero revisar la caja fuerte de la biblioteca, Tamara.

–¿La caja fuerte? –es otra sorpresa y casi un alivio para él. No va a llorar.

–Sí, ¿tú tienes la combinación, verdad?

–Pero hace tiempo está vacía. De dinero y esas cosas, quiero decir. Que me acuerde ahí nada más está la propiedad de la casa y los papeles del panteón de la familia.

–Pero usted tiene la combinación, ¿verdad que sí? –ahora insiste Manolo, es otra vez el gato flaco, elástico y erizado.

–Sí, está en la misma libreta de teléfonos de Rafael, como un número más.

–¿La puede abrir ahora, compañera? –insiste el sargento, y ella observa al Conde.

–Por favor, Tamara –pide él y se pone de pie.

–¿Qué es esto, Mario? –le pregunta, aunque en realidad se pregunta a sí misma y abre la marcha hacia la biblioteca.

Arrodillada, frente a la falsa chimenea, ella aparta la rejilla protectora y el Conde recuerda que es víspera de Reyes, y que los Reyes Magos siempre han preferido las chimeneas para entrar con su carga de regalos. Allí puede estar el suyo, increíblemente adelantado. Tamara lee las seis cifras y empieza a girar la llave de la caja fuerte, y el Conde trata de ver algo por encima de la espalda de Manolo, que se ha ubicado en primera fila. Por sexta vez mueve la rueda, a la izquierda, y por fin tira de la puerta metálica y se pone de pie.

–Ojalá te equivoques, Mario.

–Ojalá –le dice él y, cuando ella se aparta, avanza hacia la chimenea, se arrodilla y extrae un sobre blanco de la fría barriga de hierro. Se pone de pie y la mira a ella. No lo puede evitar: siente una lástima tangible por aquella mujer que se le ha desnudado y lo ha frustrado y a la que, cada vez lo sabe mejor, hubiera preferido no haber vuelto a ver. Pero abre el sobre, extrae unas hojas y lee, mientras Manolo baila con impaciencia–. Mejor de lo que pensábamos –dice, y al fin devuelve los papeles al sobre, Tamara no deja de frotarse las manos y Manolo no puede estarse quieto–. Maciques tiene una cuenta en el banco Hispanoamericano y la propiedad de un carro en España. Aquí están las fotocopias.

El mayor Rangel observó la olorosa agonía de su Rey del Mundo como se mira la muerte de un perro que ha sido el mejor amigo. Por eso, al dejar el cabo sobre el cenicero, se lamenta de no haberlo tratado mejor, había hecho una execrable fumada mientras oía la explicación del teniente Mario Conde.

–Ver para creer –fue su sentencia, y trató de no mirar la extinción del habano, quizás para no creerla–. ¿Y cómo es posible tantas barbaridades juntas?

–Las barbaridades están de moda, Viejo... ¿No era un cuadro de plena confianza? ¿No era un hombre de futuro interminable? ¿No era más puro y más santo que el agua bendita?

–No te pongas sarcástico ahora, porque eso no explica nada...

–Viejo, no sé por qué te asombra que haya esa falta de control en una empresa. Cada vez que se hace una auditoría sorpresiva de verdad, donde quiera aparecen las barbaridades que nadie se puede imaginar, que nadie se explica, pero que están siempre ahí. Ya se te olvidó el administrador millonario de la Ward, y el del Pío-Pío, y el de...

–Está bien, está bien, Mario, pero déjame la posibilidad de asombrarme, ¿OK? Uno siempre tiende a pensar que la gente no se corrompe tanto, y como tú dices Rafael Morín era un cuadro de plena confianza y mira lo que estaba haciendo... Pero después hablamos de eso, lo que quiero saber ahora es dónde está metido ese hombre. Eso es lo que quiero saber, para entregarle el caso en bandeja al ministro de Industrias.

El Conde estudió el seco y desganado cigarro Popular, con la tinta de la marca corrida, la picadura que se fugaba en desbandada por las dos bocas, la cajetilla mal pegada, pero era el último, y cuando lo encendió disfrutó la fortaleza escondida en aquel humo.

–¿No te hace falta más gente?

–No, déjame terminar. Mira, todo indica que tal vez Rafael Morín iba a dar la sorpresa durante el viaje a Barcelona ahora en enero. Iba a perderse con toda la plata y una parte ya asegurada e invertida, y como sabía que por ahora no le iban a revisar los papeles, quizás se confió demasiado y se metió a hacer esas marañitas con las dietas y los gastos de representación, como para ir tirando, ¿no? Uno de los informantes del Gordo Contreras, digo, del capitán Contreras, un tal Yayo el Yuma, dice que la foto le recuerda a alguien, pero que tendría que verlo personalmente para estar seguro. Así que también es posible que cambiara dólares por pesos cubanos para sus gastos aquí, que según Zoilita no debían de ser pocos.

–¿Y Guardafronteras sigue sin informar nada?

–Nada por ahí, al menos todavía, y ya creo que nunca va a haber nada, aunque ahora puede parecer más lógico que haya tenido algún lío por aquí y lo mandaran a mejor vida... Pero estoy seguro que detrás de cualquier cosa está Maciques... Porque si no, nadie entiende qué hacía Rafael con esos papeles de Maciques guardados en su propia casa. Pero en cualquier caso todo se complicó cuando Rafael se enteró de que la gente de la Mitachi venía a Cuba antes, mira, aquí está el télex, llegó el día treinta por la mañana, así que parece que les interesaba mucho el negocio, y cuando hay buenos negocios esos chinos no creen ni en fin de año ni en arbolitos. Y Rafael sabía que en esos convenios iba a participar el viceministro y quizás el ministro y gentes de otras empresas. Se dio cuenta, te decía, de que estaba cogido y se escondió o lo escondieron de mala manera. Entonces la posibilidad de una salida ilegal del país es más que una posibilidad, pero no debe haber salido, porque si no ya los gritos se estarían oyendo aquí. Imagínate, Viejo, todo un magnate de la economía cubana. Y si de algo estoy seguro, pero seguro, es que Rafael no iba a intentar salir en una balsa con dos cámaras de camión a jugársela al pegao. Él iba a buscar el medio más seguro, y entonces ya habría llegado a Miami... Rafael Morín está en Cuba.

–¿Y si evitaba formar el escándalo para que no le congelaran la cuenta en España? –El mayor Rangel se frotó los ojos, y el Conde observó que se movía con una inquietud que no le era habitual.

–Creo que aunque él no quisiera, en Miami organizaban el escándalo. Pero, además, él tenía el tiempo a su favor. Era un cuadro de confianza, ¿no?

–Eso ya lo dijiste.

–Bueno, sabía que nadie se iba a imaginar una cosa así y, nada más llegando cualquier banco de Miami tenía ese dinero en las manos en media hora. Él calculó que no se sospecharía nada hasta que pasaran unos días y también que nadie se iba a imaginar que un hombre que hacía ocho o diez viajes al extranjero en un año podía estar saliendo en una lancha.

–Sí, sí, debe de ser así... Pero no se llevó los papeles de las dietas. La China los encontró.

–Ahí es donde no me cuadra la lista con el billete. Yo pensé que Maciques los había puesto el 31 por el mediodía, pero el 31 por el mediodía Rafael debía tener esos papeles en sus manos.

–¿Pero por fin qué pinta Maciques en todo esto?

–Eso es lo que quisiera saber ahora, pero seguro que tiene mierda hasta en el pelo. Ése lo sabe todo, o por lo menos lo principal, porque el día tres, cuando Manolo lo entrevistó estaba medio nervioso y le daba para atrás y para alante a las cosas, como queriendo sacarse de arriba la conversación. Y hoy era otro tipo. Estaba muy seguro de sí mismo, como si no hubiera ningún lío, y eso es que ya estaba convencido de que él no tendría problemas incluso si se descubría esta maraña de las dietas de Rafael, los gastos de representación y eso, que era lo que él sabía que íbamos a descubrir. Y no hoy, sino mañana o pasado. Los días que pasaron desde la desaparición de su jefe parece que le dieron esa tranquilidad, porque él no se imaginaba que Rafael tenía esos documentos en la caja fuerte.

–¿Entonces es socio de Rafael Morín?

–No, compinche si acaso. Fíjate que tenía cuatro mil y pico de dólares en el banco y lo de Rafael es de cientos de miles. Hay algo raro ahí. De todas formas, ahora voy a interrogarlo con Manolo a ver si podemos sacarle algo nuevo.

El mayor se puso de pie y caminó hasta el amplio ventanal de su oficina. Apenas eran las seis y ya oscurecía en La Habana. Desde aquella altura los laureles se veían con una perspectiva que no le interesaba al Conde, él prefería la vista fija de su pequeña ventana y permaneció en la butaca.

–Hace falta que encuentres a ese hijoeputa aunque esté debajo de la tierra –dijo entonces el Viejo con su entonación más terrible y visceral, detestaba aquellas situaciones, se sentía timado y le molestaba que sólo después de consumadas aquellas barbaridades vinieran a caer en sus manos–. Yo voy a llamar al ministro de Industrias, para que resuelva lo del dinero de España y para que vaya pensando, porque esto es un problema más de ellos que de nosotros. Pero ahora dime una cosa, Mario, ¿por qué un hombre como Rafael Morín pudo hacer una cosa como ésa?

200

–Tenemos visita, creo que es mejor empezar otra vez.

–¿Pero qué quiere que le diga, sargento? –respondió preguntando René Maciques, y miró al Conde que entró y fue a sentarse en una silla junto a la ventana. El teniente encendió un cigarro y cambió una mirada con el sargento. Dale, apriétalo.

–¿De qué hablaron Morín y usted el día 31?

–Ya se lo dije, cosas normales de trabajo, lo bien que había cerrado el año y los informes que teníamos que presentar.

–¿Y no lo volvió a ver?

–No, yo me fui de la fiesta un poco antes que él.

–¿Y qué sabía usted de este fraude?

–Ya le dije que nada, sargento, ni me imaginaba que eso estuviera pasando. Y casi todavía ni lo creo, no sé por qué él pudo hacer algo así.

–¿Cuál es su grado de responsabilidad en este asunto?

–¿El mío? ¿El mío? Ninguno, sargento, yo soy un simple jefe de despacho que no decide nada.

El Conde apagó su cigarro y se puso de pie. Avanzó hacia el buró.

–Me conmueve su inocencia, Maciques.

–Pero es que yo...

–No se esfuerce más. ¿Qué le recuerda esto?

El Conde extrajo del sobre las dos fotocopias y las dejó en el buró, frente a Maciques. El jefe de despacho miró a los dos policías y por fin se inclinó hacia adelante y se mantuvo inclinado un tiempo que parecía infinito: era como si de pronto fuera incapaz de leer.

–El teniente le hizo una pregunta –dijo Manolo y recogió las fotocopias–. ¿Qué le recuerda esto?

–¿Dónde estaban esos papeles?

–Como siempre sucede, usted me obliga a recordar que las preguntas las hacemos nosotros... Pero lo voy a complacer. Estaban muy bien guardados, en una caja fuerte, en casa de Rafael Morín. ¿Qué significan estos documentos, Maciques? –insistió Manolo, y se ubicó entre el hombre y el buró.

René Maciques levantó la mirada hacia su interrogador. Era un hombre confundido, un bibliotecario melancólico y envejecido. El sargento Manuel Palacios le dio su tiempo, sabía que estaba en el punto decisivo del interrogatorio, cuando el detenido debe decidirse entre soltar la verdad o aferrarse a la esperanza de la mentira. Pero Maciques no tenía opciones.

–Esto es una trampa de Rafael –dijo, sin embargo–. Yo no sé nada de estos papeles. No los había visto nunca en mi vida. Ustedes no dicen que hacía cosas con mi nombre. Ahí tienen, ésa es una de ellas.

–¿Entonces Rafael Morín quería perjudicarlo a usted?

–Eso parece.

–Maciques, ¿qué podremos encontrar en su casa si hacemos un registro?

–En mi casa... Nada. Cosas normales. Uno viaja al extranjero y hace sus compras.

–¿Con qué dinero, con gastos de representación?

–Ya le expliqué que uno ahorra de las dietas.

–¿Y cuando se cierra un negocio gordo no hay regalías en especie? ¿Un carro, por ejemplo?

–Pero yo no cerraba negocios gordos.

–Maciques, ¿usted es capaz de matar a un hombre?

El jefe de despacho volvió a levantar la vista, pero en sus ojos ya no había brillo alguno.

–¿Qué quiere decir eso?

–¿Es capaz o no?

–No, claro que no.

Y continuó moviendo la cabeza: negaba.

–¿Qué fue a hacer el día 31 a la Empresa? Y no vuelva a decir lo del aire acondicionado.

–¿Y qué quiere que le diga?

Entonces el Conde avanzó otra vez hacia el buró y se detuvo junto a Maciques.

–Mire, Maciques, yo no tengo la paciencia del sargento. Le voy a decir ahora todo lo que pienso de usted y sé que de una forma o de otra, usted lo va a admitir, hoy, mañana, pasado... Usted es un mierda y es tan ladrón como su jefe, pero más cauteloso y con menos poder. Ya están verificando en España la validez de estos papeles y quizás el banco no dé información, pero la pista del carro es más simple de lo que usted piensa. Por alguna razón, que todavía no sé, Rafael guardó bien estos papeles, quizás para protegerse de usted, porque sabía que usted era capaz de ponerle en los expedientes la dieta que no liquidó y los gastos duplicados. Y Rafael va a aparecer, no sé si vivo o muerto, en España o en Groenlandia, pero va a aparecer, y usted va a hablar, pero aunque no hable está envuelto en mierda, Maciques. Acuérdese de eso. Y para que piense mejor, va a estar solo mucho rato. Desde hoy empieza a vivir aquí en la Central... Sargento, prepare los papeles y pídale a Fiscalía medida cautelar para el ciudadano René Maciques. Que sea prorrogable. Nos vemos, Maciques.

Mario Conde miró otros laureles, los que inauguraban el Paseo del Prado, muy cerca del mar, y se repitió la pregunta. De la boca de la bahía se levantaba un viento cortante que lo obligaba a mantener las manos en los bolsillos del *jacket*, pero necesitaba pensar y caminar, perderse entre las gentes y esconder su alegría pírrica y su frustración de policía satisfecho por descubrir la maldad de los otros. ¿Por qué Rafael Morín pudo hacer una cosa como ésta? ¿Por qué quería más, todavía más, mucho más? El Conde observó el Palacio de los Matrimonios y el Chrysler 57, negro brillante y adornado con globos y flores, que esperaba el descenso nupcial de aquellos cuarentones que todavía se atrevían y sonreían para la foto indispensable en la escalera. Observó a los persistentes que desafiaban el frío haciendo cola en la pizzería de Prado y vio los papeles, prendidos en el tronco de un laurel, de los que necesitaban ampliarse, oían proposiciones honestas y deshonestas, pero necesitaban algunos metros cuadrados de techo donde vivir. Observó a dos homosexuales fatales y dispersos que pasaron por su lado tiritando de frío y ellos lo observaron a él, con ojos candorosos y bien intencionados. Observó al mulato apacible, recostado en la farola, con su pinta de rastafari sin vocación y sus trenzas perfectas bajo la boina negra, esperando quizás el paso del primer extranjero elocuente para proponerle un desesperado cinco por uno, seis, míster, siete por uno, mi bróder, y tengo hierba, todo para abrirse las puertas del mundo prohibido de la abundancia con pasaporte. Observó la farola del flanco opuesto, se moría de frío la rubia maquillada con incontenible lascivia, con promesas de ser caliente aunque nevara, con su boca de mamadora empedernida; la rubia para la que un mortal de producción nacional como Mario Conde valía menos que un gargajo de borracho, esperaba los mismos dólares que su amigo el mulato rastafari y le propondría uno por treinta: su sexo juvenil y entrenado y perfumado y garantizado contra la rabia y otros males, por aquellos dólares de sus desvelos, mamada con tarifa extra, *of course*. Observó al niño que patinaba, saltaba sobre un cajón de madera y seguía patinando hacia la oscuridad. Llegó al Parque Central y casi pensó en terciar en la eterna disputa beisbolera que más allá del frío o del calor se armaba cada día, queriendo buscar la explicación a otro fracaso de aquellos cabrones Industriales; Cojones, cojones es lo que le falta a esa gente, habría gritado en honor al Flaco que ya no era ni flaco ni ágil para estar allí y gritarlo por sí mismo. Observó las luces del Hotel Inglaterra y la penumbra del Teatro García Lorca, la cola del cine Payret, la tristeza fétida de los portales del Centro Asturiano y la fealdad agresiva y desconchada de la Manzana de Gómez. Percibió los latidos incontenibles de una ciudad que él trataba de hacer mejor y pensó en Tamara, ella lo esperaba y él iba a acudir, tal vez para hacerle aquella misma pregunta, y nada más.

Varios meses después, cuando el caso de Rafael Morín dormía cerrado y concluso, y René Maciques se consumía en su condena y Tamara seguía hermosa y lo miraba con la humedad perseverante de sus ojos, todavía se haría la pregunta y se imaginaría la tristeza de Rafael Morín, pequeño magnate en Miami donde su riqueza de quinientos mil dólares era un premio de lotería que no le alcanzaría para comprar todo lo adquirido con su poder de cuadro confiable y brillante en eterno ascenso. Pero esa noche sólo se detuvo junto al grupo de fanáticos y encendió un cigarro. Pensaban todos, y lo gritaban haciendo relajación colectiva, que el *manager* del equipo era un imbécil, que el *pitcher* estelar era un amarillo y que los de antes sí eran buenos, si estuvieran Chávez y Urbano, La Guagua y Lazo, evocaban, y entonces metió el hombro de su imaginación entre dos negros enormes y furibundos que lo iban a mirar con recelo, éste de dónde salió, y gritó hacia el centro del grupo:

–Cojones, lo que les falta es cojones –y abandonaría en su perplejidad a los discutidores profesionales, cuando ya cruzaba la calle y penetraba en el vaho de gas, orina seca y vómitos precolombinos de los portales del Centro Asturiano, donde una pareja trataba de consumar sus ardores contra una columna y chocó al fin con las puertas tapiadas del Floridita, CERRADO POR REPARACIÓN, y perdió la esperanza de un añejo doble, sin hielo, sentado en el rincón que fuera exclusivo del viejo Hemingway, recostado en aquella barra de madera inmortal donde Papa y Ava Gadner se besaron escandalosamente y donde él se había propuesto, hacía muchos años, escribir una novela sobre la escualidez, y donde se hubiera preguntado otra vez la misma pregunta para darse todavía la única respuesta que lo dejaba vivir en paz: porque siempre fue un hijo de puta. ¿Y por qué más?

–¿Puedo poner música?
–No, ahora no –dice ella y apoya la cabeza en el respal-

do del mullido sofá, los ojos van al techo y parece que tuviera otra vez mucho frío, mantiene los brazos cruzados después de bajarse las mangas del jersey. Él enciende un cigarro y deja caer el fósforo en el cenicero de Murano.

–¿Qué estás pensando? –le pregunta al fin, imitando la postura de ella en el sofá. Un techo es un techo.

–En lo que está pasando, todo lo que me dijiste, ¿o en qué quieres que piense?

–¿Tú no te lo imaginabas? ¿De verdad que no?

–¿Cómo quieres que te lo diga, Mario?

–Pero podías haber visto algo, sospechado algo.

–¿Qué cosa era sospechosa? ¿Que comprara ese equipo de música, o trajera whisky, o una bicicleta para el niño? ¿Un vestido de ciento cincuenta dólares, eso es sospechoso?

Él piensa: todo es normal. Para ella todo eso ha sido siempre normal, nació en esta casa y con esa normalidad que hace ver la vida de otra manera, más linda y menos complicada, y se pregunta si no fue el mundo de Tamara el que enloqueció a Rafael. Pero sabe que no.

–¿Qué va a pasar ahora, Mario? –es ella la que pregunta, ha terminado con el techo y con el silencio y recuesta un hombro en el espaldar, cruza un pie debajo del muslo y espanta su imperturbable mechón rizado. Quiere mirarlo.

–Todavía deben pasar dos cosas. Primero que aparezca Rafael, vivo o muerto, en Cuba o donde esté. Y lo otro que Maciques nos cuente lo que sabe. Quizás esto nos ayude también a saber dónde está Rafael.

–Esto es un terremoto.

–Es como un terremoto, sí –admite él–, todo lo que no está seguro se cae, y me imagino que te sientes así. Pero creo que ha pasado lo mejor. ¿Te imaginas que Rafael llegara a Barcelona, sacara todo ese dinero y volara?

–Podría ser simpático. Nos iríamos a vivir a Ginebra, en una casa de tejas, sobre una colina.

Dice ella y se levanta y se pierde en el comedor. Él nunca puede evitarlo, la mira como siempre, sólo que ya ha vis-

206

to aquellas nalgas, ha retratado la forma exacta de aquel cuerpo desafortunado para el ballet y lo ha caminado con sus manos y su boca, pero le duele el recuerdo como una espina encarnada que es mejor no tocar. Una casa en Ginebra, ¿por qué en Ginebra? Y se peina con la punta de los dedos y piensa que sí, que ha empezado a quedarse calvo. Se me había olvidado, y él también deja el sofá, la calvicie, la casa de Ginebra y las nalgas de Tamara, y busca entonces entre los discos algo que lo haga sentirse mejor. Aquí está, se dice cuando ve el *longplay* de Sarah Vaugham, *Walkman Jazz* se llama, lo coloca en el plato y deja el volumen muy bajo para que aquella negra maravillosa le cante *Cheek to Cheek*. Ella regresa con la voz oscura y caliente de Sarah Vaugham, trae dos vasos en las manos.

–Vamos a rematar las existencias: agoniza el whisky de las bodegas de Rafael Morín –dice, y le entrega un vaso. Ella vuelve al sofá y bebe un primer trago de marinero entrenado.

–Yo sé cómo te sientes. Esto no es fácil para ti ni para nadie, pero tú no tienes la culpa y yo menos todavía. Ojalá nunca hubiera sucedido y Rafael fuera lo que todo el mundo pensaba que era y yo no estuviera metido en esto.

–¿Te arrepientes de algo? –ataca ella, ha recobrado su temperatura y sube hasta el codo las mangas del jersey. Vuelve a tomar.

–No me arrepiento de nada, lo decía por ti.

–Mejor no hables por mí entonces. Si Rafael robó ese dinero que lo pague, nadie lo mandó. Yo nunca le pedí nada y eso tú lo sabes bien, Mario Conde. Creí que me conocías mejor. No me siento culpable de nada y lo que disfruté lo hice como lo hubiera hecho cualquier otro. No esperes que me confiese y haga contrición.

–Ya veo que te conozco peor.

Sarah Vaugham canta *Lulaby of Birdland,* es la mejor canción que él conoce para escaparse hacia el mundo mágico de Oz, pero ella parece incontenible y él sabe que es mejor que hable de una vez, que hable, que hable...

–Va y hasta piensas que soy una malagradecida y no sé cuántas cosas más, y que debería decirte que no, que todo es un infundio y que mi marido es incapaz de eso y después ponerme a llorar, ¿no? ¿Eso es lo que se estila en estos casos?, ¿verdad? Pero no tengo vocación trágica ni soy una sufridora egocentrista como tú. Yo no tengo nada que ver con eso... Quisiera que nada de esto hubiera pasado, la verdad, ¿pero tú sabes lo que es tener la conciencia limpia?

–Ya no me acuerdo.

–Pues yo sí, por si no lo sabías o te imaginabas otra cosa. Ya te lo dije el otro día: Rafael tenía lo que le dejaban tener o lo que le correspondía, o qué sé yo, y todo el mundo sabía que cuando viajaba traía cosas y todo era normal y él era muy bueno. Todo el mundo lo sabía y... Ya, no quiero hablar más de eso, a menos que me quieras interrogar y entonces no voy a decirte una palabra, por lo menos a ti.

Él sonríe y regresa por fin al sofá. Se sienta muy cerca de ella, toca la rodilla de la mujer con la suya y lo piensa y después se atreve: lentamente posa su mano sobre el muslo de ella, teme que se le pueda escapar, pero el muslo sigue allí, bajo su mano, y él se aferra a aquella carne compacta y viva y descubre un ligero temblor, bien oculto bajo la piel. La mira a los ojos y ve la humedad brillante que se transforma en una lágrima que engorda, cuelga de la pestaña y se despeña por la nariz de Tamara, y sabe que está dispuesto a todo menos a verla llorar. Ella recuesta su cabeza en el hombro del Conde y él sabe que sigue llorando, un llanto silencioso y cansado, cuando le dice ya sin furia:

–La verdad es que yo veía venir esto. Esto o algo parecido, porque él no se conformaba ya con nada y soñaba con más y jugaba a sentirse un ejecutivo poderoso, creo que se imaginaba que era el primer *yuppie* cubano o algo así... Pero yo también me acostumbré a vivir fácil, a que hubiera de todo y a que todo fuera cómodo, que él hablara con un amigo para que yo no hiciera el servicio social en Las Tunas y a que las vacaciones fueran en Varadero y todo eso; y al final tenía miedo de cambiar mi vida aunque creo que hacía rato que ya no estaba enamorada de él, y cuando salía de viaje me gustaba quedarme sola con el niño aquí en la casa, sin pensar que él vendría tarde, me diría que estaba cansado y se acostaría a dormir o se encerraría en la biblioteca a escribir sus informes o me dijera lo difícil que se están poniendo las cosas. También sé que hace rato andaba con mujeres por ahí, en eso no me pudo engañar, pero lo que te dije, tenía miedo de perder una tranquilidad que me gustaba. Y lo que hice contigo no lo había hecho con nadie, no vayas a pensar otra cosa.

Él no le ve los ojos ocultos tras el mechón impenitente, pero sabe que ha dejado de llorar. La ve terminar el trago de whisky y entonces la imita. Ella se levanta, por Dios, dice, regresa a la cocina, y siente en la palma de la mano el calor que le robó a Tamara. Ahora sabe que es capaz de acostarse con aquella mujer que le ha venido atormentando el juicio durante diecisiete años y deja su vaso sobre la mesa de cristal, olvida el cigarro que humea en el Murano y abandona su pistola sobre el cojín del sofá. Se siente armado y va hacia la cocina tras ella. Está de espaldas, llena otra vez su vaso de whisky y él la toma por la cintura y la obliga a permanecer contra la meseta. Empieza a acariciar las caderas de rumbera frustrada, el vientre que ya conoce, y sube hasta los senos más discutidos del Pre de La Víbora, y ella se deja acariciar hasta que no puede más y se vuelve y le regala los labios, la lengua, los dientes y la saliva con sabor a wkisky escocés gran reserva, y él tira del *zipper* del jersey, ya no usa ajustadores como antes, y baja la cabeza para morder aquellos pezones oscuros hasta hacerla saltar de dolor, y hala hacia abajo el pantalón de ella, se vuelve torpe tratando de sacar el blúmer y se arrodilla como un pecador arrepentido para respirar primero toda la feminidad de Tamara, besarla después y empezar a comérsela con un hambre muy vieja y nunca satisfecha.

Y con una fuerza olvidada la levanta y la lleva hasta la mesa, la sienta y la siente como nunca había sentido a otra mujer. Duplican el amor en el sofá de la sala. Lo triplican y se rinden en la cama del cuarto.

Levanta la tapa de la cafetera y ve el primer café, negrísimo, que brota de las entrañas ardientes del aparato. La claridad empieza a vencer a los árboles para filtrarse hasta los ventanales de la cocina y él prepara una jarra con cuatro cucharadas de azúcar. La mañana promete ser soleada y presiente que ya no hará tanto frío. Bate el primer café en la jarra hasta fundir el azúcar y lo devuelve a la cafetera, donde levanta una espuma amarilla y compacta. Entonces se sirve su medio vaso para pensar. Ella duerme arriba, faltan diez minutos para las siete y que ella se levante, calcula mientras enciende el primer cigarro. Es un rito repetitivo sin el cual no podría empezar a vivir cada día y piensa en *Rufino* y en qué sucedería si se enamoraba de Tamara. No lo puede imaginar, se dice, y hasta mueve la cabeza para negarlo, todavía no lo creo, se dice y ve sus ropas y las de Tamara sobre la silla donde las ha colocado antes de hacer el café. Su vanidad de hombre satisfecho y de actuación sexual memorable apenas lo deja pensar, sabe que ha vencido a Rafael Morín y lamenta no haber compartido ya con el Flaco esta segunda parte de la historia, con sus alardes de exitosa conquista y colonización, sabe que no debe, pero de tres-tres, se lo tengo que decir.

–Buenos días, teniente –dice ella, y él casi salta de su silla y sabe en ese preciso momento que sí, que si no huye se va a enamorar.

Le gusta oír una voz de mujer al empezar el día, y porque descubre que Tamara es más hermosa así, con su bata de casa apenas abotonada, los labios sin pintura y un lado de la cara marcado por un doblez de la almohada, con todos los mechones infatigables, impertinentes, infalibles e imbatibles de su pelo cubriéndole la frente y los ojos, enrojecidos por la falta de sueño, pero la ve tan dueña de aquella actitud de mujer bien servida y mejor despachada, de esas que pueden cantar incluso mientras friegan un caldero tiznado, y que ahora se le acerca y lo besa en la boca y le pregunta después, sólo después, por su café, lo acaban de convencer: o huye o se pierde.

–Lástima que haya que trabajar en este mundo, ¿no? –dice ella y esconde su sonrisa en la taza.

–¿Qué pasaría si por esa puerta entra ahora tu marido? –le pregunta el Conde y se dispone a escuchar otra confesión.

–Le brindaría de este café y no le quedaría más remedio que decir que está buenísimo, ¿verdad?

Viajó en el ómnibus repleto sin perder la sonrisa; después caminó seis cuadras y siguió sonriendo; entró en la Central y todos veían que sonreía, y todavía reía cuando subió la escalera y cuando entró en su oficina, donde lo esperaba el sargento Manuel Palacios con los pies sobre el buró y un periódico en las manos.

–¿Qué te pasa a ti? –le preguntó Manolo y también rió, presintiendo una buena noticia.

–Nada, que hoy es día de Reyes y espero mi regalito... ¿Qué hay de nuevo, socio?

–Ah, yo creí que tú traías algo. Así como nuevo, nada... ¿Qué hacemos con Maciques?

–Empezar otra vez. Hasta que se canse. Él es el único que se puede cansar. ¿Viste a Patricia?

–No, pero dejó con la guardia el recado de que iba directo para la Empresa. Ayer terminó a las ocho de la noche y creo que hoy amaneció allá.

–¿Y ya viste los reportes?

212

–No, todavía, es que llegué y me puse a leer esto sobre el SIDA que salió en el periódico. Es del carajo, compadre, ya ni templar se puede en este mundo.

El Conde sonrió, podía seguir sonriendo y le dijo:

–Anjá, estúdiate bien eso. Yo voy a ver los reportes para meterle mano a Maciques.

–Gracias, jefecito. Ojalá siempre amanezca contento –dijo el sargento y devolvió los pies al buró.

Prefirió bajar las escaleras y, mientras lo hacía, pensó que estaba en forma y que era capaz de escribir. Escribiría un relato muy escuálido sobre un triángulo amoroso, en el que los personajes vivirían, con los papeles cambiados, una historia que ya habían vivido en otra ocasión. Sería una historia de amor y de nostalgias, sin violencias ni odios, con personajes comunes e historias comunes como las vidas de las personas que conocía, porque uno debe escribir sobre lo que conoce, se dijo, y recordó a Hemingway que escribía de cosas que conocía, y también a Miki, que escribía de cosas que le convenían.

En el vestíbulo dobló hacia el Departamento de Información de donde salía en ese momento el capitán Jorrín, parecía agotado y confundido, convaleciente de alguna enfermedad.

–Buenos días, maestro. ¿Qué le pasa? –le estrechó la mano.

–Ya tenemos a uno, Conde.

–Ah, qué bien.

–No tan bien. Lo interrogamos anoche y dice que fue él solo. Quisiera que tú lo vieras, es empecinado y fuerte, el muy cabrón, y reacciona como si nada le importara mucho. ¿Y tú sabes qué edad tiene? Dieciséis años, Conde, dieciséis. Yo que llevo treinta de policía todavía me asombro de estas cosas. Es que no tengo remedio... Mira, confiesa que sí, que le cayó a golpes al muchacho para quitarle la bicicleta y lo dice como si estuviera hablando de pelota, y con esa misma tranquilidad dice que fue él solo.

–Pero eso no es un niño, capitán. ¿Y cómo lo cogieron?

Jorrín sonrió, movió la cabeza y se pasó una mano por la cara, como tratando de planchar las arrugas que le cuarteaban el rostro.

–Por el retrato del testigo y porque estaba montando la bicicleta del que mataron, muy feliz y despreocupado. ¿Tú sabes que hay gentes que hacen cosas así sólo para reafirmar su personalidad?

–Eso he leído.

–Pero olvídate de los libros. Si quieres comprobarlo ve a ver a éste. Es un caso... No sé, Conde, pero de verdad creo que debo dejar esto. Cada vez me hace más daño y...

Jorrín apenas levantó la mano en señal de despedida y caminó hacia los elevadores. El Conde lo vio alejarse y pensó que quizás el viejo lobo tenía razón. Treinta años son muchos años para esta profesión, se dijo, y empujó la puerta del Departamento de Información. Repartió saludos y sonrisas a las muchachas y se acomodó frente a la mesa de la sargento Dalia Acosta: era la oficial de guardia del departamento y siempre valía la pena preguntarse cómo era posible reunir tanto pelo en una sola cabeza de mujer.

–¿Qué hay de Guardafronteras?

–Poca cosa. Con este viento del norte no se tira mucha gente, pero mira, esto acaba de llegar de La Habana del Este. Lee a ver...

El Conde tomó el folio de computadora que le ofrecía la sargento y apenas leyó después del encabezamiento:

«Cadáver no identificado. Evidencias de asesinato. Señales de lucha. Caso abierto. Informe preliminar del forense: entre 72 y 96 horas de su muerte. Hallado en casa vacía, residencial Brisas del Mar. Enero 5/89, 11:00 p.m.».

Y volteó la hoja sobre el buró.

–¿Cuándo llegó esto, Dalita?

–Hace diez minutos, teniente.

–¿Y por qué no me llamaste?

–Lo llamé en cuanto llegó y Manolo me dijo que usted venía para acá.

–¿Hay más información?

–Esta otra hoja, de Medicina Legal.

–Dámela, ahorita te las devuelvo. Gracias.

Todavía andaba vestido de uniforme, siempre iba con un maletín y me cogía cualquier hora trabajando en los archivos y con aquella computadora vieja, Felicia, parecía un escaparate misterioso y demasiado eficaz. Usaba la pistola en el cinturón, pero no resistía la gorra y trataba de no ponérmela nunca después que leí en una revista que la gorra es la causa número uno de la calvicie, y aquel día eran casi las nueve de la noche y lo único que quería era caer en la cama, pensaba en la cama mientras caminaba hacia la parada de la guagua cuando oí el claxon insistente, maldije como maldigo siempre a los que tocan el claxon así, y miré para ver la estampa del tipo, tendría dos tarritos y hasta un tridente en la mano y vi el brazo que me hacía un gesto de saludo sobre el techo del carro. ¿A mí? Sí, a ti mismo, el brillo del parabrisas no me dejaba ver bien y estaba oscuro, y me acerqué con la esperanza de coger una botella. Hacía como cinco años que no lo veía, pero así hubieran pasado cien lo iba a reconocer.

–Coño, mi hermano, por poco se me cae la mano dándote pitazos –me dijo, sonreía como siempre y no sé por qué yo también sonreí.

–Dime, Rafael –lo saludé y metí la mano por la ventanilla, me dio un apretón fuerte–, hacía rato que no te veía. ¿Y Tamara cómo anda?

–¿Vas para tu casa?

–Sí, terminé ahora y me iba...

–Dale, que te empujo hasta La Víbora. –Y monté en el Lada, olía a cuero y a linimento y a nuevo, y Rafael arrancó, aquella última vez que conversamos.

–¿Dónde estás metido? –le pregunté, como le pregunto a todo el mundo que conozco.

–Donde mismo, en el Ministerio de Industrias, tirando ahí a ver qué sale –me informó como despreocupado, y tenía la misma voz afable y convincente que usaba a nivel de socios, distinta a aquella dura y más convincente que empleaba en las tribunas.

–¿Y ya te tocaron con el carro?, ¿no?

–No, no, todavía, éste es asignado y vaya, lo tengo como si fuera mío, porque mira esto, ahora mismo fue que salí de una reunión en la Cámara de Comercio, y me paso la vida así. Es un trabajo duro...

–¿Y Tamara? –insistí, y apenas me dijo que bien, pasó el servicio social ahí mismo, en Bejucal, y ahora estaba en una clínica nueva que abrieron en Lawton. No, no, todavía no tenemos muchachos, pero en cualquier momento encargamos uno, me dijo.

–¿Y a ti cómo te va?

Traté de ver qué película ponían en el cine Florida cuando atravesamos Agua Dulce y pensé decirle que no me iba tan bien, que era un burócrata que procesaba información, que el mes pasado habían operado otra vez al Flaco, que no sabía por qué me había casado con Martiza, pero no me dio la gana.

–Bien, compadre, bien.

–Oye, ve un día por casa y nos tomamos un trago –me propuso entonces a la altura de Diez de Octubre y Dolores y pensé que Rafael jamás me había dicho algo así, ni se lo había dicho al Flaco, al Conejo o a Andrés, a ninguno de nosotros y cuando arrimó en el semáforo de Santa Catalina para que yo me bajara fui capaz de decirle:

–Deja ver, un día de estos. Dale recuerdos a Tamara.

Y nos dimos otra vez la mano y lo vi doblar por Santa Catalina, el indicador rojo parpadeaba, pitó dos veces como despedida y se alejó en el carro que olía a nuevo. Entonces pensé: cabrón, te interesa ser mi amigo porque soy policía,

216

¿no? Y tuve que reírme, aquella última vez que vi a Rafael Morín.

Ahora faltaba el brillo claro de sus ojos y la voz, dramáticamente lanzada sobre la multitud. Faltaba el hálito inmaculado de su rostro recién afeitado, bañado, despertado. Faltaba la sonrisa infalible y segura que derrochaba luz y simpatías. Parecía que hubiera engordado, con una gordura violácea y enfermiza, y necesitaba urgentemente peinar su cabello castaño.

–Pero es él –dijo el Conde, y el forense lo volvió a cubrir con la sábana, como el telón que cae en el último acto de una obra sin encanto ni emoción.

–Vaya, pero si es mi amigo el Conde –dijo, y el Conde pensó: Es más negro que un dolor de apendicitis.

El teniente Raúl Booz sonreía y sus dientes blancos de caballo joven daban un poco de luz a la masa nigérrima de su cara. Nadie aseguraría que aquel hombre tenía más de siete pies o pesara trescientas libras, pero sólo de verlo el Conde se ponía nervioso. Cómo puede ser tan grande y tan negro, se decía cuando se levantó y estrechó la mano del teniente investigador Raúl Booz.

–Ya conoces al sargento Manuel Palacios, ¿verdad?

–Sí, sí –dijo Booz, también le sonrió a Manolo y se acomodó en el sofá que ocupaba una de las paredes de la oficina–. Así que tú eras el que estaba buscando a este hombre.

El Conde asintió y le explicó la historia de la desaparición de Rafael Morín Rodríguez.

–Pues te lo entrego empaquetadito, mi hermano. Va a ser el caso más fácil de tu vida. Mira esto. –Y le entregó al Conde un file que había sobre el sofá–. En una uña tenía un pelo con tejido capilar. Por supuesto, debe ser del hombre que lo mató.

–¿Y qué dice la autopsia, teniente?

–Más claro ni el agua. Murió el día primero por la noche o el dos por la madrugada. El forense no puede estar seguro porque con el frío hubo cierta conservación, y por eso nadie supo que allí había un cadáver. Tenía una fractura en la segunda y tercera vértebra cervical, que le oprimió la médula, y fue lo que le ocasionó la muerte, y también una contusión cerebral fuerte, aunque no mortal.

–¿Pero cómo fue, teniente, cómo pudo haber sido la cosa? –saltó Manolo sin mirar el file que el Conde le entregaba.

El teniente Raúl Booz, jefe del grupo de criminalística de La Habana del Este, se miró las uñas antes de hablar.

–Ayer, a eso de las diez de la noche, llamaron a la Estación de Guanabo para decir que en una casa vacía de Brisas del Mar había un olor raro y que la puerta del fondo tenía la cerradura astillada. Es una cuadra donde hay sólo dos casas, esta que se queda vacía en invierno, y la de la mujer que llamó, que está a unos veinte metros. La gente de Guanabo fue y encontraron el cadáver en el baño. Todo parece indicar que murió al caer contra la bañadera, pero la fuerza del golpe es tan grande que no existe la posibilidad de un resbalón, Palacios. Lo empujaron y antes hubo una pelea, quizás muy breve, en la que el muerto arañó al asesino y le arrancó el pelo que analizamos. Es de un hombre blanco, de unos cuarenta años, entre cinco cuatro y cinco ocho de estatura y, por supuesto, de pelo negro... Ahí tienen para empezar.

–Más bien para terminar, teniente –dijo el Conde.

–Pero hay algo que complica la historia. Aunque quizás el asesinato no haya sido premeditado, después pasó algo muy raro. El asesino desvistió a la víctima y se llevó la ropa, y no aparece tampoco un maletín o una bolsa de cuero que el muerto debió de tener en sus manos poco antes de la pelea, porque tiene restos de cuero en las dos manos, así que debía de pesar bastante y andaba pasándoselo de una mano para la otra.

–¿Y otras huellas, de autos o algo así?

–Nada. Las huellas frescas son del muerto, y están en la puerta rota, en la cocina, en un sillón de la sala y en el baño. Parece que estuvo allí esperando a alguien, casi seguramente al asesino. Y peinamos el área cercana y no aparece ni el maletín ni la ropa del muerto. Pero este caso es un regalo, ¿no?

–¿Y qué te parece, Booz, si en dos horas te llamo para confirmarte que el asesino se llama René Maciques? –preguntó el Conde mientras se ponía de pie y se ajustaba la pistola que se empeñaba en escapar del cinto.

El Conde pensó encender un cigarro pero se detuvo. Prefirió sacar el bolígrafo y empezó a jugar con el obturador. En el silencio del cubículo aquel sonido monótono retumbaba con un eco agresivo.

–¿Y bien, Maciques? –le preguntó al fin Manolo, y Maciques levantó la cabeza.

Es un camaleón, pensó el Conde. Ya no parecía el animador vital del primer encuentro, ni el bibliotecario puntilloso de la grabación. Apenas un día sin afeitarse había bastado para transformar al jefe de despacho en un proyecto de vagabundo modelo, y el temblor de sus manos hacía pensar en un invierno temible y devastador.

–Él tuvo la culpa –dijo Maciques, e intentó erguirse en su silla–. Él fue el que formó todo este lío cuando supo que lo iban a descubrir. Lo demás no sé cómo pasó.

–Yo creo que sí sabe, Maciques –insistió Manolo.

–Es un decir. Quiero decir que no me lo explico bien... Él me fue a ver el 30 por la noche y me dijo que la gente de la Mitachi había adelantado el viaje y que eso lo iba a meter en un lío. Yo nunca supe qué lío era, aunque me lo imaginaba, sería algún problema de dinero, y me dijo que tenía que salir del país. Yo le expliqué que eso era una locura, que no era tan fácil, y él me dijo que sí era fácil con una lancha y que tenía diez mil pesos cubanos y como dos mil y pico de dólares para pagar un lanchero, y que yo debía buscárselo. Entonces fue cuando me chantajeó con la cuenta del banco y la propiedad del carro. Todavía no sé cómo logró fotocopiar esos papeles, pero el caso es que los tenía. No, no, lo del carro parece que él ya lo tenía pensado: se lo regalaron a él y él me lo regaló a mí, y claro que lo vendí enseguida, eso era candela y lo vendí... Entonces yo le insistí que eso era una locura y le dije que estaba jugando sucio conmigo, y él me contestó que le buscara el lanchero y me olvidara de lo demás. Yo, la verdad, no hice ni el intento de buscarle el lanchero y pensé que habría algún modo de recuperar esos papeles.

–¿Matándolo, Maciques?

El hombre negó con la cabeza. Era un gesto mecánico y vehemente como el temblor de sus manos.

–No, sargento, alguna otra forma... Pero para ganar tiempo le dije que había contratado un lanchero para el amanecer del día primero, después de las fiestas del 31, le dije, es lo mejor para salir y el hombre tiene permiso de pesca, así que debíamos estar a las cuatro en Guanabo, y yo quisiera que lo hubieran visto en la fiesta. Ya se imaginaba que estaba fuera de Cuba y fue más petulante y orgulloso que nunca, qué mierda de tipo, mi madre, alégrense de no haberlo conocido... Ahora pienso y creo que yo debí haber parado aquello desde el principio. ¿Pero ustedes saben lo que es el miedo? El miedo a perderlo todo, a ir a la cárcel a lo mejor, a no volver a ser persona más nunca. Por eso fue que lo hice y lo recogí en su casa después que salimos de la fiesta y lo llevé para Guanabo. Entonces parqueé, por allá por la Veneciana, al lado del río, y le dije que iba a ver al hombre, y lo que hice fue que caminé hasta la playa y estuve allí un rato. Cuando viré y le dije que tenía que ser por la noche se puso que era una fiera, yo nunca lo había visto así, me ofendió, me dijo que yo era un comemierda y no sé cuántas cosas más, y que diera gracias que él se iba a ir, porque si no me echaba para alante, y mil boberías más que dijo. Entonces lo llevé para la casa. Yo sabía que en invierno siempre estaba vacía, porque un amigo mío se la alquilaba en septiembre a los dueños, y entramos y le dije que esperara allí hasta la noche, que iba a salir bien temprano según me había dicho el lanchero, y entonces yo vine para La Habana.

–¿Y qué pensaba usted entonces, Maciques?

–Pensar..., nada. Lo que hice por la noche. Ir a verlo y decirle que todo estaba listo. Entonces pensaba quitarle el maletín donde tenía los papeles y decirle que se buscara él un lanchero. ¿Y ustedes saben lo primero que él me dijo cuando llegué? Que me iba a escribir desde Miami para decirme dónde había escondido las fotocopias, que estaban bien guardadas y que nadie las iba a descubrir. Entonces fui yo el que se puso mal y le dije todo lo que pensaba de él hacía mucho tiempo, y él me tiró un piñazo, pero era una puta, fue un piñacito así, con la mano abierta, y me dio aquí, arriba de la oreja, y fue cuando le di el empujón y se cayó contra el borde de la bañadera... Así fue todo. –Dijo Maciques y hundió la cabeza entre los hombros.

–¿Y usted le puso la dieta de Panamá y lo demás entre los papeles de la Empresa, verdad?

–Yo tenía que protegerme, ¿no? Porque yo sospechaba que él iba a hacerme una maraña y yo tenía que protegerme. Qué clase de hijo de puta –sentenció, con la última vitalidad que le quedaba.

–¿Y usted pensaba que se iba a librar de ésta, Maciques? –le preguntó el Conde y se puso de pie. Por un instante había pensado que aquel hombre envejecido y derrotado era digno de lástima, pero apenas había sido una idea fugaz. La imagen de la derrota no podía vencer al sentimiento de repugnancia que le provocaba toda aquella historia–. Pues pensó mal, y pensó mal porque usted es igual que su difunto jefe. La misma mierda de la misma letrina. Y no pierda ese miedo que tuvo, Maciques, no lo pierda, que esta historia acaba de empezar –dijo, miró al sargento Manuel Palacios y abandonó la oficina. El dolor de cabeza le nacía detrás de los ojos y caminaba por su frente, maligno y tenaz.

221

Falta un gorrión, pensó. El día anterior lo había visto en su nido y ahora sólo quedaban algunas plumas y la paja seca y trenzada en la horquilla del laurel. No puede estar volando todavía, si se cayó no se salva, con los gatos de la cocina no se salva, y confió en que el gorrión ya fuera capaz de volar. El frío había cedido, y un sol rojizo se perdía tras los edificios, en dirección al mar, y sería una tarde magnífica para aprender a volar.

–¿A los cuántos días vuelan los gorriones, Manolo?

El sargento dejó el file en que presillaba los últimos informes y las declaraciones firmadas por Maciques y miró al teniente.

–¿Pero qué es lo que te pasa hoy, Conde? ¿Cómo tú quieres que yo sepa eso? Ni que yo fuera gorrión.

–Oye, chico –lo señaló con el dedo índice–, que no es para tanto. Tú también haces cada preguntas que son del carajo. Dale, termina eso para ver al Viejo.

–Y hablando del rey de Roma, ¿tú crees que nos dé los días que nos debe?

El Conde ocupó su silla detrás del buró y se frotó los ojos. El dolor de cabeza apenas era un recuerdo, pero tenía sueño y empezaba a sentir hambre. Sobre todo quería terminar con Rafael Morín. Le molestaba haber desconocido las potencialidades verdaderas de aquel personaje que, sin perder la respiración, pasaba de dirigente a empresario particular, de impecable a pecador, y moría con un solo golpe, dejándolo con tantas preguntas como hubiera querido hacerle.

–Vamos a esperar a que la china Patricia termine en la Empresa. Me dijo que mañana por la mañana me entregaba el balance, y después tú y yo le entregamos el informe completo al Viejo y creo que nos dará un par de días. A mí me hace falta. Y creo que a ti también. ¿Cómo está la cosa con Vilma?

–Bien, bien, ya se le pasó el berrinche.

–Menos mal, porque aguantarte a ti cuando una mujer te sopla no es nada fácil. Pero bueno, ya da igual, porque esto se está acabando y a lo mejor me meto un mes sin verte la cara... Oye, ¿y por fin quién le avisó a la madre de Rafael y a Tamara?

–El mayor llamó al ministro de Industrias.

–Me da pena con la madre.

–¿Y con la mujer no? ¿No vas a consolarla?

–Vete pal carajo, Manolo –dijo, pero sonrió.

–Oye, Conde, ¿cómo te sientes tú cuando cierras un caso como éste?

El teniente extendió las manos sobre el buró. Las tenía abiertas, con las palmas hacia arriba.

–Así, Manolo, con las manos vacías. Ya todo el mal estaba hecho.

El Conde y Manolo se miraron, y entonces el teniente le ofreció un cigarro a su compañero, cuando la puerta del cubículo se abrió y vieron entrar un tabaco detrás del cual venía un hombre.

–Muy bueno el trabajo con Maciques, sargento –dijo el mayor Rangel y recostó la espalda contra la puerta–. Y tú te excediste como siempre, Mario... ¿Qué clase de hombre era ese Rafael Morín?

El Conde miró otra vez a Manolo. No sabía si el mayor Rangel quería una respuesta o simplemente hacer la pregunta en voz alta. Era muy poco frecuente ver al Viejo fuera de su oficina y hablando con aquel tono de desconcierto, y prefirieron callar.

–¿A qué hora tengo el expediente completo mañana?

–¿A las diez?

–A las nueve de la mañana. Patricia termina esta tarde y le deja la Empresa a la Policía Económica. Ahí puede aparecer cualquier cosa. Así que mañana a las nueve. Después se van los dos y no aparezcan por aquí hasta el viernes, si no es que yo los llamo antes. Y mañana voy a formar una con esto de Rafael Morín que ustedes ni se la imaginan. Está bueno ya de relajo y de corrupción para que después nosotros tengamos que sacar las castañas del fuego. –Y su voz parecía la de un hombre mucho más grande, más joven, una voz acostumbrada a exigir y a protestar. Miró la ceniza impoluta de su tabaco y luego a sus dos subordinados–. Y después dicen que los delincuentes. Niños de teta es lo que son al lado de un tipo como éste o como el Maciques, y no sé qué va a pasar de ahí para arriba y para abajo, pero voy a pedir sangre... Un respetable director de empresa que maneja miles y miles de dólares. No entiendo, no entiendo, por mi madre que no –y abrió la puerta y empezó a salir detrás de su tabaco–, pero mañana a las nueve estoy saliendo con el informe debajo del brazo...

–No, no inventes. Fíjate que ya ni hace frío, y además mañana tenemos que estar aquí temprano para hacer el informe, así que el caso no está cerrado –imploró Manolo mientras encendía el motor del auto y el Conde susurró: El que se acuesta con niños...
–¿Qué te ha hecho esa mujer, Manolo? Oye, le tienes un miedo que te cagas.
El carro abandonó el parqueo de la Central y Manolo siguió negando con la cabeza.
–No me vas a acomplejar, olvídate de eso. No hay dos traguitos que valgan, yo voy a casa de Vilma y tú haces lo que te dé la gana y mañana te recojo a las seis. ¿Dónde quieres que te deje? Además, cuando me tomo dos tragos no se me para y ahí empezamos a fajarnos...
El Conde sonrió y pensó: no tiene salvación y bajó la ventanilla del auto. Decididamente el frío se retiraba y empezaba una noche apacible, buena para casi cualquier cosa. Él quería tomarse dos tragos y Manolo quería a Vilma. Dos buenas opciones. Después de todo, el caso Rafael Morín había terminado, al menos para la policía, y el Conde empe-

zaba a sentirse vacío. Lo esperaban dos días de descanso que al final nunca sabría cómo invertir, hacía tiempo no se atrevía a sentarse frente a la máquina de escribir, quizás ya nunca lo hiciera, para iniciar alguna de aquellas novelas que se prometía hacía muchísimos años, y la soledad de su casa era una tranquilidad hostil que lo desesperaba. Lo de Tamara, él lo presentía, era quizás algo efímero que chocaría muy pronto con la cotidianeidad de dos vidas definitivamente distantes, de dos mundos que podían coexistir pero difícilmente acoplarse. Y en la biblioteca del viejo Valdemira, ¿podría escribir mi novela?

–Vamos a pasar por la funeraria de Santa Catalina. Ya debe de estar ahí el cadáver de Rafael Morín.

–¿Para qué, Conde? –saltó Manolo, siempre había detestado los velorios y no quería anotarse uno adicional.

–No sé para qué. Todo no tiene que tener un para qué, ¿no? Quiero pasar un minuto por ese velorio.

–Está bien, compadre –aceptó el sargento–. Pero no es trabajo, ¿verdad? Pues te dejo ahí y sigo. Y mañana a las seis.

El auto avanzaba por la Calzada de Santa Catalina y el Conde vio una cola para comprar refrescos; la posada recién restaurada, con un lumínico de dos corazones rojos atravesados por una flecha verde como la esperanza, y una pareja de jovencitos que entraban buscando la carpeta; vio la parada de la guagua copada de gente, ansiosa, apurada; los anuncios del cine y el chófer que le gritaba hijoeputa al que lo adelantó por la derecha, y se dijo que nadie pensaba en la muerte, y por eso podían seguir viviendo, amando, corriendo, trabajando, ofendiendo, comiendo, incluso matando y pensando, y vio entonces la casa de las jimaguas, oscura entre sus crotos y esculturas, brillante por sus largos paños de cristales y sus paredes blancas, y su destino momentáneamente alterado. De allí también salió Rafael Morín, para jugársela a todo o nada, y perder, para siempre, la sonrisa deslumbrante y segura.

–A las seis entonces –dijo cuando vio la funeraria, el portal estaba vacío y pensó que quizás la morgue no hubiera remitido todavía el cadáver de su antiguo condiscípulo–. Y ten cuidado no la preñes.

–No, no, no toques esa tecla que no quiero complicarme la vida –sonrió Manolo y estrechó la que le brindaba su jefe.

–Vamos, no te hagas el bárbaro, que de verdad la Vilma te tiene bien cogidito.

–Bueno, compadre, ¿y qué? –rió otra vez el sargento Manuel Palacios, metió la velocidad y el Conde pensó, se mata un día.

Subió las breves escaleras de la funeraria y leyó en la pizarra un solo nombre: Rafael Morín Rodríguez, sala D. No era un buen día para estar muriéndose y la funeraria estaba poco solicitada. Caminó hacia la sala D, pero no se atrevió a entrar. El perfume dulzón de las flores de muerto impregnado en las paredes del edificio lo golpeó en el estómago y decidió sentarse en una de las butacas del pasillo, junto al cenicero de pie y el teléfono público. Encendió un cigarro y le supo a hierba mojada. Dentro estaba muerto y listo para el olvido Rafael Morín, y aquél sería un entierro muy triste: no vendría ninguno de sus amigos de fin de año y consejos de dirección y viajes al extranjero. Aquel hombre era un apestado en más de un sentido y quizás ni su propia esposa deseaba estar allí. Sus viejos amigos del Pre habían quedado tan lejos en el camino, que se enterarían meses después de todo aquello y tal vez dudarían, no lo creerían. Imaginó lo que hubiera sido aquel velorio en otras condiciones, las coronas de flores amontonadas en toda la sala, los lamentos por la pérdida de aquel cuadro excepcional, tan joven, el discurso de despedida de duelo, tan emocionante y cargado de adjetivos generosos, adoloridos. Dejó caer el cigarro en el cenicero y caminó hasta la puerta de la sala D. Como un cazador furtivo, acercó lentamente la cara al cristal de la puerta y observó la sala casi vacía que había adivinado: la madre de Rafael, un pañuelo contra la nariz, lloraba rodeada de un grupo de vecinas; allí estaban las dos que lavaban el domingo por la mañana, una de ellas tenía entre las suyas la mano de la anciana y le hablaba al oído: para todas ellas el fracaso de Rafael era de algún modo su propio fracaso y el desenlace de un destino trágico que el muchacho trató de burlar. Tamara estaba frente a su suegra, y el Conde apenas le veía la mitad de la espalda y los crespos artificiales e indomables de su pelo. Tenía los hombros tranquilos, quizás dejaba caer un par de lágrimas silenciosas. A dos sillas de ella, también de espaldas a la puerta, había otra mujer que el Conde trataba de identificar. Parecía joven, el corte de pelo mostraba la nuca, los hombros altos, la piel del brazo visible era tersa, y entonces la mujer miró hacia Tamara y le ofreció su perfil: Zaida, la reconoció, y admitió su decidida fidelidad. Siete mujeres, una sola compañera de trabajo. Y, al fondo, el ataúd tapiado, forrado de tela gris, insólitamente desnudo mientras esperaba las flores que siempre demoraban para un velorio común. Iba a ser un entierro muy triste, pensó otra vez y salió a la calle.

Buscó un cigarro en el bolsillo del jacket, tenía una sed profunda y vio, en la acera de enfrente, mientras buscaba una brecha en el tráfico, a Miki Cara de Jeva, y deseó saber por qué venía al velorio. Pero sintió que ya era demasiado para él y apretó el paso para subir por la calle lateral, mientras, sin quererlo, se puso a cantar *Strawberry fields, for ever, dan, dan, dan...*

El Flaco Carlos miró el vaso como si no entendiera por qué estaba vacío. A partir del cuarto o quinto trago solía sucederle eso, y el Conde sonrió. Habían despachado ya media botella de ron y no podían espantarse la tristeza. El Flaco había pedido ir al velorio y el Conde se negó a llevarlo, qué tienes que buscar tú allí, no seas morboso, lo acusó, y su amigo le prohibió entonces que pusiera música en la grabadora. El Flaco sentía el respeto por la muerte de los que saben que pronto van a morir, y decidieron ahogar en ron los malos recuerdos, los pensamientos fatales, las ideas funestas. Pero las muy cabronas saben nadar, pensó el Conde.

–¿Y qué vas a hacer con Tamara, tú? –preguntó el Flaco cuando el vaso recuperó el peso adecuado.

–No sé, bestia, no sé. Eso no va a funcionar y tengo miedo de enamorarme.

–¿Por qué, tú?, ¿por qué?

–Por lo que puede venir después. No me gusta sufrir por gusto, así que sufro por adelantado y ya.

–Siempre te lo dije, eres un sufridor.

–No es tan fácil, de verdad que no –dijo, y terminó su trago. Dejó el vaso sobre la mesita de centro–. Tengo que irme, mañana hay que hacer el informe.

–¿Y me vas a dejar casi medio litro? ¿Y no vas a comer? ¿Tú quieres que a la vieja Josefina le dé un berrinche? No, salvaje, no, que después soy yo el que la tiene que aguantar diciendo que si tú no te alimentas, que qué flaco estás y que yo soy el malo que te pone a tomar ron, y que tienes que cuidarte más, y que cuándo vas a casarte con una muchacha buena, oye eso, y a tener un hijo. Y hoy yo no estoy para eso, tú, ya tengo bastante cabrón el día.

El Conde sonrió, pero tenía deseos de llorar. Miró por encima de la cabeza de su amigo y vio la pared, y vio el *affiche* descolorido de Rolling Stones y Mig Jagger con sus dientes de caballo; la foto tomada en los quince de la hermana del Conejo, Pancho sonriendo, el Conejo tratando de no reír y el Flaco peinado especialmente para la fiesta, el cerquillo que escondía en el Pre tirado sobre las cejas y los ojos casi cerrados, pasándole un brazo sobre los hombros a Mario Conde, con aquella cara de susto, hermanos desde siempre; las medallas leves y de colores falsos que el Flaco acumuló cuando era muy flaco y pelotero; la ya casi invisible etiqueta de Havana Club que alguien, muchos años atrás, había pegado en el espejo en el curso de una torrencial borrachera y que el Flaco decidió conservar para siempre en el mismo sitio. Aquélla era también una pared triste.

–¿Has pensado alguna vez, Flaco, por qué tú y yo somos socios...?

–Porque un día en el Pre te presté una cuchilla. Oye, no le des más vueltas a la vida, es así y pal carajo.

–Pero también podía ser distinta.

–Mentira, salvaje, mentira. Eso es cuento de caminos. No me hagas hablar más, coño, pero te voy a decir una cosa: el que nace pa tarrú del cielo le caen los tarros y la bala que está pa uno le parte la vida. No quieras cambiar lo que no se puede cambiar. No jodas más. Dame un poco de ron, anda.

–Alguna vez voy a escribir sobre eso, te lo juro –dijo el Conde y sirvió dos líneas abundantes en el vaso de su amigo.

–Eso es lo que tienes que hacer, ponerte a rayar y no pensarlo más. La próxima vez que quieras hablar del tema me lo das por escrito, ¿está bien?

–Cualquier día te mando a templar, Flaco.

–Vaya, ¿a qué viene ahora eso?

Mario Conde miró su vaso y puso la cara del Flaco de cómo es que está vacío, pero no se atrevió.

–Nada, no me hagas caso –dijo, porque pensó que algún día no podría conversar con el Flaco, decirle mi hermano, bestia, asere, y comentarle que vivir era la profesión más difícil del mundo.

–Oye, tú, ¿y por fin dónde metió el otro la maleta con la plata?

–Se acobardó y la tiró al mar.

–¿Con tantos billetes?

–Dice que con todos los billetes.

–Qué mierda, ¿no?

–Qué mierda, sí. Me siento rarísimo. Quería encontrar a Rafael, ya casi me daba igual vivo que muerto, y ahora que apareció es como si quisiera desaparecerlo de nuevo. No quiero pensar en él, pero no me lo puedo quitar de la cabeza y tengo miedo de que esto dure mucho. ¿Cómo se sentirá Tamara?, ¿eh?

–Mira, pon música –propuso el Flaco–, pon música si quieres.

–¿Qué te gustaría oír?

–¿Los Beatles?

–¿Chicago?

–¿Fórmula V?

–¿Los Pasos?

–¿Credence?

–Anjá, Credence –fue el acuerdo, y oyeron la voz compacta de Tom Foggerty y las guitarras de Credence Clearwater Revival.

–Sigue siendo la mejor versión de *Proud Mary*.

–Eso ni se discute.

–Canta como si fuera un negro, oye eso.

–Canta como Dios, qué coño.

–Arriba, muchachos, que no sólo de música vive el hombre. Vamos a comer –dijo Josefina desde la puerta, estaba quitándose el delantal y el Conde se preguntó cuántas veces en la vida iba a oír aquel llamado de la selva que los hermanaba a los tres alrededor de una mesa insólita que Josefina luchaba cada día para armar. El mundo iba a ser difícil sin ella, se dijo.

–Recite el menú, señora –pidió el Conde, ubicándose ya tras el sillón de ruedas.

–Bacalao a la vizcaína, arroz blanco, sopa polaca de champiñones mejorada por mí con acelga, menudos de pollo y salsa de tomate, los plátanos maduros fritos y ensalada de berro, lechuga y rábano.

–¿Y de dónde tú sacas todo eso, Jose?

–Mejor ni averigües, Condesito. Oye, me dejan un traguito de ron. Hoy me siento así, no sé, contenta.

–Es todo suyo –le ofreció un trago el Conde y pensó: Cómo la quiero, coño.

230

Esto es un cuarto vacío, dijo, y respiró el olor profundo y consistente de la soledad. Ahí está una cama vacía, pensó y vio las formas misteriosas de las sábanas revueltas que nadie se ocupaba de alisar. Encendió la luz y la soledad le golpeó los ojos. *Rufino* daba vueltas de tío-vivo en la redondez de su pecera. No te me canses, *Rufino*, le dijo y empezó a desvestirse. Dejó el *jacket* sobre la silla, lanzó la camisa hacia la cama, puso la pistola sobre el *jacket* y, después de quitarse los zapatos empujándolos con los pies, abandonó el *jean* en el piso.

Caminó hacia la cocina y preparó la cafetera con los últimos restos de polvo que encontró en un sobre. Lavó el termo, después de botar el café blanco y fétido que olvidara allí la mañana de un día anterior que le resultaba decididamente remoto. Aprovechó el reflejo de su rostro en la ventana para comprobar otra vez su anunciada calvicie, y luego abrió la hoja hacia la tranquilidad nocturna del barrio y pensó que también podía ser una noche inmejorable para sentarse bajo el farol de la esquina a jugar unas datas de dominó, protegidos por un buen abrigo de aguardiente. Sólo que hacía ya mucho tiempo que nadie se reunía allí, ni siquiera una noche como ésa, para jugar dominó y tragar alcoholes baratos. Ya no nos parecemos ni a nosotros mismos, porque nosotros, los de entonces, nunca volveremos a ser los mismos, se dijo y se preguntó cuándo llamaría a Tamara. Me mata la soledad, y endulzó el café y se sirvió una taza gigante de amanecer mientras le daba fuego al inevitable cigarro.

Regresó al cuarto y desde la cama miró a *Rufino*. El pez peleador se había detenido y parecía mirarlo a él también.

–Mañana te echo comida –le dijo.

Abandonó la taza vacía sobre la mesa de noche marcada por otras tazas abandonadas, y fue hasta la montaña de libros que esperaban su turno de lectura sobre una banqueta. Recorrió los lomos con el dedo, buscando un título o autor que lo entusiasmara y desistió a mitad de camino. Estiró la mano hacia el librero y escogió el único libro que nunca había acumulado polvo. «Que sea muy escuálido y conmovedor», repitió en voz alta, y leyó la historia del hombre que conoce todos los secretos del pez plátano y quizás por eso se mata, y se durmió pensando que, por la genialidad apacible de aquel suicidio, aquella historia era pura escualidez.

Mantilla, julio 1990 - enero 1991

Últimos títulos